T0000501

Hasta

que comienza

a brillar

SELECCIÓN, PRÓLOGO Y NOTAS DE

ARTEMISA TÉLLEZ

ANTOLOGÍA DE CUENTO LÉSBICO MEXICANO

Hasta que comienza a brillar

SUMA
de letras

El papel utilizado para la impresión de este libro ha sido fabricado a partir de madera
procedente de bosques y plantaciones gestionadas con los más altos estándares ambientales,
garantizando una explotación de los recursos sostenible con el medio ambiente y beneficiosa para las personas.

Penguin
Random House
Grupo Editorial

Hasta que comienza a brillar
Antología de cuento lésbico mexicano

Primera edición: enero, 2024

D. R. © 2024, Artemisa Téllez, por la selección, prólogo y notas

D. R. © Beatriz Espejo, Rosamaría Roffiel, Ana Clavel, Ivonne Cervantes Corte, Cristina Rascón,
Odette Alonso, Susana Bautista Cruz, Eve Gil, Elena Madrigal, María Elena Olivera Córdova, Gilda Salinas,
Patricia Karina Vergara Sánchez, Leticia Romero Chumacero, Gabriela Torres Cuerva, Marta W. Torres Falcón,
Sandra Lorenzano, Reyna Barrera, Laura Salas, Lorena Sanmillán, Mildred Pérez de la Torre, Joselyn de la Rosa,
Justine Hernández, Abihail Rueda Martínez, Ethel Krauze, Edna Ochoa, Virginia Hernández Reta, Marlene Diveinz,
Victoria Enríquez, Ruth García, Norma Herrera, Diana May, Norma Mogrovejo, Emilia Negrete Philippe,
Paulina Rojas Sánchez, Aura Sabina, Criseida Santos-Guevara, Brissia Yeber

D. R. © 2024, derechos de edición mundiales en lengua castellana:
Penguin Random House Grupo Editorial, S. A. de C. V.
Blvd. Miguel de Cervantes Saavedra núm. 301, 1er piso,
colonia Granada, alcaldía Miguel Hidalgo, C. P. 11520,
Ciudad de México

penguinlibros.com

Ilustración de portada: collage de Céline Ramos

Penguin Random House Grupo Editorial apoya la protección del *copyright*.
El *copyright* estimula la creatividad, defiende la diversidad en el ámbito de las ideas y el conocimiento,
promueve la libre expresión y favorece una cultura viva. Gracias por comprar una edición autorizada
de este libro y por respetar las leyes del Derecho de Autor y *copyright*. Al hacerlo está respaldando a los autores
y permitiendo que PRHGE continúe publicando libros para todos los lectores.

Queda prohibido bajo las sanciones establecidas por las leyes escanear, reproducir total o parcialmente esta obra
por cualquier medio o procedimiento así como la distribución de ejemplares
mediante alquiler o préstamo público sin previa autorización.
Si necesita fotocopiar o escanear algún fragmento de esta obra diríjase a CemPro
(Centro Mexicano de Protección y Fomento de los Derechos de Autor, https://cempro.com.mx).

ISBN: 978-607-384-015-6

Impreso en México – Printed in Mexico

A las lesbianas del futuro, amorosamente…

UNAS PALABRAS ANTES
DE QUE TODO EMPIECE A ARDER

El cuento es para mí la esencia de las narrativas: sin excesivas descripciones ni repeticiones, sin la imperiosa necesidad de narrar la cotidianidad y de reflejar "la realidad" tal cual es; el cuento se dedica sólo a los momentos memorables y tremendos, esos que constituyen en sí mismos una revelación. Caminamos por la vida como ciegas para alcanzar este umbral: esa decisión crucial, esa entrega absoluta, ese desenmascaramiento, esa epifanía, esa verdad... Quienes amamos los cuentos, sin embargo, lo atravesamos todos los días.

Uno de esos "umbrales" llegó el día en que platicando con Odette Alonso sobre el muestrario nacional de poesía lésbica *Versas y diversas* compilado por ella y Paulina Rojas, la insté a que hiciera uno de cuento: ponderé las virtudes del género y sus protagonistas, lancé algunos títulos como ejemplo y minutos después, su oferta de publicarla si la hacía yo, estaba en pie. No lo pensé mucho. Acepté con las vísceras sin plantéarmelo ni como un trabajo ni como un reto, sino como un regalo: ¿Te imaginas?, ¿te imaginas la oportunidad de escoger para un volumen tantos de tus textos favoritos?, ¿imaginas que exista en el panorama de las letras mexicanas una antología de cuento lésbico?

Conocía por lo menos la mitad de los textos compilados en este libro, los había leído como parte de colecciones publicadas por sus autoras o tuve el privilegio de acompañar a sus creadoras en el proceso de escritura y corrección. Los otros, los nunca antes vistos, fueron entregados a mis manos por maliciosa invitación: tuve que acercarme con el puro olfato y hacerles directamente la pregunta de si habían escrito algo de narrativa sobre el tema.

Mi sistema, inventado o descubierto para la ocasión, consistió en elaborar una lista de autoras a publicar; en ella ocupaban los primeros lugares las "seguras", aquellas a quienes tenía cómo contactar y que sólo necesitaban darme su permiso para que ese texto específico, preseleccionado por mí, figurara en la antología. Las siguientes eran las "probables" porque no tenía su contacto o no estaba segura de que hubiesen escrito sobre el tema y finalmente las "(im)posibles" escritoras con quienes nunca había coincidido en la vida y hacia quienes sólo me inclinaba una corazonada.

Quiero aclarar que en cualquier parte de la lista había autoras tanto abiertamente lesbianas, como heterosexuales y bisexuales. Su identidad, preferencia y prácticas (además de no ser necesariamente de mi conocimiento) no fueron determinantes para la selección de los cuentos ni para mi atrevido acercamiento; lo fueron sí sus imágenes públicas y el conocimiento de los temas de los que escriben y que hacían factible para mí que incluyeran lesboerotismo, lesboafectividades o bien personajes lésbicos dentro de su narrativa.

Es que, como prefiguraba Woolf en su ensayo sobre mujeres y ficción,[1] si no hay hombres en la sala podemos decirnos muchas cosas, si no hay hombres en la sala[2] podemos confesarnos que a las mujeres a veces nos gustan las mujeres y que ahí existe toda una gama de posibilidades nuevas, refrescantes e inesperadas para las mujeres y su literatura.

Una antología de este tipo no se había hecho en nuestro país. Había algunos esfuerzos anteriores: tesis, ensayos, textos aca-

---

[1]   Publicado en 1929 bajo el título: *A room of one's own* ("Una habitación propia").

[2]   "¿No hay ningún hombre presente? ¿Me prometéis que detrás de aquella cortina roja no se esconde la silueta de Sir Chartres Biron? ¿Me aseguráis que somos todas mujeres? Entonces, puedo deciros que..."

démicos, algunas antologías gay-lésbicas o LGBTTT hechas por la editorial La Décima Letra y otras elaboradas de manera muy local, muy artesanal por la revista *Lesvoz*… pero una colección así, como la que yo platiqué con Odette Alonso, con grandes voces, grandes nombres, grandes plumas, eso nunca, nunca (se acelera mi corazón). ¡¿Te imaginas?!

Las primeras en responder a mi invitación fueron dos de las "imposibles", las contacté por facebook sin siquiera haberles pedido amistad. Aceptaron gustosas y me mandaron sus textos rápidamente. De ahí en adelante vino una avalancha de sís; el libro que hoy tienes en tus manos había comenzado a existir.

Durante el proceso lo que más me sorprendió (además de la diversidad y calidad de los cuentos, ya leídos como un conjunto) fue el que casi todas las autoras me dijeran que ya era hora de que se hiciera una antología de este tipo, que era muy importante y necesaria y que estaban contentas de participar. Es el momento de la literatura de las mujeres, el tiempo de su auge, revaloración, de su rescate; los sumados esfuerzos de autoras, críticas, editoras, investigadoras, maestras, traductoras y libreras están dando frutos hoy y la literatura lésbica no podía quedarse rezagada de la historia.

Dispuse los cuentos en el más estricto orden de publicación que me fue posible y, cuando dos o más autoras coincidían en el mismo año, opté por colocarlas en orden alfabético, con la intención de revelar el carácter documental de la narrativa de mujeres: trazar con ello un posible mapa de viaje, una evolución, una sucesión de modos de ver y vernos a nosotras dentro de esta sala en la que no (o casi nunca) entran hombres. ¿Quiénes somos? Libres de los padres, los esposos, los maestros, los compañeros y los hijos, ¿quiénes podemos llegar a ser?

Para la narrativa escrita por mujeres, esta antología es una nota al pie. Las lesbianas, las bisexuales, las heteroflexibles, las curiosas y las cómplices también formamos parte de la historia y la evolución de la literatura mexicana, queremos y debemos sentarnos a su mesa, departir, compartir y dialogar con el resto de sus producciones, figurar en la misma medida, no como capricho, ni como accidente, sino como una posibilidad intelectual, afectiva y erótica emancipadora para todas las mujeres y para su escritura.

Agradezco a las más de treinta autoras que de forma tan generosa me confiaron sus cuentos para este volumen. A todas las que, además, sirvieron como puente para llegar a otras a las que yo no podía. A las que me llenaron de inspiración con sus palabras de aliento y —sobre todo— a las que con sus palabras y sus letras me dieron nombre y voz mucho antes de conocerme.

El título de esta colección proviene de un verso de la poeta lesbiana Emily Dickinson,[3] en él habla de la importancia de la palabra, de su calidad transformadora y mágica, de su capacidad de iluminarlo todo. Para mí, eso es el cuento: un encantamiento que trae luz a lo que estaba oculto en la tiniebla, pero también una molotov encendida en una mano con buena puntería...

¡Que la palabra guíe nuestro camino y que incendie el mundo en lo que otro mejor vuelve a nacer!

Artemisa Téllez,
verano de 2023...

---

[3] "I know nothing in the world that has as much power as a word. Sometimes I write one, and I look at it, until it begins to shine."
(No conozco nada en el mundo que tenga tanto poder como una palabra. A veces escribo una, y la miro, hasta que comienza a brillar.)

Beatriz Espejo

Nació en el puerto de Veracruz en 1959. Ensayista, traductora, periodista, doctorada en letras por la UNAM y una de las cuentistas más prolíficas de nuestro país. Ganadora, entre muchos otros, de los premios Aguascalientes, San Luis Potosí y Colima de narrativa. Medalla de oro de Bellas Artes 2009. Desde el año 2000, el Premio Nacional de Cuento lleva su nombre.

"Las dulces" forma parte de su libro *Muros de azogue*, publicado por primera vez por la editorial Diógenes en 1979.

Las dulces
(1979)

Oíste hablar de Pepa Hernández, de niña estudiaba en el Colegio Americano donde estudiaba tu sobrino; luego el nombre de Pepa se convirtió en algo lejano y olvidado. La noche en que tu sobrino regresó, después de viajar por el extranjero, asististe a una reunión aburrida para recibirlo. Una fiesta como tantas otras en que las personas pretenden mostrarse contentas y comen y beben sin saborear y dicen frases ingeniosas o estúpidas. Te sentiste sola, siempre te sientes sola en las fiestas. Buscaste una silla. Todas estaban ocupadas. Fuiste hacia la escalera y permaneciste allí enajenada de los concurrentes. Te sentiste triste. Pensaste que la desdicha era como un bloque, una piedra sobre el pecho, ¿leíste eso en alguna parte? De cualquier manera la desdicha te pesaba y la idea de la piedra sobre el pecho ilustraba bien una impresión agobiadora.

Entre las figuras borrosas que parecían distorsionarse, empinar el codo, reír, atender un comentario, distinguiste a Pepa (hace meses el oftalmólogo te indicó la necesidad de cambiar anteojos). La viste caminar hacia ti, percibiste el timbre de su voz. Te arrimaste a un lado para que se sentara en el mismo escalón donde te sentabas, mirándote con aquellos ojos suyos negros y brillantes embellecidos por segundos. Movía los labios que al mismo tiempo sostenían un cigarrillo, sus labios en torno de los cuales han de marcarse pequeñas arrugas al pasar la juventud. Se interesaba por los detalles triviales de tu vida. Dijiste que eras maestra en una escuela, semillero de futuras maestras, que desde quince años atrás acudes puntualmente a tus clases, que tus alumnas agradecen la generosidad que demuestras al dedicarles tus ratos libres. Pepa mantenía sus ojos negros y hermosos muy abiertos y fijos en ti. Fumaba inquieta y, a su vez, comentó una larga estancia suya en San Francisco. Padecía una fuerte urticaria nerviosa cuyo efecto le desfiguró el rostro. Fuera de México encontró cierta confianza, una tranquilidad perdida. Al restablecerse volvió a casa de sus padres y a esas fiestas que también ella encontraba fastidiosas.

Alguien planeó seguir con la música en otra parte. ¿Por qué no en el restorán del Lago? La orquesta toca bien y tras los ventanales panorámicos una fuente hace monerías, sube, baja, cambia de colores o de formas, un chorro líquido elevado más allá de las posibilidades previstas. Invitaron a Pepa. Aceptó. Te invitaron con esa torpe cortesía mexicana de cumplido, que de antemano obliga a rehusar. Antes de salir Pepa te dio una servilleta de papel en la que escribió una especie de envío, en vano intentaste leerlo. Entendiste tu nombre, "Lucero", mezclado con palabras desdibujadas. Descifraste "gracias", "intensidad", "momentos".

Sonreíste al reconstruir de memoria los rasgos de Pepa. Sus facciones de niña inteligente y confundida, una combinación extraña. Por eso después cuando corregías los exámenes de tus alumnas, bajo la protección de los doce apóstoles presentes en una litografía de La última cena colgada en una pared gracias a tu gusto de solterona conservadora y tradicionalista, no te sorprendió reconocer al otro extremo de la línea telefónica la voz de Pepa explicando su necesidad de encontrarse contigo en alguna parte, de estar cerca de ti.

Aceptaste una cita para desayunar juntas y, aunque tu presupuesto reducido no te permite extravagancias, llegaste puntual a un lugar caro en el que sirven bebidas humeantes. Ella te esperaba en el interior de la cafetería vestida con un suéter y una falda grises. Llevaba el corto cabello oscuro peinado atrás de las orejas. Unos atletas alemanes, que indudablemente pertenecían a un equipo de futbol, ocupaban las mesas próximas. Metidos en sus chaquetas iguales de cuero negro conversaban animados. Aunque la identificaste enseguida Pepa te hizo señales con la mano como para ser descubierta esperándote. De nuevo fumaba sin parar y entonces intentó confiarte incluso el incidente menos significativo de su propia historia, que su urticaria era causada por un estado emocional inestable, que sus padres se empeñaban en sostener un matrimonio aparente donde el diálogo se evitaba de manera obstinada desde hacía cinco o seis años, que ella principió a psicoanalizarse pero aún no lograba ningún resultado positivo, ningún adelanto ni luz para su conciencia atribulada. Sus confesiones brotaban de prisa y las ideas se daban tropezones y no se esclarecían.

La veías fumar y te enternecías por sus ojos de niña desvalida, sus cabellos cortos, sus ojeras. La creíste hermosa, con una hermosura distinta a la de otras mujeres. Tu mirada resbalaba sobre ella, notaste la comisura de sus labios que se abrían y cerraban. Sus frases inconclusas no dilucidaban los pensamientos. De pronto reunió fuerzas y habló de lo que realmente deseaba hablar. Tres años antes tuvo una experiencia amorosa con una amiga y todavía no se recuperaba de esas relaciones. Cuando admitió eso la voz se le enronqueció. Siempre ingenua, a pesar de tus cuarenta años, comprendiste finalmente que en las confesiones de Pepa se planteaba una petición sobreentendida que te negabas a escuchar, sólo aprendiste a comportarte conforme a los ejemplos morales de esas tías tuyas protectoras de tu niñez huérfana y pobre. Practicas las enseñanzas de la doctrina. Arraigaron en ti los ejercicios espirituales preparados por el padre Mercado para un grupo entero de señoritas quedadas, a quienes consolaba con el argumento de que Dios no las guiaba rumbo al camino del matrimonio para reservarles el casto destino del celibato respetable; sin embargo ahora recuerdas, con una claridad irónica, que en tales momentos pusiste tus brazos encima de tu vientre virgen y conociste una enorme piedad por ti misma. Eso y muchas cosas inexplicables te impedían entender a Pepa.

Ella preguntó la causa por la cual no te habías casado. Balbuceaste el cuento de aquel maestro de música frecuentado en la escuela donde trabajas, aquel hombre viudo que aceptó una plaza rural en Michoacán y desapareció de tu existencia. "Quizá pude ser feliz pero nunca supe cómo", precisaste. Pepa te miró con sus ojos sensibles y contestó que tal vez tuviste la felicidad al alcance de la mano sin permitirte aprehenderla. A pesar tuyo nuevamente intuiste en su respuesta una insinuación velada. "Hay gente que la quiere y usted no se deja querer", dijo. Su voz simulaba un hilo apenas audible. "Quizás sí", confirmaste. Pepa enmudeció y apesadumbrada te miraba con sus ojos suplicantes y humildes. No acertaste a tomar una actitud inteligente, deseabas explicarle que ella era una muchacha atractiva, capaz de elegir y amar a cualquier hombre, a un hombre como uno de esos atletas alemanes sentados frente a las mesas cercanas. Pepa no quería comprenderte. Adoptó una actitud desencantada. Contra tu voluntad, te reprochaste haberla defraudado. La juzgaste bella y frenaste el impulso de tocarle el pelo y acariciarle la piel de la mejilla; sin embargo recordaste que había pasado mucho tiempo y te despediste en aras de tus clases.

Pepa permaneció en su sitio. Antes de abandonar la salita llena de clientes, volviste la cabeza para echarle un último vistazo y la recuerdas inclinada sobre su taza de café moviendo el fondo con la cucharilla. Al llegar a tu aula, al abrir la puerta, te sorprendiste porque tarareabas una canción mientras reconstruías en la memoria los ojos negros y melancólicos de Pepa. Tus alumnas te encontraron risueña y le alabaste a Patricia el cambio de peinado, a Martha las pestañas rimeladas, a Bertha le aseguraste que eran bonitas sus medias color carne. Todo eso cuando pasabas lista y te interrumpías y tus discípulas comentaban tu inusitada amabilidad, y tú te descubrías a ti misma porque hasta ese momento jamás lo sospechaste.

Rosamaría Roffiel

Nació en el puerto de Veracruz el 30 de agosto de 1945. Además de múltiples artículos y entrevistas periodísticas, es autora de varios libros, incluyendo la primera novela lésbica-feminista de México, *Amora*. Es tía de tiempo completo, una lectora y cinéfila apasionada y una enamorada absoluta de la vida.

"Te quiero mucho" forma parte de su libro *Corramos libres ahora*, publicado por primera vez por la editorial FEMSOL en 1986.

Te quiero mucho
(1986)

> Amar a una mujer casada (o a un hombre
> casado, ¡da lo mismo!) todo un reto.
> Una aventura de crecimiento interior.
> Un verdadero aprendizaje de desapego
> que no se va, que permanece.
>
> Por supuesto, para *Julia*

Puesto que me lo diste tú, este cuaderno será para escribir nuestra historia. Aquí, lo diré todo. Tal y como ocurrió. Con tu nombre, mi pasión, con esas verdades que se acomodaron poco a poco en su justo lugar.

Fue una mañana, como a las diez. Caí accidentalmente en esas aburridas clases de historia del arte tan comunes entre las señoras del Pedregal. Ahí estabas tú, casi enfrente de mí, al otro lado de esa mesa larga vestida con mantel de fieltro verde, galletitas de Arnoldi y café de a deveras. Desde un principio supe que eras distinta, a lo mejor por esa vehemencia desbordante de tu ser entero. A veces, trataba de adivinar tu edad. Tus hijos ya eran adolescentes, y aunque tu pelo y tu figura juvenil me confundían, algo en tu cara me hacía imaginarte poseedora de esa mágica edad que son los cuarenta años. Atrás de tu risa intuía historias. Por ejemplo, seguro tenías un amante. Eras demasiado vital para dejarte engullir por esa línea gris y plana que suele ser el matrimonio. Eras un misterio agradable que se antojaba descifrar. Cuando intervenías, te escuchaba como si tus palabras fueran monólogos dirigidos a mí. Si no ibas a clase, tu ausencia invadía el salón, y cuando llegabas tarde y entrabas agitada, yo sentía rico, aquí en el estómago, sin saber exactamente por qué.

Así pasó casi un año. Entre tú y yo, sólo intuiciones veladas, frases esporádicas y una simpatía mutua que se daba fácil, solita, como esperando a que surgiera algo más.

El día de la comida para despedir al grupo tomamos vino blanco, ¿te acuerdas? Llevabas un huipil bordado de colores. Te veías lindísima. El vino y la tarde surtieron sus efectos y todas empezamos a bailar. Yo estaba azorada. ¿Señoras burguesas, casadas y convencionales bailando entre sí? Qué aliviane o qué inconsciencia, pensé.

De pronto la música nos unió. No me aguanté.

—¿Cómo es que bailan puras mujeres solas?

Sonreíste grande, con los ojos también, y respondiste traviesa:

—Es que en el fondo somos lesbianas.

—¿De veras?, te provoqué.

—¡N'ombre! ¿Cómo crees?

—¿Y por qué no? El amor entre mujeres es algo especial, y sabroso.

Me miraste llena de asombro.

—¿Tú ya has hecho el amor con una mujer?

Te toqué suavemente la punta de la nariz con el dedo índice y te dije:

—Sí, pero prométeme que vas a guardarme el secreto.

—Claro, pero… ¿un día me cuentas?

—Un día te cuento.

Pero nunca te conté porque no volvimos a vernos hasta ocho meses después en una reunión de excompañeras.

Cuando te vi entrar, sin marido, me dio gusto. Te acercaste y nos dimos un abrazo como nunca antes. Después de todo, desde diciembre compartíamos un secreto.

Te sentaste a mi lado. Pronto empezamos a reír criticando a los invitados. Cada vez que hacías un comentario me mirabas derechito a los ojos hasta provocar mi rubor. Al pasarnos la copa nuestros dedos se rozaban. Si te levantabas por una aceituna, oprimías suavemente mi hombro. La noche fue transformándose en un juego. Ambas nos dejábamos arrastrar por una corriente todavía sin cauce seguro. En medio de esa lotería de atrevimientos, volviste hacia mí tus ojos verdes.

—¿Te pregunto algo?

—Sí, ¿qué?

—De todas las personas que están en la fiesta, ¿con quiénes harías el amor?

Como era de esperarse, me ruboricé una vez más.

—Con una solamente.

—¿Quién? Insististe.

Ahora fui yo la que te miró directo a los ojos mientras te decía:

—Contigo.

Te estremeciste. Con las mejillas y las pupilas encendidas, acercaste los labios a mi oído:

—Qué bueno, porque yo también lo haría contigo.

El resto de la noche, la fiesta tuvo menos importancia. Como si fuéramos dos náufragas, nuestro rincón se volvió una isla. Sólo contábamos nosotras, y nuestra osadía. Manos buscándose tras los respaldos. Rodillas unidas en besos furtivos. Miradas acuciantes. Sonrisas ocultas por una servilleta convertida en cómplice. Y, a ratos, tu proximidad para decirme:

—Me muero por hacer el amor contigo, sólo contigo.

Decidimos salir juntas. En cuanto la puerta de la casa se cerró atrás nuestro, nos tomamos del brazo, y ya que la oscuridad de la calle era suficiente, nos enlazamos transformadas en pájaras nocturnas.

Dentro de tu auto, ni el seguro pusimos. El espacio se impregnó enseguida de deseo, de cantos nacidos de nuestras gargantas, de besos ansiosos, de roces, de abrazos. Tú repetías, "¡Qué diferente... qué diferente!"

Tuvimos que parar porque el velador comenzó a rondar nervioso. Prometimos llamarnos. Sí, lo más pronto posible. Sí, sí, mañana, de veras.

Ya no recuerdo quién llamó. Quedamos en vernos el viernes 26 de agosto, cuatro días antes de mi cumpleaños número treinta y cinco. La cita por supuesto sería en mi departamento, donde no hay ni marido ni hijos ni sirvienta, ni siquiera gatos.

Declaro que estaba nerviosa, nerviosísima, para ser honesta. Llegaste puntual, a las cinco de la tarde. Abrimos una botella de vino blanco y nos sentamos en uno de los sofás de lana cruda, frente a la chimenea. Quería saberlo todo de ti. Cómo te había brotado la inquietud, desde cuándo, por qué.

—¡No me hagas tantas preguntas! —replicaste—. No he pensado nada. Estoy viviendo de sensaciones y ya.

—¿Nunca has hecho el amor con una mujer?

—Jamás.

—Pero sí tienes un amante, ¿verdad?

Te turbaste un poco.

—¿Cómo lo sabes?

—No lo sé, más bien lo adivino.

—Sí, sí lo tengo.

—Es tu primer amante.

—Sí. Nunca antes me había atrevido.

—¿Fue por soledad?

—Humm… no, más bien porque me enamoré, y por rebeldía, y porque necesito sentirme viva.

—¿No has pensado en divorciarte?

—No.

—¿Los hijos?

—En parte.

—¿Y la otra?

—¿La otra qué?

—La otra parte.

—Ah, pues él, yo, la familia… no sé, siento que no es necesario. ¡Ya no me preguntes tanto de mí!

La tarde y el silencio nos llenaron de golpe. El vino cabalgaba por nuestra sangre montado en el deseo. Entonces te acercaste poco a poco, con esa maldita costumbre tuya de mirar derechito a los ojos. Dio comienzo la suave danza de bocas. Enloquecieron las lenguas. Se alzaron las pieles. Crecieron las ganas. Fuiste tú la que dijo:

—¿Vamos a tu cuarto?

No fue lo que imaginamos. Tu cuerpo era territorio extraño para mí. Desconocía tus códigos y ritmos, tus aromas. Nos seguimos viendo. Fuimos a exposiciones de pintura, a caminar por el centro, comentábamos noticias, libros. Recados y rosas rojas aparecían debajo de mi puerta o en el parabrisas de tu auto, puestos ahí por el juego mutuo de nuestras ansias. No volvimos a hacer el amor hasta varios meses después. Te expliqué cuando preguntaste: "En realidad soy una chapada a la antigua. No sé irme a la cama con una mujer a quien no amo".

Ese tiempo sirvió para conocernos. Compartimos infancias, rabias y casets de Los Panchos y Lupita Palomera. Conocí a tus cuatro hijos. Fuimos juntos al cine y a comer pizzas. Los fui queriendo y disfrutando a cada uno de manera diferente. Llegué a amarlos. Son cuatro seres libres que nacieron de ti pero no te detuvieron nunca.

La mayor parte del tiempo salíamos solas. Hablábamos de tus búsquedas y mis proyectos, de tus planes y mis inquietudes, de cuánto te costó decidirte a trabajar de nuevo, "ahora que los muchachos ya están grandes y la casa puede funcionar sin mí". Te descubrí experta en eso de sentir la vida, defensora de la libertad para elegir tus propias circunstancias, manantial de detalles como llamadas telefónicas o tu misma compañía en el momento exacto en que, en efecto, eras para mí la presencia más grata de este mundo. Lograste convencerme de que seguro es mejor ser árbol, caracol o golondrina porque las personas dejamos mucho que desear, y que tenías decenas de razones —y también de sinrazones— para quererme con mis terquedades y mis persistentes maneras de quererte.

Estuvimos muy unidas cuando estalló la crisis aquella en la que casi todas tus amigas decidieron divorciarse. Lloraste varias veces en mis brazos, angustiada porque ignorabas si tú querías hacer lo mismo. Entonces entendiste que eras capaz de compartir sin lastimar y optaste por quedarte y poner a salvo lo que dos seres habían construido juntos: unos hijos, una casa, una amistad.

Estaba prohibido tocarnos en público, pero cuando íbamos en el auto yo aprovechaba los altos y sumergía mis dedos en tu pelo largo y esponjado. Tú cerrabas los ojos, echabas la cabeza hacia atrás y sonreías.

Siguieron tardes de anís helado y almendras tostadas con un poco de sal. Los viernes se convirtieron en una espera ritual. Las cinco de la tarde en una ceremonia. En cuanto tocabas el timbre se me hundía la panza. Subías las escaleras con tu bufanda al cuello y tu talle fino, encendida de pies a cabeza, con los poros flameantes y los pezones erguidos. Llegabas empapada de calle, con tu risa loca y tus ojos verdes, a volcarte en mis brazos y a pintarme la cara de rojo con tus labios bravos, mientras nuestros cuerpos se tocaban tensos por sobre la ropa.

Mi cuarto y yo te aguardábamos ansiosos, vestidos de fiesta. Un día revelaste: "Me excitan las camas sin tender". Desde entonces, mi colchón en el suelo te esperó con las sábanas revueltas y sus cojines de colores regados por la alfombra.

Recuerdo la primera vez que te dije que te quería. Yo estaba recostada sobre tu cuerpo desnudo. Tú acariciabas mi pelo. Teníamos la espalda y el vientre húmedos por el amor. La noche era tierna, se colaba por las rendijas de mi ventana. Nubes de incienso se habían quedado suspendidas en el ambiente. De pronto, me oprimiste fuerte, soltaste un gemido desde lo más hondo de ti, y yo creí sentir cada una de las partes de tu alma. Empecé a girar como un rehilete entre tus brazos. La piel me cosquilleaba y una compuerta se abría y se cerraba en mi estómago. Perdí la noción de tiempo y espacio. Por un momento imaginé que me había desmayado. Hice un esfuerzo por levantar la cabeza y abrir los ojos. Lo logré y el movimiento cesó por completo. Ahí estaba el cuarto, quieto, lleno de cuadros, macetas y sombras lunares. Y tú, con los párpados entornados y tu sonrisa de cuando estás muy pero muy contenta.

Fue entonces que te besé en la mejilla y te murmuré clarito en el oído: "Julia, te quiero mucho". Me miraste sorprendida. Volví a decirte: "Te quiero, te quiero mucho". Una mueca de dolor apareció en tu rostro, cerraste por un instante los ojos, y cuando los abriste nuevamente, los tenías llenos de lágrimas. Te pusiste la mano sobre el pecho, dijiste: "Acabo de sentir, aquí, que nunca antes me habían querido así".

Al principio, no entendí que la única condición para amarte era no poner condiciones, que no debía exigirte el mismo tiempo que les dabas a tus hijos y a tu otro amante, que nuestro sentimiento sólo podía ser de instantes, sin reproches. Ése fue mi primer aprendizaje, y la causa de nuestro primer rompimiento. "Debemos aceptar que tu realidad y la mía no son del todo compatibles. No te puedo amar como tú quisieras", escribiste en esa carta en la que pedías que dejáramos de vernos.

Transcurrieron casi tres meses sin saber una de la otra. Me llamaste para que comiéramos por mi cumpleaños. "Te tengo un regalo", comentaste. Nos encontramos frente a frente: decidimos intentarlo de nuevo.

Volvimos a nuestras tardes tan nuestras. "Ésta es la primera vez, la única vez, que me ha tocado recibir", pregonabas alzando las sábanas para que nadie más que yo te escuchara. Cada palabra dibujada, cada flor disecada en el papel, cada caricia, cada *te quiero mucho* te recordaban que eras una mujer provocadora de amor, que se te podía amar tal y como siempre deseaste que alguien, algún día, te amara. Pero ese alguien era una mujer. Y tú anhelas un hombre, "uno que me ame como tú, exactamente como tú", confesaste en aquella parranda que nos corrimos hasta las cuatro de la mañana porque tu marido andaba de viaje.

Fue doloroso aceptarlo. Nos alejamos por segunda vez. Hasta que entendí que el imposible no debía llagar nuestro presente, que a tu manera, dentro de tus capacidades y tu historia, eras tan mía como yo de ti, que la nuestra era una relación equitativa porque tú al recibir me das y yo, al darte recibo. Cuando volví, me llenaste la cara de besos. Musitaste: "Ya no te vayas nunca". Y te lo he cumplido.

Han pasado cuatro años que incluyen dos rompimientos con sus dos reconciliaciones, algunos viajes cortos aprovechando que tus hijos están de campamento y tu marido fue a un congreso, cumpleaños y navidades fuera de tiempo, el fin de tu otra relación, escapadas al cine y al teatro, algunas conferencias sobre historia del arte, cartas enviadas por correo, más recaditos en el parabrisas de nuestros autos, deliciosos masajes, flores, regalos, discusiones.

Y ahora me das de aniversario este cuaderno azul en el que quise escribir nuestra historia, y decirte, Julia, que no importa si en el fondo te hubiera gustado que esto te lo diera un hombre, ni si no te enamoraste tanto porque yo me enamoré de más.

Ana Clavel

(1961). Narradora y ensayista. Maestra en Letras latinoamericanas por la UNAM. Su libro *Amorosos de atar* obtuvo el Premio Gilberto Owen de Cuento en 1991 y su novela *Las ninfas a veces sonríen* el Premio Iberoamericano Elena Poniatowska en 2013. Sus libros se han traducido al inglés, francés y árabe. Página web: anaclavel.com.

"Cuando María mire el mar" es parte del libro *Amorosos de atar.*

Cuando María mire el mar
(1991)

PRELUDIO

...Tal vez suceda ahora que María se ha despertado de un sueño donde el hombre de su vida le ofrece un platito colmado de cerezas. Tal vez conserve el sabor de la fruta en su boca y decida disfrutarlo por más que la sensación de humedad en la cama se vuelva un imperativo para el odio: "... A Gabriela le da miedo la oscuridad y se orinó en la cama". Pero si ese sueño tan delicioso de las cerezas y el hombre de su vida no lograra detenerle las manos antes de tantear el calzón de Gaby y descubrir con asombro que se halla completamente seco, habría que recordarle aquello de las sorpresas nocturnas a que están expuestas las embarazadas para que reconozca que ha sido ella, y no la niña, la que ha mojado la sábana. Entonces pudiera ser que María, al oír la respiración del mar más allá de la ventana abierta, dominara sus impulsos de hurgar el sitio donde Gabriela esconde su tortuga y recordara otra parte de su sueño: la respiración sonora del hombre al someterla con el poderío de su cuerpo. Tal vez hasta pudiera recordar sus labios vehementes o su piel sudorosa deslizándose sobre ella como una ola. Y de repente, aquel mismo miedo: "Es que no podemos... Estoy embarazada". Es muy probable que María sea incapaz de recuperar los demás fragmentos, pero éste valdría la pena por todos: el gesto del hombre para acercarle una cereza a los labios. Porque entonces, como una marejada, ella recordaría su propia lengua recorriendo la esplendidez de la fruta apenas contenida por la delgadísima cáscara. Y mientras el hombre la embiste, sentir la cereza entre los dientes y, luego, aquel sabor desconocido que estalla en su interior.

Sólo entonces, pudiera ser que María, en vez de sacar la tortuga de su escondite, se dirigiera directo a la terraza. Y una vez allí, contemplara el mar como un ropaje de pliegues que con una sola mirada uno puede llevar puesto.

PARA LLEGAR AL MAR

Razones para llegar al odio: *Primera:* Cinco personas en un automóvil compacto que viajan rumbo al mar. (Dileana, la prima de María, sólo dijo: "Anda, Mariqui, anímate, allá lo piensas. ¿No ves que en el mar la vida es más sabrosa?" Y María haciéndose ilusiones de que por fin Dileana la trataba como a su igual, un viaje para ellas solas, por fin dos mujeres y no aquella distancia de caramelos y flores que el tiempo siempre había marcado con una diferencia de nueve años. Pero, a última hora, Dileana había invitado a su nuevo galán: Rolando, para más señas; a su nueva amiga del alma: Claudia, con todo y equipo de buceo; y había cargado hasta con la jaula del perico, o lo que era igual: Gaby, la hija de su sirvienta.) *Segunda:* La verdadera identidad de Gabriela: de jaula de perico a lapa pegajosa. (Si Gaby estaba en medio, entre María y Claudia, ¿por qué se obstinaba en recargar sólo en

María el peso de su cuerpo cuando se quedaba dormida?) *Tercera:* La pregunta pico de lanza de Rolando: "¿Y por qué tienes que pensar si tienes a tu hijo o no? ¿Que no quieres a tu esposo?" Y la respuesta de María: "Te dicen Rolando el Discreto, ¿no? ¿Acostumbras lanzarte pica en mano apenas conoces a la gente?" Dileana, silenciosa al volante, escuchó agradecida la llamada del juez de plaza: "Calma, matadores", intercedió jocosa Claudia, "queremos llegar vivos a la playa". María reparó por vez primera en Claudia. La vio alzar los hombros y apuntar con el índice en dirección de su vientre: "Tranquila, todos tus entripados se los traga el muchacho... ¿Cuántos meses tienes?" Y María un poco más sosegada: "... Dos meses y medio". Se restableció la calma. Pero muy adentro de María, el odio-veleta dejándose empujar por los vientos rolandisios: Dileana les había contado todo... La veleta giró más rápido: ¿También lo de los llantos súbitos, aquellos temores de romperse toda con el embarazo, de quedarse sin sangre, de desaparecer...? La veleta chirriaba rabia: ¿También les había confiado lo de Javier, aquel terror de que dejara de quererla si ella decidía abortar a último momento? (Un compañero de trabajo le había dicho a María que cuando uno de los miembros de la pareja no aceptaba el embarazo, el matrimonio terminaba por romper. Y aquel comentario había hecho tanta mella, reforzando sus temores, que cuando Dileana la invitó al mar para que allá terminara de pensarlo, María se imaginó en una cabaña de paredes blancas escuchando el rumor del mar mientras su prima le acariciaba el pelo como cuando niña y se lo anudaba en un par de trenzas. Y María creyó que cuando Dileana terminara de tejerle el cabello, ella sabría también qué decisión tomar.)

En cambio, de cara al paisaje de agaves y planicies que se deslizaba más allá de la ventanilla del auto en ese trayecto obligado para llegar al mar, María sintió que un lento pero tenaz oleaje refluía en su interior. Incluso, podía tocar su espesura, el tosco tejido de sus babas y grumos. Necesitaba un poco de aire, extender la mano para bajar el vidrio de la ventanilla antes de que el odio apareciera a medio digerir sobre los sillones del auto nuevo de su prima (quizá sobre el brazo de Gaby dormida que le rodeaba el vientre). Los otros desempolvarían sus imágenes de mujeres embarazadas: panza enorme (a María, por supuesto, ni se le notaba todavía), antojos de comida inusitados a horas inconvenientes y sí, claro, las náuseas y los vómitos. Y terminarían por disculparla. Incluso Rolando. Devuelta al paisaje de agaves espinosos y planicies solitarias que se extendía inconmensurable en ese trayecto obligado para regresar del odio, María se vio pasar en el asiento trasero de un auto, rumbo a un destino proclive al desencanto: una vez más su prima le había fallado.

SUEÑO CON FONDO DE MAR

Razones para llegar al mar: Aun antes de saberse preñada, María comenzó a dormir con el mar. En sueños precedentes: una mancha fría, polar, con capas superficiales de hielo, contemplada desde fiordos y cantiles esculpidos hacia las alturas por el embestir de olas gélidas y vientos huracanados. Ahora, en cambio, se introducía en el mar como en un cuerpo pródigo que la rodeaba de caricias violentas, galopantes, rompientes, para luego, con tibieza de espuma, depositarla en este lado de la conciencia, suave pleamar donde encontraba el cuerpo de Javier emergiendo de los farallones de las sábanas. A María le bastaba contemplar el vigor de los músculos de su cuello, la posición acechante de sus nalgas, para acercarse, náufraga, a beberlo y devorarlo entre espasmos y súplicas que no eran necesarias porque Javier, apenas tocado, despertaba a su propio deseo.

Dos semanas de retraso y sin mediación de análisis de laboratorio, María supo por otro sueño que el mar había decidido no salir de su vientre. En el sueño María se encuentra solitaria. El mar transparenta la finísima arena del fondo. A lo lejos, una isla de escarpados riscos blanquea el horizonte. María se mete al agua y comienza a nadar. Una, dos, tres brazadas, el movimiento constante de los pies, las nalgas por arriba del nivel del cuerpo. El mar responde a cada movimiento de su cuerpo como si juntos bailaran una danza aprendida en tiempos remotos. María siente el agua entre sus piernas y entonces descubre que no lleva traje de baño. Suave pero decidido, el mar extiende unos dedos que tallan, vehementes, su pubis; luego, busca abarcarla por entero: hace presión y su vagina abre compuertas para recibirlo. "Nunca pensé que el mar fuera un hombre", soñó María que pensaba antes de que el mar comenzara a dar de tumbos en su interior.

Seguía en el agua, pero había sacado la cabeza para orientarse. No encontró la isleta ni la playa por ningún lado. Mar abierto. De pronto, el miedo sólo estuvo ahí, tomó cuerpo y se paseó bajo su vientre. ¿Una tintorera... un cachalote? Ni siquiera terminaron de formarse esas palabras en su mente cuando su imaginación ya volaba o, más bien, se hundía en regiones abisales, cavernas vivientes, precipicios reptantes, sin luz ni fondo, cuya respiración era el sonido hueco de la profundidad. Incluso, podía adivinar su cola inmensa y poderosa que apartaba las aguas a su paso. María no se dijo: "Va a devorarme", porque cada una de sus células oníricas la lanzaron en un braceo desesperado hacia la escapatoria. Con todo, surgió: "...Voy a mirar, aunque me muera de miedo, aunque me congele con su mirada terrible...", y metió la cabeza dentro del agua. Tuvo que abrir y cerrar varias veces los ojos antes de dar crédito a lo que tenía debajo: tan grande que no se le veía fin, un banco de peces de colores se deslizaba como un arco iris viviente. María habría pensado: "Mira dónde vine a conocer un arco iris", o lo que es igual: "Entonces los arco iris sí existen, pero uno los busca en el lugar equivocado..." Sólo que María tuvo que doblarse porque se estaba muriendo de la risa. Algunos peces se colaban entre sus piernas atraídos por una corriente oculta que los llevaba al interior de su vientre. María sonrió al pensar: "Ahora sí soy una pecera".

Tres semanas más tarde Dileana telefonearía: "Anda, Mariqui, allá lo piensas. Hazme caso: el mar es buen consejero". Y luego, Javier, al escuchar la sugerencia de la prima: "Mmm... María al mar... y allá te decides. No está mal". Pero a María no le bastaban esas razones.

Breve descanso en las escaleras que llevan a la playa

Para que María mire el mar habría que detenerla mientras desciende los escalones que bajan a la playa. Decirle, como le diría Dileana: "Oye, Mariqui, ¿no te gustaría saltar las olas?" Porque entonces ella respondería: "Claro que sí, pero no puedo. Estoy embarazada". O lo que es lo mismo: "Por supuesto que sí, pero a Dileana se le ocurrió saltar primero y no me invitó a mí sino a Claudia". O: "Saltaría las olas si Gabriela no se hubiera quedado allá arriba, en el *bungalow*, buscando un lugar donde esconder a Filántropa". Porque entonces uno podría salirse del papel de narrador o testigo y confrontarla: Mira, María, embarazada de hijos, o de odios, o de malentendidos, siempre has estado, ¿entonces por qué no puedes saltar las olas o ver el mar?; o más o menos lo mismo: convidada a saltar a la vida como a las olas, como a la reata, siempre has sido, entonces, ¿por qué esperas que la invitación venga en sobre lacrado y lo traiga un mensajero?; o simplemente: déjate de pretextos que tú aún no conoces a Filántropa ni de oídas, ni te importa conocerla como tampoco te interesaría saber por qué Gabriela te prefirió a ti en el coche y te rodeó con un abrazo ese vientre que, segundo a segundo, crece imperceptible a tus ojos que no saben ver nada.

Pero María no se detiene. Termina de bajar los escalones y con la mano cual visera, otea la figura de su prima. La playa, casi vacía salvo por un joven vendedor de collares que patea una pelota desinflada, la remite al mar. Los torsos de Dileana, Rolando y Claudia sobresalen apenas unos segundos cuando una ola inmensa los sepulta debajo. Tras sonreír, María tiende su toalla; aún le dura la sonrisa cuando se acuesta boca arriba. El sol de media tarde irradia calor suficiente para traspasar el traje de baño y acariciarle el vientre. Piensa que un remojón no le caería mal pero sucumbe al cansancio del viaje. Permanece unos minutos con los ojos cerrados, atenta al romper cadencioso del mar. "María... María... vente a brincar olas", es la voz de Dileana pero María no responde. Unos segundos después, la voz de Rolando sugiere: "Déjala, se quedó dormida". Sólo que María está despierta y reflexiona: "¿Por qué demonios no me dejan en paz? ¿Qué no saben que vine al mar para tomar una decisión? Con tantas voces no podré concentrarme. Si yo pudiera escuchar el mar y perderme en el rebote de sus ecos... tal vez hasta podría sentir a esta salamandra que llevo dentro. La verdad es que me da miedo. Me da dolor sólo de pensar en este vientre cuya piel se irá estirando. ¿Qué tal si es como los globos y la piel estira y estira hasta que ya no puede más y revienta?... Me veo con los intestinos desparramados, con un hoyo en la panza mientras mi salamandra aletea agónica como un pez en la playa... Y qué decir de los cambios: la picazón en los senos, la pesantez del vientre, esta saliva que no es la mía sino la de otro... ¿Cómo no sentir asco ante estos efluvios de sabor desconocido? ¿Y si me invade toda y crece y me llena de su sangre y me come toda? No, qué horror... Supongamos que venzo mis temores y me decido a tener al bebé. Supongamos que es niño. ¿Cuál era ese nombre que me gustó tanto en una película?... ¿Olmo? Sí, Olmo... Pero si fuera niña ya no le pondría Gabriela, por más que a Javier le guste tanto ese nombre... Y a propósito, ¿dónde está Gabriela?" María no pudo responderse porque de pronto se soltó la lluvia. El calor acumulado en su cuerpo casi desprende una nubecilla de vapor al contacto de las primeras gotas. Antes de que pudiera razonarlo o de abrir siquiera los ojos, María arrugó el rostro en una mueca hostil. Las gotas de agua dejaron de caer. María abrió los ojos y tuvo frente a sí una figura a contrasol.

—Anda, cabezona... al agua —María no reconoció la voz—. Anda, ese nene que llevas dentro se va a sentir, ¡qué digo!, como pez en el agua.

María tardó unos segundos en comprender que se trataba de Claudia. Nunca la imaginó tan fuerte. A pesar de su rabieta, Claudia la cargó en brazos y no la soltó sino hasta que estuvieron en el mar. Dileana brincó de gusto.

—¡Ahora sí, todos juntos!

—No... falta tu neceser —bromeó Rolando mientras la alzaba en hombros y Dileana comenzaba a gritar.

—¿Mi neceser?... —dijo Dileana una vez que Rolando la bajó—. ¿Quieres decir, Gaby? ¡Deveras! ¿Dónde está Gaby?

Ante la nula respuesta de los otros, Dileana caminó hacia la orilla. Tras avizorar todos los rincones del horizonte visible, se dirigió al *bungalow* con ese desconcierto del que extravía su equipaje. Verla subir la escalinata, chorreando agua, con sus piernas regordetas y esa gracia con la que, aun en esos casos, movía las nalgas, fue razón suficiente para que María se olvidara del mar: "Como si en verdad Gaby le importara tanto..." Tan absorta estaba que no reparó en la respiración de una ola que crecía a sus espaldas. A punto de caer, los brazos de Claudia la sostuvieron por la cintura.

NAUFRAGIOS EN UN VASO DE AGUA

Tal vez habría que preguntarse por qué Dileana decidió que María y Gaby compartieran la misma cama. Bien pudo ella —rumiaba María— hacerse cargo de Gabriela en la cama que compartía con Rolando, o mandarla a los sillones de la estancia. Posibles respuestas: *1)* Dileana pensó que María podría sentir alguna molestia durante la noche y que en ese caso Gabriela le sería de utilidad; *2)* el *bungalow* contaba con tres recámaras: la alcoba con vista al mar que ocuparon Dileana y Rolando, un cuarto intermedio destinado a salón de juegos pero que podía transformarse en recámara y que ocupó Claudia, y la habitación con cama *queen size* que Dileana destinó para su prima y Gaby; *3)* Dileana se sintió con más confianza para imponer a María y no a Claudia la presencia nocturna de Gaby por la sencilla razón de que eran primas y decisiones como esas solía tomarlas cuando María, siendo niña, era prácticamente adoptada los fines de semana por la familia de su tío para aligerarle la carga a aquella mujer viuda y melancólica que era su madre.

Por supuesto, para María, sólo la última respuesta era la única posible: Dileana continuaba mirándola como a una niña y decidiendo por ella. Aceptada como premisa universal y verdadera, María retomó la respuesta tres y decidió darle esta connotación oculta y dolorosa: "Las arrimadas con las arrimadas", se dijo. Y mientras desempacaba a solas porque Gabriela había salido a la terraza, María lanzó una mirada subrepticia a la puerta, buscando un letrero que la confirmara en el sitial donde había decidido colocarse: "Cuarto de las arrimadas". Al no encontrarlo, examinó los rincones de la habitación. Abrigaba la secreta esperanza de creer que su cuarto era un desván con objetos viejos e inservibles. Se sintió desilusionada al descubrir que, salvo las puertas corredizas del clóset que se atoraban, el resto de la habitación estaba en perfectas condiciones. Fue hasta entonces que María concedió: "Bueno, tal vez Dileana tenga otra razón para haberme puesto aquí con Gabriela". Encendió el aire acondicionado y se recostó a descansar. La oscuridad invadía poco a poco el cuarto y, no muy lejos, el mar comenzaba a picarse en un oleaje violento. Los otros habían ido al puerto a comprar víveres. Se arrebujó entre sus propios brazos. Una mano le quedó sobre el vientre y pensó: "Yo que tengo tanto miedo, tendré que defenderte de tus propios miedos. Como un ciego que guía a otro para salvarse del abismo... Qué oscuro está todo, así debe de ser la oscuridad cuando uno se pierde en medio del océano. Náufragos, me parece que les dicen. Y el barco puede encallar en un pantano con cocodrilos. ¿Y si en vez de barco es una balsa? Si yo fuera niña podría pensar que esta cama es en realidad una balsa y que en las tinieblas que me rodean hay cientos de lagartos con hocicos acechantes. Este pie lo tengo muy en la orilla... Los cocodrilos podrían soltar la tarascada en cualquier momento y... No, mejor lo quito. Pensar que toda esta locura podría terminar si alcanzara el interruptor de la luz pero... ¿qué tal si estiro la mano y descubro que no hay cama ni apagador ni cuarto? Oye cómo ruge el mar, parece que estuviera aquí dentro... Todo lo que tengo que hacer es encender la luz. La luz..."

María tuvo que ponerse las manos en el rostro. No recordaba haber accionado el interruptor, entonces... ¿quién lo había hecho? Entreabrió los ojos y alcanzó a percibir una figura menuda y sin garbo que, a su vez, la examinaba desde el quicio de la puerta.

—Es que... —comenzó a disculparse Gaby—. Me da miedo la oscuridad.

—Pues pasa de una vez.

Gabriela entró con paso rápido y nervioso. María volvió a recostarse. Cuando miró de nuevo, Gabriela había salido y la luz estaba apagada. Sintió vergüenza: "Qué me costaba admitir que a mí también, a veces, no siempre, me da miedo la oscuridad".

Por esta razón, más tarde, cuando cenaron y cada uno se dirigió a su cuarto, María decidió platicar unos minutos con la niña. Al principio, el gesto receloso de Gaby le impidió ver hasta qué punto se hallaba frente a una versión reducida de Dileana. El tono de voz y los ademanes de su prima reproducidos por Gabriela tuvieron una explicación cuando la niña le confió que convivía tanto con ella, que a veces ni subía a dormir al cuarto de azotea.

—¿... Y tu mamá, no se pone celosa?

Gaby, quien hurgaba la bolsa de campamento que le servía de maleta, hizo ademán de sorprenderse cuando su mano tanteó el fondo de la bolsa sin encontrar lo que buscaba; luego se mordió el labio inferior y dijo con voz apenas audible:

—Filántropa... No está... ¿Dónde se habrá metido?

María recordó a Dileana: *Sorpresa*: ¿De veras no te dije que iba a invitar a Rolando y a Claudia? *Mordida en labio inferior*: ¿Me lo juras? *Voz apenas audible*: Lo siento... pero... *Salida graciosa que Gaby todavía no dominaba*: A ver, ¿dime que íbamos a hacer tú y yo solitas frente al mar?

—¿Por qué no me contestas? ¿Se pone o no celosa tu mamá de...?

—No se llama mamá. Se llama Felicia. Y Felicia dice que no es mi mamá.

Gabriela jaló las correas de la bolsa y se la colgó del hombro antes de salir del cuarto. María pensó: "Mira qué digna la princesa... se ha ofendido porque hay un guisante en la cama". De todos modos, temió que se hubiera ido a quejar o que se quedara a dormir en los sillones del corredor.

Cuando por fin Gaby regresó con la pijama puesta, María respiró con alivio. No cruzaron más palabras pero la luz del buró estuvo encendida hasta que Gaby se durmió.

Niñas que bracean en la cama

No fue sino hasta la segunda noche cuando María comenzó a detestar a Gabriela. Rolando, Dileana y Claudia se habían ido a tomar una copa y a bailar a la zona hotelera. María decidió quedarse pues durante la mañana se había metido sola al mar y las olas en un momento inesperado la revolcaron con violencia. Dileana le dijo: "Mira, Mariqui, tú dirás que soborné al mar para que te sacara de la jugada, pero ni modo de dejar sola a Gabriela... Si de todos modos tú no vas a salir, pues ahí se echan un ojito las dos".

María estaba desnudándose en la habitación cuando llegó Gaby a acostarse. "¿Y tú qué miras?", le habría dicho a la niña de no ser porque aquella mirada, llena de asombro, transpiraba también admiración.

—¿Le gustan las tortugas a él? —dijo Gabriela en un tono aflautado.

—¿A él?... ¿A quién?

—A tu niño... ese que llevas en la panza.

—No lo sé. Cómo saberlo si todavía no nace.

—Ah...

María se puso el camisón y se metió bajo las sábanas. Gabriela hizo lo mismo. Pasaron unos minutos en silencio. María estaba por apagar la luz cuando escuchó a sus espaldas.

—No entiendo... Si lo llevas dentro, ¿por qué no puedes saber lo que le gusta?... ¿Qué tal si te enseño a Filántropa y cierras los ojos y le preguntas si le gusta?

Gabriela se levantó de un brinco y se dirigió al clóset. Regresó con Filántropa. El pobre animal había viajado todo el tiempo en la bolsa de campamento donde Gaby guardaba también tres mudas de ropa, su traje de baño, una lata de crema Nivea, sus dos cuadernos de ejercicios del año que estaba repitiendo, y una bolsa pequeña de plástico donde cargaba lápices de colores y unas hojas de lechuga ya pardas, con las que alimentaba a la tortuga.

María se incorporó de medio cuerpo. Observó al animal salir de su caparazón y olisquear la palma de Gaby.

—Pregúntale... —suplicó Gaby de nuevo con voz aflautada.

María cerró los ojos. La piel fláccida y rugosa de la tortuga persistía en la oscuridad. La imaginó sin caparazón: inerme, un ajolote con la carne viva expuesta, hasta el roce del aire debía de dolerle. Apretó el ceño.

—¿Te dijo algo?

María volvió a recostarse. Permanecía con los ojos cerrados cuando agregó:

—No, no nos gustan las tortugas a ninguno de los dos.

Son poco más de las tres de la mañana. María se despierta con un peso desconocido sobre su vientre. Tan fuerte y molesto que casi raya en el dolor. Comienza por tantearse y descubre la causa: un objeto menudo y alargado. Increíble que el simple brazo de una niña pueda pesar tanto. María imagina a su hijo, esa pequeña salamandra en formación que ilustraban los cuadros en la antesala del ginecólogo: "Tal vez ni pueda respirar... Y todo por la manaza de uñas negras de envidia de Gabriela". De un impulso, arroja el brazo de la niña sin importarle que esté articulado a un cuerpo. Gabriela lanza un grito agudo y cae de la cama. María escucha sus gemidos suaves desde el suelo y espera a que vuelva a subirse. Pasan segundos; luego dos, tres minutos. María se asoma al borde de la cama; se le cruzan los sentimientos al descubrir en un ovillo a Gabriela dormida.

BAÑO CON VENTANA AL MAR

Meterse por fin al baño que Dileana y Rolando han acaparado en la distribución de las habitaciones. María aprovecha estos minutos en que todos —incluso Gabriela— se han ido a rentar una lancha pues Claudia les ha prometido darles clases de buceo. Es agradable saber que el mar está al otro lado de la terraza, sentir el calorcillo que comienza a depositarle gotitas de sudor alrededor de la boca, en las axilas, en la entrepierna. Camina desnuda desde su cuarto hasta el baño de la alcoba. Al entrar, el espejo le devuelve una mirada indiscreta: una curva fina en el vientre, como si alguien la estuviera puliendo desde el interior. También, una línea oscura, tendida hacia el triángulo del pubis, conforma una flecha, ¿hacia dónde? María se abisma en una mirada de ecos y laberintos donde su sangre golpea diminutas costas de membranas celulares. Embotada, no alcanza a preguntarse: "¿Es así como un cuerpo empieza a desconocerse y a olvidarse?" Pero sí llora al tocarse el vientre ajeno. Desearía que Javier estuviera a su lado, que volviera a decir como ayer por teléfono: "Bueno... está bien. Si te da tanto miedo, pues no lo tengas. De todos modos no voy a dejar de quererte".

María entra por fin a la regadera. Una ventana grande y sin vidrios la acerca al mar. Alza los brazos y juega con el chorro de agua mientras escucha tras de sí la respiración fuerte y acompasada. "Nunca pensé que el mar fuera un hombre...", se escucha repetir pero no puede precisar el recuerdo. Vuelve el rostro y descubre una embarcación de flamante vela amarilla. Entorna los ojos: un hombre la observa desde la cubierta del velero. La ventana es lo suficientemente grande como para que el hombre le haya visto el torso desnudo. María se cubre de inmediato los senos. El hombre continúa observándola y María cree adivinar en el movimiento de sus labios una súplica: "No..." Entonces toma el jabón y, mientras mira de frente al hombre del velero, se acaricia el cuello, los hombros, los brazos, las axilas, ambos senos, la cintura; luego, baja las manos a la región del pubis. Curioso imaginarse con los brazos ocultos tras la barrera de ladrillos, hurgando lo que la mente del otro desee hurgar. María se atreve a pensar: "¿Qué hay de malo en que me vea?" Entonces: "Va a decir que soy una puta..." "Como si no supieras que todas lo somos..." "Pero voy a tener un hijo..." "¿No es caliente como el sol su mirada?..." "Amo a Javier y..." "¿Y...?" "¿Y si se baja del barco y viene a buscarme?"

En ese momento María repara en los otros dos hombres que, al parecer, se encargan de dirigir la embarcación. Descubre que llevan tiempo mirándola y que de seguro la han visto acariciarse para el otro. María no mira el deleite en la mirada de sus espectadores. Sólo piensa: "Deben de estar pensando que soy una puta". Y se esconde tras la pared de ladrillos, como meterse bajo la cama, como ocultarse en el desván. Cuando se atreve a salir, el velero es un punto blanco en el horizonte.

Puesta de sol en la playa

—Escucha, María, aquí dice que las embarazadas sudan deseo por la piel —dijo Dileana mientras extendía sobre la mesa la revista que estaba leyendo—. Es un asunto de hormonas muy complicado.

—O sea que... —irrumpió Claudia—, en pocas palabras, las embarazadas son unas calientes.

María observó los lentes oscuros que traía puestos Claudia. Un paracaídas y el reflejo destellante del sol sobre el mar se daban cita en la superficie del vidrio ahumado.

—¿Qué opinas de eso, María? —preguntó Rolando al tiempo que le indicaba al mesero otra ronda para la mesa.

María hundió un pie en la arena, se acomodó el tirante del traje de baño y luego tomó el agitador entre sus dedos índice y medio y le dio dos vueltecitas al líquido color naranja de su vaso.

—Con este desarmador tengo para toda la tarde; de hecho, no debería tomar ni una gota de alcohol. Mmm... Y sí... cuídate, Rolando, las embarazadas somos perras en celo y eres el único hombre en tres metros a la redonda.

Todos rieron. Llegó por fin el camarero con las bebidas. Dileana se apresuró a tomar el desarmador de María.

—Ya no más, prima. ¿Qué tal si a la mera hora sí te animas a tenerlo? Aquí dice que el alcohol es terrible para los fetos.

—¿Y desde cuándo te preocupas por mí y por mi hijo? —María adelantó el cuerpo hasta la orilla del asiento y quedó de cara a su prima.

Dileana se sumergió entre las páginas de la revista. Rolando contemplaba el mar. Claudia rompió por fin el silencio.

—¿Por qué no seguimos hablando de la calentura de...? Miren quién viene ahí.

Era Gabriela —tortuga en la palma de la mano— acompañada de dos niñas rubias. Se dirigió a Dileana.

—Que si me das permiso de irme a dormir a su hotel...

Las otras niñas observaron a los de la mesa. Una se quedó mirando los platos con desperdicios de camarón y ostiones. La otra, más grande, permaneció con la mirada fija en María. A su vez, María reparó en ella y la miró interrogante.

—Se dio cuenta que tienes un crustáceo en la panza —dijo Claudia mientras rozaba con la mano el vientre de María.

—Pero no está viendo mi panza.

—No necesita vértela. Los niños son increíbles para intuir cosas.

María observó a Gaby. Por un momento se preguntó si aquel ardid para no dormir en el *bungalow* tenía que ver con ella. Antes de alejarse con el par de niñas, Gaby miró a María con el rabillo del ojo. María dijo para sí: "Cenicienta en camino del palacio del príncipe", pero la verdad es que temblaba de rabia.

—Y bien, ¿qué hacemos de nuestras vidas? —preguntó Rolando. Había acomodado su silla de tal manera que se hallaba frente al mar—. Podríamos no hacer nada y continuar aquí hasta que oscurezca o cierren el restorán.

—Mejor vamos a vestirnos para ir a bailar —dijo Dileana cerrando la revista—. Aprovechemos que esta noche estoy libre.

—¿Y si hacemos una fogata? —añadió Claudia—. Yo me encargo de conseguir todo lo necesario, es más, hasta los bombones.

—Esas cosas no las hice ni cuando tenía quince años. Menos ahora que tengo más del doble. Mejor, vámonos a bailar —insistió Dileana.

—Pero, Dileana... En realidad no creces. Con mi tío tenías los mismos pleitos. Toda la vida querías ir a bailar.

—Pues yo apoyo la moción de Claudia —intervino Rolando—. Y mientras ella va a conseguir las cosas de la fogata, bien podríamos gozar esta puesta de sol. Miren esos tonos rosados y el mar que comienza a incendiarse.

Dileana los observó de hito en hito. Al acomodar Rolando su silla, había formado un grupo aparte con Claudia y María.

—Ándale, prima. Préstale las llaves del coche a Claudia. Vamos a ponernos tontos con una fogata, y no imbéciles en una disco. ¿Que no ves que allí sí van puros escuincles?

—Tú, cállate. Todavía soy mayor que tú.

Rolando y Claudia cruzaron miradas entre sí.

—Pues deberías recordarlo para otras cosas... Por ejemplo, para cumplir lo que prometes.

—Pues tú tampoco cambias. Toda la vida te la has pasado reclamándome. ¿Que no ves que apenas puedo con mi alma?

—¿Y Gabriela qué...? ¿A poco firmaste un contrato para hacerte cargo de ella, o cosa por el estilo?

Rolando se levantó de un brinco. Tomó a Dileana de la cintura y comenzó a alejarse con ella. Mientras se dejaba llevar, Dileana musitó al borde del llanto:

—Pero qué le pasa... Yo no soy su mamá. ¿Qué no entiende que no puedo?

PECES QUE NADAN A CONTRACORRIENTE

El *bungalow* se hallaba a media hora de camino. Podrían ir sorteando el ribete de las olas en vez de tomar un taxi en la carretera. Iban en silencio pero Claudia no perdía oportunidad para divertirse: pegaba carreras para pisar la espuma de las olas, rescataba pedazos de madera moldeados por el mar, recolectaba conchas y piedrecillas. Hubo un momento en que se atrasó pero María no se dio cuenta sino hasta que le oyó gritar:

—María... María... ven.

Con la escasa luz de una luna creciente, María alcanzó a vislumbrar a Claudia cerca de un promontorio con un bulto en las manos. Al aproximarse, el bulto cobró forma: era un pájaro. Maltrecho, con arena hasta en los ojos, parecía como si se hubiera puesto a cavar su propia tumba en la playa.

—Tiene un anzuelo trabado en el pico. Mira...Tenemos que sacárselo.

María se estremeció al ver la punta que traspasaba la mandíbula inferior del animal.

—Y... ¿qué esperas que yo haga?

—O me lo detienes para que yo se lo saque, o se lo sacas tú.

—No... mejor sácalo tú.

Claudia estudió entonces la trayectoria del anzuelo y probó a jalarlo. El pobre animal se agitó entre las manos de María. Su mirada entre perdida y temerosa se fijó en ella cuando Claudia realizó el segundo y último intento. Por fin el anzuelo salió libre.

—Mira nomás... —dijo Claudia luego de limpiar la punta en la tela de sus bermudas—. Si este animal se salva después de todo, te juro que hay que guardar esto como amuleto.

Mientras tanto, el pájaro probaba a acomodar el pico. María lo puso en la arena y, no sin reparo, intentó sacudirle un poco de la que tenía en el cuerpo. Claudia también se arrodilló.

—Y ahora qué... ¿nos lo llevamos al *bungalow?* —la voz de María sonó aflautada.

—No, mujer, qué te pasa. Ya hicimos lo que pudimos, ahora le toca a él.

—¿Y si se muere?

—... Pues se murió —los hombros de Claudia se alzaron en un gesto de impotencia—. O qué, ¿tú te haces cargo y le buscas una jaula y lo llevas al veterinario? No, no, para qué te lo sugerí, ya lo estás pensando, y luego la loca de Dileana... va a querer llevárselo a México... Entiende una cosa, María, estamos de vacaciones, se ayuda en lo que se puede y nada más. Adiós, señor don Pajarraco —Claudia se dirigía ahora al animal—, luego nos escribe cómo le fue y se cuida. Fue un placer...

María sonrió. La figura de Claudia se recortaba contra el océano. La luz lunar le daba de costado y le ensombrecía el resto. María pensó: "Parece una roca. No cualquier mar la mueve..." Y tuvo el impulso de tocarla, de ver si era de verdad o un encantamiento. Extendió la mano y la roca cobró vida. Antes de que pudiera arrepentirse la sonrisa de Claudia estuvo ahí, acentuando la curva de sus mejillas en las que, por primera vez, reparaba —después, al morderlas, pensaría: "Nunca creí que fueran tan carnosas".

Claudia comenzó por besarle la nariz y los ojos. Cuando descendió a sus senos —era tan fácil apartar la tela elástica del traje de baño—, María se estremeció: jamás se había imaginado a una mujer prendida a sus pechos... "Azúcar", dijo Claudia mirándola desde abajo. Luego, le tomó una mano y la hizo que se tocara el pezón. Cuando María se llevó los dedos a la boca, un sabor desconocido fue surgiendo en su interior: sal y después, sí... miel con ese dejo acre de la fruta que aún no ha madurado.

"Es que no podemos", titubeó María al sentir los labios de Claudia en su vientre, "estamos en la playa... alguien puede pa-

sar". Claudia sonrió y la llevó al pie del promontorio. Recostada
en la arena tibia, María alcanzó a ver que el pájaro batía las alas
para quitarse la arena. Las manos de Claudia la hicieron regresar
a su cuerpo, a la suave curva de su vientre donde aquellos dedos
la prodigaban de caricias tiernas. María pensó dos cosas casi si-
multáneamente: *Una:* "¿Qué estará haciendo Javier?"; *dos:* "Qué
manos… Es como si nos acariciara a mí y al bebé al mismo tiempo..." Entonces recordó los peces de su sueño, todo aquel banco
que era como un cuerpo que le acariciaba el vientre. El pecho de
Claudia descansaba, en parte, sobre su cintura. Oblicua, Claudia
había buscado la mejor posición para no incomodarla. María sintió el calor que manaba de su cuerpo. La respiración de Claudia
se perdía entre el romper de las olas. María no pudo escuchar su
propia respiración: la cercanía de ese cuerpo inofensivo la sedaba,
como si alguien, por fin, hubiera atendido el llanto de esa niña
que llevaba dentro. Y esa niña quería más caricias para ella y para
la salamandra que no se decidía a adoptar. Y Claudia tampoco
se detenía. Sus manos eran peces jabonosos a contracorriente de
su cuerpo.

Cuando los delfines rompan el horizonte

"¿Por qué la gente se obstina en deshacer sus sueños en vez de ha-
bitarlos?", habría sido una buena pregunta que formular a María
de no ser porque saltó de la cama y se fue directo al sitio donde
Gabriela guardaba su bolsa de campamento. La verdad es que
seguía odiando a la niña. ¿No le había bastado con la vez que la
tiró de la cama? ¿No era suficiente con encontrar sus sandalias
rotas con tijeras y el castigo que le impuso Dileana pues creyó
que Gaby misma las había cortado? ¿Por qué no se le ocurría otro
pretexto para dormir fuera del *bungalow* en vez de ese silencio de

las mañanas cuando se cruzaban camino al baño o a la cocineta? Total, para lo que faltaba de las vacaciones (hasta Dileana le había pedido que zanjaran el problema: "Mira, Mariqui, no puedo decirte por qué pero no tienes razón. De todos modos, estamos en el mar y tú estás embarazada... ¿No podríamos hacernos la vida más ligera?"). Qué diferencia con Claudia, con ella sí se podía hablar, decirle que lo que había sucedido entre ellas no iba a repetirse. Y Claudia había esperado a que Dileana y Rolando se metieran al agua para acariciarle el vientre por encima del traje de baño: "Pues si no te animas otra vez, qué lástima. Fue tan sabroso..." Pero con Gabriela, no, ni una palabra, sólo el brazo terco en aplastarle al hijo y, en los últimos días, la cabeza de Gaby buscando su regazo.

Por eso, mientras llegaba el momento de la partida, había que hacer algo, tantear en la penumbra el fondo de la bolsa de Gaby y descubrir el cuerpo blanduzco de Filántropa parapetándose en su concha. María hubiera querido también enconcharse, retraer la mano y sacudirla para liberarse de la sensación gelatinosa que le provocara la piel de la tortuga. Por qué no si, a fin de cuentas, el odio-roca se resquebraja: "¿Y si Gabriela le pidió a Dileana que la dejara dormir conmigo?" María reúne todo su coraje para meter de nuevo la mano a la bolsa y tomar a Filántropa del caparazón. Luego, se encamina a la terraza. Con la tortuga entre sus pinzas índice y pulgar, observa el horizonte en penumbras (apenas una franja oscura distingue el mar del cielo). Abajo de la terraza, sólo peñascos: el cementerio anónimo y perfecto para estrellar su rabia. Ni el rumor potente del mar, ni los resabios frutales de su sueño, logran detener su mano pinza de tortuga para asomarse al vacío. Pero María sabe —algo dentro de ella lo sabe— que su odio carece de sentido porque vengarse de esta forma de Gaby es como meterle una zancadilla a la gallina ciega que alguna vez fue ella cuando niña y todos la mareaban con tanta orden contradictoria de dónde pegarle la cola a la burra vida.

De pronto, se recuerda embarazada y piensa: "No sólo de sangre se alimenta mi salamandra. También come de mi odio y de mi amor... de esta mano que sostiene a Filántropa o del platito cargado de cerezas..." María se detiene: "¿Cuáles cerezas?", pero un piar *in crescendo* la distrae: "Veamos —empieza otra vez—, ¿en una película? No... ¿en el libro que he estado leyendo... o el sueño que alguien me ha contado... tal vez un sueño de Javier?... No, creo que era mío y yo estaba en el mar... y un monstruo que en realidad era un banco de peces... y un hombre maravilloso que me besaba y yo era feliz... También me ofrecía un platito lleno de cerezas..."

Un ruido a sus espaldas la hace temblar y por poco suelta a Filántropa. Es Gabriela. "Clop", suena en el interior de María el miedo de imaginar a la tortuga despanzurrada ante sus ojos. ¿Qué es lo que dicen esos ojos de Gaby fijos en María? De pronto sólo se oye el mar como un eco. La luz, temerosa y furtiva, se va abriendo las faldas desvergonzada... En unos instantes todo cobra límites y formas, incluso los gorjeos de los pájaros vuelven a escucharse. El corazón de María late de prisa: "Este instante es único... tal vez no tenga otra oportunidad". Puede sentir el bulto que comienza a pesar en sus entrañas; también el cuerpo tembloroso de Filántropa escondido hasta las uñas en su caparazón... Con la mirada de Gaby, que por fin le hace frente, recuerda una vez más las cerezas, las manos a contracorriente de Claudia conociéndola como ningún hombre —ni siquiera Javier— la ha conocido; también recuerda a su madre y a Dileana: esa ansiedad por esconderse en el caparazón porque el simple roce del aire las lastimaría.

María se vuelve hacia el horizonte. Qué de juegos juega la luz sobre las olas. Un ropaje luminoso para vestir la mirada. Pero,

¡hey, alto! Estas olas no son normales, brincan y rompen el horizonte. María deposita a Filántropa en el pretil del balcón y otea el mar. De pronto, descubre la verdadera forma de las olas: un manto de delfines juguetones bordean el límite del mar y el cielo, y lo hacen uno.

—Corre —le grita a Gaby—. Ven a ver los delfines.

Gabriela salió de su concha, llegó al balcón y se puso de puntas. Entonces María la cargó y la hizo sentarse a un lado de la tortuga.

—Agárrala muy fuerte —le dijo mientras ella misma sujetaba a Gaby por la cintura—. Por nada del mundo se vayan a caer.

Gabriela tomó a Filántropa y la acurrucó en su vientre. Luego la alzó para que la tortuga también pudiera divisar el manto de delfines.

—Mira... —dijo Gabriela, dirigiéndose a la tortuga—. Son tus parientes.

María ya no pudo pensar: "Lo que yo veo, mi salamandra puede verlo. También a ella —o a él— puede llegarle el perdón". Sonrió cuando Gaby le dijo:

—Nunca había visto tantos delfines... Es más, nunca había visto un delfín.

—Pues yo... —reconoció por fin María— nunca había visto el mar.

Ivonne Cervantes Corte

Comunicóloga de profesión (FCPYS, UNAM); escritora por pasión, actriz por oficio, narradora oral por puro gustito. Poeta de clóset. Autora de cuatro libros (dos publicados) y numerosas hojas sueltas. Novela en proceso creativo. Hay quien la conoce como La-señora-vende-cuentos, aunque ella prefiere que le llamen Escritora nómada, para recordarle que se encuentra de paso.

"Luz Bella" fue publicado por primera vez en su libro de cuentos *Sobre un sillón de piel... los juegos*, por la editorial Diana en 1999.

Luz Bella
(1999)

El Sol, viejo y cansado por el peso de la tarde, derramaba su agonía sobre el vitral. Sus estertores luminosos se vertían melifluamente en los poros de los vidrios, ofreciendo restos de vida a *La pasión de Cristo*. Desde la cúpula, los cuatro apóstoles mostraban el camino a la oscuridad incipiente, y en el altar mayor los ángeles se encargaban de cobijar a la Madre del Creador. En las capillas laterales, el Cristo *del Perdón*, a la derecha, y a la izquierda, el Cristo *de la Agonía* —bañado en sangre— velaban por los sentimientos de culpa y arrepentimiento de los feligreses.

—¡Qué éxtasis hallado en el dolor!, ¡qué placer inconcebible y extremo en la virtuosa entrega de los santos! —me susurró Virginia al oído, mientras yo observaba los gestos de las imágenes que custodiaban a los Cristos—. Te aseguro que en el fondo de todos ellos, en lo más profundo de su ser, debieron experimentar algunos orgasmos al flagelarse —su dedo índice trazó un escalofrío sobre mi columna.

—No seas irrespetuosa —respondí molesta.

Sin embargo, la imagen de santa Teresa, tal como la concibió Bernini, asaltó mi mente. Era la única efigie que había en nuestra recámara y la veía a todas horas: antes de dormir, al despertar, cuando descansaba la vista, al leer y, a veces, mientras hacíamos el amor. Yo amaba ese rostro por todo lo que era capaz de transmitirme: un mundo interno volcado por el paroxismo de la pasión contenida, una danza voluptuosa entre la obscenidad y el misticismo, una vorágine que amenaza al alma con despeñarse a la lujuria y el desfallecimiento del alma seducida; todo ello, confinado a la represión de la conciencia que lo sublima a la santidad. "¡Qué ganas de someter tu resistencia!", solía ser la frase que apremiaba el orgasmo, cuando los labios trémulos y suplicantes de Virginia se mezclaban con el semblante extático de santa Teresa. La fuerza del espasmo resultaba avasalladora.

—¿Sabes por qué sufrían tanto? —continuó mi amante, ajena a mis pensamientos y sin advertir que la sensación dejada por el filoso borde de sus dientes crispándome la piel de la oreja había enganchado mi excitación impía.

—No —mi boca arrojó una sílaba temblorosa.

—Porque el amor a Dios representaba luchar contra las tentaciones del Diablo que resultaban, tangiblemente, más placenteras.

Con Virginia a la espalda, bordeándome la cintura con los brazos, sólo pude girar el torso para verle la cara. Estaba segura, por el tono sensual de su voz, que tendría aquel gesto —entre perverso y lascivo— que tanto me seducía, pero que ahora resultaba exasperante.

—¡Calla! Aquí no menciones esa palabra.

Me sentía cada vez más irritada, sobre todo porque los mensajes de Virginia actuaban como cuchillas filosas sobre la mordaza de mi erotismo: "La gota de sagrada sangre cae en los labios temblorosos..."

—¿Cuál... Diablo? No me vas a decir que le tienes miedo.

—¡Claro que no! Pero es irrespetuoso.

—¿Irrespetuoso? No lo creo. ¿No has escuchado que ese ángel, descarriado y hermoso, está más cerca de la Iglesia que de cualquier otra cosa? Es aquí donde puede encontrar las almas más interesantes, para disputárselas a Dios.

Virginia me sujetó con mayor fuerza. Sus pechos se estrecharon contra mi espalda y sentí el ritmo que cobraba su deseo. Una punzada, nacida en mi vientre, apremió la mordaza: "... la gota espesa resbala por la lengua y estalla en la garganta..." sentí que perdía el control.

—¡Ya basta! Vámonos —me liberé de sus brazos y eché a andar hacia la salida.

El silencio protagonizó nuestro regreso a casa. Al entrar, ninguna de las dos encendió la luz; había suficiente con la Luna llena. En el pasillo hacia la recámara, Virginia me aprisionó entre la pared y su cuerpo.

—¿Por qué has estado tan callada, ratita?, ¿qué tratas de esconder? —su voz conservaba el tono perverso.

Una de sus manos subió por mi abdomen hasta descubrir el pezón que se erguía bajo la tela de mi camiseta.

—¡Vaya, vaya! ¿Qué tenemos aquí...? Así que esto escondes.

Mi respuesta física latigueó su excitación. Virginia penetró en mi boca con su lengua, y desde mi paladar invocó el cúmulo de imágenes que había tratado de reprimir en el templo.

—¡Poséeme! —fue mi súplica, mientras su pasión se vertía en mi yugular.

Mi amante tenía sed y sabía que yo chorreaba. Sobre la cama, su necesidad me arrancó los pantalones. Los calzones quedaron suspendidos y tirantes en mis rodillas. Con los dedos separó los labios de mi sexo, liberó mi clítoris de su *ropaje* y, envolviéndolo con su boca, comenzó a succionar mis fantasías. A santa Teresa se le derramaba la luz de la Luna por la comisura de los labios anhelantes.

—Más..., quiero más. Hazme estallar... Soy tuya como no lo he sido de nadie.

Ante mi ansiedad todo se detuvo. A ella le gustaba jugar con mi deseo. Cuando yo estaba en el punto más alto de la excitación, Virginia se tornaba impredecible: igual podía hacerme llegar al paraíso inmediatamente, que retenerlo y ponerme a la puerta una y otra vez, hasta verme desfallecer acometida por convulsiones. Esta vez optó por demorarlo.

—¡Por favor, te lo ruego, no pares, amor!

—¿Quieres estallar? —sonreía, lasciva—. Bien, prepárate a sentir lo que tanto deseas.

Volvió a bordear mi burbuja inefablemente sensible bajo el efecto de la sangre.

—¡Estalla!, estalla y pertenecerás al reino del fuego perenne. Luzbel vendrá por ti. ¡Anda!, goza y sentirás al ángel desdoblarse sobre ti... ¡Viértete!, y de una sola tarascada devoraré tu alma —su voz retumbaba en las paredes de mi vagina y regresaba al exterior, deformada.

La tensión, tejida de mi cerebro a mi vulva, se mezcló con una emoción recóndita de temor por la imagen del demonio, y de culpa por el placer, que me impidió llegar.

—¡No me hagas esto! —exhalé al sentir que el orgasmo escapaba.

—De modo que intenta marcharse. No, no, no, eso no está bien —dijo ella, con simulada afectación—, habrá que invocarlo de nuevo —y se dio a la tarea.

Bastaron unos instantes, y la habilidad de mi querida Virgen, para hacerme regresar al borde.

—¡Estalla, anda, ¿qué esperas?!, pero si lo haces tu alma será mía cuando hayas traspasado el umbral del placer..., poseo la magia que funde la razón... ¡Sigue...! Te liberaré... (poco a poco el exterior se fue desdibujando y las palabras comenzaron a bullir en mi interior) "...no tendré piedad de la inocencia que te encadena... desvirgaré tu alma... y con su néctar calmaré mi sed..."

Envuelta en la espesura de algo intangible, giré elevada sobre alas de ángel, ángela. Las texturas, los olores y los sabores se expandieron, y fui parte de ellos... El hábito de santa Teresa se hizo jirones, y su cuerpo se desintegró en miles de alas blancas, rojas y negras. Los espasmos de un orgasmo múltiple se transformaron en gritos, que me desgarraron del pecho a la garganta, y los vi fugarse convertidos en seres con alas desnudas. Presencié un estallido rojo y luego una danza de colores que se difuminaron hasta ceder el paso a una luz resplandeciente, una Luz Bella que me transformó en sueño.

Cuando abrí los ojos, me encontré envuelta en los brazos de Virginia. Había encendido un cigarro y me limpiaba el sudor de la frente.

—Vaya, ¿dónde andabas, eh? —dijo con tono sutil, absolutamente amoroso—. No, mejor no hables. Voy a traer algo de beber porque has de tener sed.

Salió de la recámara y, al instante, asomó por el vano.

—Está de más preguntar si disfrutaste, ¿cierto?

Asentí sonriendo y ella desapareció. Antes de que regresara, me quedé dormida.

Cristina Rascón

(Sonora, 1976). Autora de *En voz alta*, *Hanami* y *Cuentráficos* (cuento); *Mi Patagonia* (crónica); *El sonido de las hojas* (minificción); *Reflejos* (haiku). Tradujo del japonés poemarios de Tanikawa y Chiyo-Ni; del inglés, la novela *Collages* de Anaïs Nin. Miembro del SNCA, obtuvo los premios Latinoamericano de Cuento Benemérito de América, Literatura del Noroeste, Libro Sonorense y Sonora para la Cultura y las Artes.

"Ánime animal" pertenece al libro *Hanami* y fue publicado por Tierra Adentro en 2009.

Ánime animal
(2005)

Dolió mi circulación a cada paso. Un rostro de *anime*, de belleza mística y colores lisos. Irreal. Una cabecita frágil, cabello de navajas y mirada oceánica bajo un filete de pestañas. La vi y me esclavizó. Su nombre era Soo Jin. Coreana, alta, con pantalones grises y estrechos, *Chanel* amarrado al cuello y una bolsa de mano *D&G*: japonesamente amoldada. Hablaba suave, con gestos de colegiala *nihon*, aproximando el vino mate de sus labios rítmicamente. Ni demasiado cerca ni demasiado lejos.

La noche le maquilló lento. Entramos al bar. 30 y unas personas peleando la respiración. Yo fui invitada por una veterana del grupo "Amantes del Viaje" que es algo así como "fanáticos de viajar a otros países y contar lo que vieron en una cena barata".

En realidad, cada quien tiene sus propias estimulantes razones para entrar a estos *kurabus*. El 70% del grupo son féminas en busca de una casa y sueldo marital, sentadas con las piernas juntas y su delicada manita cubriendo la boca y un set de dientes sin *Quality Control*.

Anime Woman se sentó frente a mis zapatos sin nombre y mi suéter verde aceituna, con la mesa de por medio sin dejarle descubrir mi *Scape* imitación. Las sillas opuestas de la entrada nos regalaron la proximidad de la plática y el juego de nuestros palillos cuando pelearon por la última pieza de tempura sobre el plato de cerámica.

Su pupila preguntona y su amable juego de voces me aceleraron el pulso antes congelado, impidiendo a mis dedos sostener el cigarrillo. Mordidas en las articulaciones, temblores y ella...

como diosa preservadora

que al acercarse, acariciaba mi sangre y calmaba el sismo

sin llegar a delatar

que ella también dejaba caer su *Virginia Slim*

de vez en cuando.

Tres años en Tōkyō y un japonés perfecto, ingeniera en

bioquímica,

investigadora del tejido cerebral,

departamento propio y el problema existencial

de renunciar a todo y volver a Corea.

—... la vida no es más que una fórmula —dijo la bella Soo Jin—

aunque eso nos dé origen y destruya...

Diez minutos antes

era yo quien hablaba de no poder más con la vida del país sin sol. ¿Se burlaba de mí? Era mi supuesto lugar, donde había crecido. Pero era insoportable no concordar con el sueño del vecino, mi madre, el maestro, mis amigas. Una *kōkōsei*, una mujer extraoficial, una niña con el cuerpo y las ideas demasiado crecidas. No cabía en sus rígidas posturas. No me atraía esa vida monitoreada, quería inventar una sólo mía, lejos del idioma en el que vivía enmudecida.

—Primero asegúrate una vida cómoda. Eso es lo que hice yo. En Corea jamás hubiera reunido el dinero que he hecho aquí. Es difícil vivir en *Tōkyō*, ir al laboratorio, trabajar medio tiempo en el snack bar y todo lo demás. Quiero volver a casa
                                        relajarme y descansar
                de las horas en trenes
                                y los *salary men.*
—Eres tan joven...
        —dijo dos o tres veces.
        Sus ojos de almendra y su sonrisa borracha
                me invitaron a un bar cercano
                con dos amigos de ella.
                Y... Mmm... Bueno,
                ¿Qué más podía hacer?
        Tal vez era ese tipo de mujer a quien también le gustan los
                                hombres.
        Tomé mis cosas y la seguí. Sus amigos eran simpáticos.
Bien para pasar el rato y tomarme un licor de *umeshu* gratis. Ojos de nuez se las arregló para tocarme la pierna y servir a Yamada-san una cerveza casi negra. Regaló a mis medias esmalte de uñas *Lancôme* y a Don Takabato mentiritas de pestañas *Revlon*.
        Uno de ellos pagó mi cuenta y vaya suerte que no curioseó bajo la mesa o se hubiera topado con nuestra otra fiesta.

        Hora y media y dos trenes más tarde llegamos a su departamento. No era tan bello como Ojos de *Ánime*. Olía a tabaco. Al menos estaba alfombrado y tenía cortinas blancas. Tenue *Acid Jazz*. Su acento degustó un poco de vino y jugueteó con mis piernas en la alfombra.

        Me hubiera gustado hacer del nombre "Amantes del Viaje" un práctico enrolamiento de papel arroz, pero lo único accesible era el alcohol así que reprimí la voz invitación y dejé que Niña *Manga* se embriagara con mi olor y vino blanco, con caderas agrias y besos de sombras.

Ella quiso tomar un baño.
Mi piel siguió acariciando el futón en tibiedad.
Como todo intruso en casa nueva, revisé cada
cuadro en la pared, cada revista, cada adorno de cerámica..
Hasta toparme con el librero.

Oí el agua correr.
Seguramente haría escala en su ombligo triangular.
No me sorprendió saludar a Murakami Ryū
forrado en pasta dura, diccionarios químicos,
poesía de *Kyōto* y revistas con órganos y *kanji* que nadie se aprende.
Los estantes gritaban títulos y recetas.
Yamada Amy, Yoshimoto Banana
deletreaban sueños y finales.

El agua silenció.
La paz del *ofuro* me invitaba
a dormir
en el oscuro hueco entre sus labios,
a detener
entre mis dedos sus navajas.

El vapor golpeaba los colores. Un tintineo en el agua me recordó el cabello húmedo esperándome.

—Demasiados hombres... ¿Será por eso?...

Mirada de Almendra lloraba. Sus lágrimas caían entre quejas tibias al agua. Ya no había vapor cortineando mi voz desnuda.

—En Corea ... En Co-Corea ...

—Entiendo —dije acariciando su cabeza.

Pero la verdad no entendía nada. Me dijo algo del honor de su familia, y que no era exactamente yo sino todo su ritmo de vida, que si qué sabía del confucianismo, que si era yo budista. No quise responder.

Si no era yo por ser yo, entonces ¿por qué las lágrimas? Tal vez la discriminación a los coreanos y los sex tours a la península. Invasión, secuestros, violaciones: rencor a todo lo que tenga que ver con los nippones, vistos como una holística masa de arroz blanco. Algo dijo de su *arubaito*, además del laboratorio. Ser química está bien pero nunca eso de bailar con el enemigo en un *hostess* bar y servirle whisky tras la sonrisa *Shiseido*. Qué asco. Tener que pasarse opiniones a tragos de *mizuwari* sin poder escupirles. Podía sentir su sangre sublevándose. ¿Qué sería yo para ella? Me sentí como un último grano de arroz en el plato.

Dijo que era su primera vez con una mujer.

—Eres tan joven —dije yo

y le di un beso en la frente.

Ojos de nuez

Giró la espalda

me maldijo y

pidió que la dejara sola

en S U - O - F U - R O .

Salí tratando de calmarme y me pegué contra la pared, cerca de las repisas. Escuché a cada libro gritarme su origen y final que describió Soo Jin. No podía creerlo. Yo pensé que en Japón era imposible conseguir lo que ahí se escondrijaba.

Tras Murakami, polvos blancos.

Anime Animal

dijo que yo la había obligado

que mentí en cuanto a mi edad,

que ella estaba ebria.

Tras Yoshimoto, cápsulas de sueño.

Filete de Pestañas reportó mi nombre,

y exigió un proceso

de rehabilitación.

Tras Yamada Amy, agujas sin receta.
                    Belleza de Mierda
                              me encerró en esta oficina
                    pidió carta de disculpa
                    y remuneración económica.
          ¿Cómo pensó que podría aguantarme?

Ōsaka, Japón (Mayo de 1997): "Japonesa menor de edad declara haber sido drogada y ofendida sexualmente por coreana asidua a altos estimulantes químicos y *ex-hostess* en la zona de Ginza. La sospechosa busca apegarse a su condición de ebriedad para anular el cargo. Existen ya pruebas agravantes de sustancias tóxicas en el lugar del hecho".

Odette Alonso

Autora de la novela *Espejo de tres cuerpos* (2009, 2021), del libro de relatos *Con la boca abierta y otros cuentos* (2006, 2017 y 2021) y de varios poemarios, entre los que destacan *Últimos días de un país* (Premio Clemencia Isaura de Poesía 2019) y *Old Music Island* (Premio Nacional de Poesía LGBTTTI 2017). Coeditora de *Versas y diversas, muestra de poesía lésbica mexicana contemporánea* (2020) y de la colección Bulevar Arcoíris. Fundó y organizó durante 14 años el ciclo Escritoras Latinoamericanas en el marco de la Feria Internacional del Libro del Palacio de Minería.

    "Un puñado de cenizas" forma parte de su libro *Con la boca abierta*, publicado por primera vez en Madrid en 2006 por Odisea Editorial.

Un puñado de cenizas
(2006)

> *Ay, de estos días terribles,*
> *ay de lo indescriptible...*
> "En estos días", Silvio Rodríguez

De pronto, como en un sueño, tiene la calle frente a sí. Y a la derecha de la calle un pasillo y a la derecha del pasillo una escalera y al final de la escalera una puerta. No toca porque está abierta. La ha abierto Mariana hace un segundo. Mariana que venía a su lado, medio paso delante, por la calle, por el pasillo, por la escalera. Cuando Mariana le hablaba de su casa, cuando se imaginaba los lugares en los que leía sus cartas o recibía sus llamadas, Yanela pensaba en un palacete de Miramar con amplio corredor, galerías laterales y un hall con escalera de mármol. Y ahora tiene delante una salita de dos por dos metros en la que apenas puede dar tres o cuatro pasos entre los muebles amontonados.

Mariana cierra la puerta y se besan. El beso que ha esperado semanas en la oscuridad del pensamiento. La mano de Yanela abarca las caderas, acaricia el muslo, trata de meterse entre sus piernas. El beso es ya una locura y la mano explora más adentro. Mariana salta. "No, espera". Se separa y se va a la cocina, que está a cuatro o cinco pasos. Desde allí le pregunta si quiere agua, si hace café. "Siéntate", le dice y Yanela obedece. Se sienta en un sofá desvencijado, viendo frente a ella la caja del tocadiscos y los elepés. Encima de todos, Mujeres.

"Cómo fue el viaje". Los utensilios tintinean. Pronto el olor del café inundará la sala y la casa toda. Yanela da unos pocos pasos y la ve junto a la cocina. La observa unos segundos antes de acercarse. Pega su cuerpo al de ella, le besa el cuello. Sus brazos rodean la cintura. Mariana ladea la cabeza. Yanela no ve su rostro pero adivina la sonrisa en sus labios estrechos. El agua del café no puede hacer otra cosa que hervir y el beso de Yanela no se separa de esa capa fina de piel que cubre los hombros. Mariana la empuja levemente. "Espérate". El humo empieza a salir ligero de la cafetera cuando regresa a la sala. Pone el disco. *En estos días, todo el viento del mundo sopla en tu dirección...* Se sienta en el sofá desvencijado, echa hacia atrás la cabeza, cierra los ojos y el tiempo retrocede en un segundo.

Cuando Yanela entró al vestíbulo de la biblioteca provincial estaba repleto. Una manta con grandes letras rojas atravesaba la fachada de lado a lado: "Bienvenidos inspectores". La mañana había sido lluviosa y ella pensó muy seriamente en no asistir, pero ya se había puesto de acuerdo con Rafelito. Además, se dijo, "a la gente de Cultura siempre hay que estarle oliendo los pedos porque si no, te dejan fuera de todo". Buscó al amigo con la vista, entre la gente, y lo divisó junto al estrecho pasillo de entrada al salón de actos, recostado a la pared.

—Si no nos apuramos —dijo el muchacho con unos coquetos movimientos de ojos—, no vamos a coger asiento.

Saludando a unos, rehuyendo a otros, recorrieron el pasillo y entraron al salón. Rafelito señaló dos butacas al fondo, de las pocas que quedaban desocupadas. Todavía de pie, pasearon la vista por la concurrencia. Funcionarios de Cultura, dirigentes provinciales, artistas, inspectores nacionales... toda una fauna. De pronto, los ojos de Yanela se toparon con los ojos más hermosos que hubiera visto en los días de su vida. Estaban allá, en la segunda o tercera fila, debajo de unas pobladas cejas y encima de una boca pequeña, de labios delgados. Los ojos siguieron su camino, pero a partir de ese momento Yanela no pudo mirar en otra dirección.

—Felo, ¿quién es esa niña? —Rafelito juntó las cejas en un gesto de interrogación—. Aquélla —Yanela adelantó la barbilla—, la rubiecita —Rafelito alzó los hombros y apretó los labios—. Averíguame quién es. Con tu socio el de Cultura, anda, ve...

El muchacho atravesó el pasillo, dando la mano a algunos, besando a otras. Yanela lo vio acercarse a uno de los funcionarios, observó los gestos, las miradas de los hombres, las bocas susurrando, las sonrisas cómplices. El otro la saludó con la mano. Ella sonrió. Y de nuevo las miradas, las bocas, las sonrisas y Rafelito regresando, saludando a unos, besando a otras, deteniéndose a conversar, hasta que medio siglo después llegó junto a ella.

—Que no la conoce pero va a averiguar —le dijo.

—¿Y para eso te tardaste tanto? ¡Me vas a matar del corazón!

"XV Inspección Nacional del Ministerio de Cultura" decían las letras recortadas que presidían el salón, sostenidas por cuerdas que bajaban desde el techo. Aquello fue interminable. Habló el maestro de ceremonias, habló el director provincial, habló el representante del Partido, habló el secretario general del Sindicato y habló uno de los inspectores en nombre de los demás. El maestro de ceremonias dio por terminado el acto y la gente empezó a salir, apiñándose de nuevo en los pasillos. Yanela no se movió. Como gato que acecha, sus ojos no se desprendieron de uno solo de los movimientos de la muchacha. Por segunda ocasión sus miradas coincidieron un segundo y ella sintió un corrientazo en el estómago y sudor frío en las manos. Después la vio tomar su bolsa, acomodársela en el hombro y seguir lentamente a sus compañeros.

—Felo, ve a ver qué dice el comemierda ese.

—Pero Yane, ¿en qué momento va a haber averiguado?

Yanela chasqueó la lengua y pateó dos veces en el suelo. El gentío del pasillo se iba dispersando y la muchacha caminaba con bastante soltura hacia la salida.

—Quítate —lo empujó hacia un lado—, ustedes no sirven ni para sacar a los perros a mear…

En dos zancadas salió de la fila de butacas y se plantó delante de la puerta. Cuando las separaban un par de pasos, extendió la mano.

—Mucho gusto, soy Yanela Durán, artista plástica de aquí de la provincia.

Con cierta sorpresa, la muchacha extendió una mano pequeña y afilada.

—Mariana —dijo—. De la Dirección Nacional.

—Mucho gusto, Mariana —ya avanzaban por el pasillo estrecho, hacia el vestíbulo—, encantada de conocerte —Rafelito se apuraba detrás de ellas—. No sé si viste en el programa que esta noche se inaugura una exposición de plástica en la galería municipal… Me encantaría que vieras dos de mis obras —Mariana asintió, más por cortesía que por interés—. Entonces… ¿nos vemos a la noche?

La muchacha volvió a asentir, con un esbozo de sonrisa. Yanela la vio avanzar con paso rápido y alcanzar a sus compañeros a punto de subir a las guaguas. Dio media vuelta sobre sus talones y se encontró de frente con Rafelito. Una sonrisa de oreja a oreja le adornaba el rostro.

—¡Qué dura eres, Durán!

Las volutas de humo hacían guirnaldas sobre las cabezas. Algunos se agrupaban frente a los cuadros, vigilando de reojo al camarero para abalanzarse sobre las bandejas de bocaditos. La luz amarilla le daba al ambiente un toque fantasmal. En una esquina, Yanela y Rafelito hablaban en voz baja. Miraban constantemente a la puerta de la galería. La gente se empezó a retirar cuando vio terminadas las provisiones del brindis. El calor era insoportable y la galería fue quedándose vacía.

—Esa niña ya no va a venir, mijita —sugirió el muchacho.

Yanela se frotaba las manos con nerviosismo.

—No puedo creerlo, viejo, yo que tenía tantas ilusiones.

Una guagua se detuvo en la puerta de la Dirección Provincial de Cultura, a un lado de la galería. Los inspectores comenzaron a bajar y, entre ellos, la divisaron. Se despedía de los demás y señalaba hacia la galería.

—Ahí está, Felito —gritó Yanela—, sabía que ella no me dejaría plantada.

Se acercó sonriendo. Se le notaba cansada, las ojeras dibujadas, los rizos aplastados, como si hubiera dormido sobre ellos.

—Perdón —se disculpó—, nos tardamos más de lo previsto; hicieron una actividad cultural de despedida. Pensé que no los encontraría.

La sonrisa de Yanela se había ampliado y tenía el pecho más erguido.

—Felo tiene un amigo en un restaurante cerca de aquí —dijo—. Vamos a ver si tenemos chance de entrar y tomarnos unas cervezas. Y comer algo, que tú debes estar muerta de hambre.

Los ojos de Rafelito se abrían en gesto de protesta, pero Yanela los había tomado del brazo y los empujaba calle arriba. Esa noche supieron que la muchacha, a la que sus amigos llamaban Mar, tenía marido y, por si fuera poco, era la secretaria general del comité de base de la Juventud Comunista. Considerada la mano derecha del director nacional, había viajado al extranjero en varias misiones oficiales, al frente de delegaciones que representaban al país en ferias y congresos internacionales. Impresionado y temeroso, Rafelito hacía gestos que Yanela desatendía, embebida como estaba en el movimiento de los labios delgados de Mar. "No te vuelvas loca, Yane, esa mujer es casada y comunista", le advirtió cuando la muchacha fue al baño. "Maricón, tú no te metas", lo amenazó Yanela con más alcohol en las venas del que a Rafelito le parecía prudente. Pero también Mariana había tomado mucho. Las dos tenían las lenguas demasiado sueltas. Y los dedos. Porque los de Yanela acariciaban el brazo de Mariana de una manera tan provocativa que Rafelito sintió que un sudor frío le bajaba como un río en medio de la espalda.

—Niñas, voy a pagar —anunció.

Al aire, porque ninguna de las dos lo miró, como si no hablara con ellas. Estaban tomadas de las manos, confesándose vaya usted a saber qué cosas, con las caras muy juntas. "Éstas se van a besar en cualquier momento y nos vamos a meter en una candela". Cuando salieron a la calle, Rafelito pensó que ese airecito que le helaba el sudor iba a refrescar los humos a las muchachas. Pero no, ellas caminaban abrazándose a ratos o cogidas de la mano, como si fuera lo más normal del mundo o se conocieran de toda la vida. A Rafelito se le doblaron las piernas y creyó que iba a caerse desmayado cuando frente a la puerta del hotel Yanela se abalanzó sobre la boca de Mariana. La muchacha lo evitó con un gesto ligero. La vieron pedir la llave y perderse dentro del elevador, mientras agitaba la mano, todavía sonriendo.

—Tú estás loca, Yanela, me vas a matar de un susto.

—Cállate —ordenó con la lengua tropelosa y subió los escalones del hotel.

El portero se puso en guardia.

—Ven acá, Yanela, no seas pesada —halándola por la ropa, Rafelito la bajó a la acera.

—Suéltame —gritó ella levantando los brazos, sin tino—. No me importa que sea comunista: quiero velar el sueño de esa mujer y si no puedo allí —y señaló los pisos superiores—, me quedaré aquí —y puso la mano sobre el escalón en el que cayó tambaleante.

—Estás borracha con cojones —le dijo Rafelito—. Estás haciendo el ridículo y van a llamar a la policía.

Yanela se paró del escalón y fue dando tumbos hacia la esquina sin dirigirle la palabra. Rafelito se apuraba detrás de ella, temiendo que cruzara la calle sin mirar el semáforo, pero Yanela se detuvo y, sosteniéndose del poste, vomitó. Él la aguantó por la cintura y le alzó la frente. Le dio su pañuelo limpio y perfumado para que se limpiara la boca y la nariz y después, muy despacio, abrazada, con la cabeza apoyada contra su pecho, la llevó hasta la puerta de su casa.

Era casi mediodía cuando tocó a la puerta. Tres golpecitos leves. Adentro se escuchó movimiento. Después de unos segundos que parecieron siglos se abrió la puerta. Mariana se hizo a un lado sin decir palabra y la dejó pasar. Estaba sola. Había tres camas, dos perfectamente tendidas, la otra con el cubrecamas mal estirado.

—¿Estabas durmiendo? —preguntó Yanela.

—Te estaba esperando.

Frente a ella, el cuerpo menudito de Mariana parecía más pequeño en ese instante. Un solo paso las separaba y Yanela lo dio. Los labios de Mariana se despegaron como una señal. La apretó contra su cuerpo mientras entraba en su boca como en una cueva mágica. Besándose, cayeron sobre una de las camas.

—No, por favor... —dijo Mariana incorporándose.

—No seas boba, muchacha.

Yanela levantó con su mano la barbilla de Mariana. Sus ojos se encontraron unos segundos antes de que sus bocas se unieran nuevamente. La mano de Yanela reconocía las caderas, se abría paso entre los muslos.

—No, por favor.

La empujó y se levantó como impulsada por un resorte. De pie, en medio de la habitación, le dijo:

—Mejor nos vamos.

Sentada en la orilla de la cama, Yanela extendía los brazos, implorante.

—Por favor —insistió Mariana, con su bolsa en la mano y caminando decidida hacia la puerta.

Media hora después, la mano de Yanela, oculta debajo del largo mantel manchado de salsa de tomate, se posaba sobre uno de sus muslos. Los dedos de Mariana se enredaron con los suyos y juguetearon mientras sostenía, con toda naturalidad, una insulsa conversación con el desconocido con quien compartían la mesa de la pizzería. Y después del almuerzo ya no se separaron: cuando se encontraron con Lolita, la otra inspectora, Mariana la presentó como amiga y elogió ampliamente una obra plástica que no conocía. Con ellas fue a recoger las evaluaciones y, ya atardeciendo, se quedaron solas en el bar del hotel, una amplia terraza con vista al parque central. Pidieron cervezas.

—No sé qué me está pasando contigo —dijo Mariana—. Estoy asustada.

—Yo sí lo sé —dijo Yanela con la mirada perdida sobre el balcón— y lo único que me asusta es que te vayas mañana.

Mar pareció entristecerse, pero cuando la pierna de Yanela se extendió por debajo de la mesa y rozó la de ella, los ojos le brillaron tanto que tuvo miedo de que todos alrededor se dieran cuenta. Casi con furia, como en una batalla de floretes, ambas sacaron los pies de las sandalias y los rozaron. Otras cervezas arreciaron el encuentro y los pies jugaron a subir por las pantorrillas, desafiando los límites que imponían la ropa y la discreción.

—Quédate conmigo —propuso Mariana—. En el cuarto sobra una cama.

Y así fue: saludaron al portero con un billete escondido en la palma de la mano y, en la habitación, Mariana explicó que Yanela vivía lejos y ya no había transporte. Lolita no hizo comentarios; siguió viendo la televisión mientras ellas preparaban la maleta. Al terminar el programa, apagó la lamparita de su mesa de noche y se dio vuelta hacia la pared. En unos minutos estaba roncando. Entonces Mariana entró al baño y regresó con una camiseta larga como piyama. "Te presto ésta" y le dio otra camiseta a Yanela. Cada una se acostó en una cama y Mariana apagó la luz. A través de las gruesas cortinas no pasaba una gota de luz. En silencio, se acostumbraron a la oscuridad. Lolita seguía roncando cuando Yanela se cambió de cama. Mariana trató de decir algo pero la boca de Yanela la calló. "Nos va a oír", le susurraba entre beso y beso, pero ya la mano palpaba los senos pequeños, bajaba al sexo. "Yanela, por favor", pero Yanela no escuchaba.

—Mañana me voy a La Habana —le dijo a Rafelito que estaba entretenido en empatar los eslabones de su pulsera dorada—. A vivir allá.

El muchacho alzó los ojos teatralmente.

—¿Cómo que a vivir allá?

—No aguanto un día más sin Mar.

—Niña, pero no tienes que ser tan drástica.

—¿No me estás oyendo, Felo? No puedo vivir sin ella —e hizo una pausa también teatral—. Ya renuncié.

—¡¿Qué?! —gritó Rafelito llevándose las manos a la cara en gesto de incredulidad—. Tú estás de remate... Yanela, esa mujer es casada... ¿Qué vas a hacer allí?, ¿adónde vas a vivir?

—En su casa. En el cuartico de la azotea.

—¿En su casa?... Yanela, ¿tú estás mal de la cabeza? Ella vive con su marido. Y si le caes mal a sus padres o no te entiendes con ella, ¿qué vas a hacer? La Habana no es fácil, allí nadie te tira un cabo...

—Si la cosa se pone mala, me voy a casa de Nuria.

—Y a Nuria le encantará verte con otra... ¡Con lo celosa que es! ¡Con las matraquillas que coge!

—Felo, no des más cuerda que la decisión está tomada.

—¿Vas a dejar tu trabajo, tu carrera, a tu abuelita?... Yanela, tú estás loca.

—Así mismitico: loca.

Los mares se han torcido con no poco dolor hacia tus costas... Está sentada en el sofá desvencijado, con la cabeza echada hacia atrás y los ojos cerrados. Desde la cocina llega el olor del café recién colado y detrás del olor, Mariana con una tacita humeante. Se detiene frente a ella, entre sus piernas, y extiende el brazo. Yanela toma el platillo con una mano, separa la taza con la otra y la lleva a la boca. Cuando se encuentran el líquido caliente y el labio despreocupado, da un respingo.

—¿Te quemaste? —pregunta Mariana y pone los dedos sobre sus labios.

Plato y taza van a dar a la mesita lateral y las manos de Yanela, a la cintura de Mariana, que cae en el sofá, junto a ella, entre sus brazos. *En estos días no sale el sol sino tu rostro...* La boca busca el aliento de la otra y el beso anestesia la quemada. El torso de Yanela se pega al de Mariana, sus manos hurgan bajo la blusa ligera, su boca va hacia los pezones endurecidos.

—Aquí no, Yane, ahora no... Josué está a punto de llegar.

...Y en el silencio sordo del tiempo gritan tus ojos... La mano de Yanela trata de desabrochar el botón de la cintura.

—Yane, por favor, ahora no... Ya viene Josué, ya viene...

El botón cede. Mariana forcejea tratando de incorporarse. Tiene los ojos muy abiertos. La empuja.

—¡Yanela, está abriendo la puerta!

En un segundo la llave se coló con estruendo en la ranura, hizo girar la cerradura y la puerta se abrió casi al mismo tiempo en que Mariana saltaba hacia la butaca de enfrente y Yanela se enderezaba en el sofá. Un hombrón sonriente y despeinado llenaba el vano de la puerta. *Ay de estos días terribles, ay de lo indescriptible...*

Se ha quedado dormida. Yanela siente su respiración rebotándole en el cuello y no quiere moverse. Es tan lindo sentirla así, saber que un simple movimiento pudiera despertarla y entonces se apretaría a ella y la besaría con los ojos cerrados antes de hacer el amor una vez más. Yanela quiere detener el tiempo en esa tarde. Alargarla para no darse cuenta de que en un rato llegarán los padres y el marido y volverá la soledad a este cuarto de azotea y sólo quedarán sus olores impregnados en la sábana, en sus dedos, mientras Mariana va a recibir y a besar a Josué, a servirle la comida, a conversar con él toda la noche, a acostarse a su lado. Yanela quiere que esa desnudez le pertenezca para siempre, sólo a ella. Eso ha querido plasmar en ese lienzo que cuelga en la pared del cuarto. Una mujer desnuda, cubierto el sexo de follaje por el que asoma la cara de otra mujer.

—Mi familia es muy revolucionaria, Yane, muy integrada —le había contado, recostada en su brazo, en medio del sopor de la tarde—. Tony se llama José Antonio por Martí y Maceo, y Fide, Fidel Raúl, ya sabrás por quiénes...

—¿Y a ti te pusieron Mariana...?

—Por Mariana Grajales, la madre de todos los cubanos, como dice mi papá.

A Yanela aquello le parecía demasiado.

—No me jodas, Mar... Si esa señora era una hiena...

—No digas esas cosas —protestó Mariana apartándose de su brazo.

—¡Fuera de aquí, no aguanto lágrimas! —Yanela estaba arrodillada en la cama, alta la frente en gesto adusto, el brazo apuntando amenazadoramente a un ser inexistente, remedando la escena tantas veces vista en los actos revolucionarios—. ¡Y tú, empínate!...

—No juegues con eso, Yanela. No me hace ninguna gracia.

—¡Tortillera y comunista! —Yanela abrió los brazos y elevó la mirada como quien clama al cielo—. ¡El colmo!

—No me digas esa palabra tan fea...

—¿Comunista? —Yanela dejó escapar una carcajada.

—La otra. No soy eso.

—¿Ah, no? ¿Y qué eres? ¿Lesbiana? —la "s" se alargó un par de segundos en son de broma.

—No soy lesbiana, Yanela.

—Si mis ojos no me engañan —dijo elevando el cuerpo en ángulo sobre la cama y mirándola de los pies a la cabeza—, estás desnudita en pelota, recién templada y acostada conmigo...

—No me gustan las mujeres: me gustas tú, ¿no entiendes eso? —Mariana, molesta, se sentó al borde de la cama—. Si sigues con tus pesadeces, me voy.

La sonrisa burlona de Yanela no le cabía en la cara, pero calló y la abrazó. Poco a poco Mariana fue cediendo y se dejó arrastrar nuevamente. El viento que entra por la ventana refresca el vapor concentrado. Yanela contempla su desnudez y quiere que le pertenezca para siempre. No va a permitir que nada ni nadie se interponga entre ellas.

—Porque te estimo y sé que eres buena muchacha voy a decirte esto. Si no fueras tú, te aseguro que no lo haría. Sabes que no me gusta involucrarme en cuestiones personales.

Mariana sentía hirviendo los cachetes y lamentó no poder controlarlo y que Lolita se diera cuenta. La había llamado a su oficina con mucho misterio y ahora tenía la pose indiscutible de secretaria del Partido, esa mezcla de autoridad y paternalismo que gustan usar los funcionarios con los jóvenes.

—No me gusta esa muchacha, la pintora. No me gusta ella, ni sus actitudes, ni su manera de ser, tan dominante, y tampoco esas chochas y esos pitos que pinta. Esa amistad no te conviene. Tú tienes un prestigio bien ganado pero que se puede desmoronar en un segundo. Y a mí, que te aprecio y que sé el futuro tan promisorio que tienes como profesional y como cuadro, eso no me gustaría.

—No sé por qué me dices eso, Lolita —se defendió Mariana—. Sabes que siempre he sido una persona responsable...

—Por eso te lo digo —la interrumpió—. Yo estaba en esa habitación aquella noche —Mariana sintió que un hueco negro se le abría en el estómago y atraía hacia él toda su humanidad—. No me importan tus asuntos personales, pero desde que esa muchacha está aquí, no hay semana en que no faltes al menos dos tardes. No sé si estás trabajando fuera de la oficina y no voy a investigarlo porque no quiero dejar de confiar en ti. Ésta no es una llamada de atención oficial, pero cuídate, Mar, que a veces por una equivocación, por no pensar bien lo que hacemos, tenemos que lamentarnos toda la vida.

Con el fuego del fósforo empezó a arder la punta cerrada del cigarrito. Yanela aspiró profundamente y la brasa se avivó.

—Prueba esto, Marecita.

—Ya sabes que no fumo —rechazó Mariana mientras observaba detenidamente los estudios a lápiz, variaciones del lienzo de la mujer desnuda que colgaba en la pared.

—Yo tampoco fumo. Prueba, dale.

Mariana alzó la vista de los trazos y la detuvo en los ojos de Yanela.

—Eso es droga, Yane...

—¿Cuál droga, muchacha? Droga es la cocaína, la heroína, el crack; ésta es una yerbita inofensiva. Dale, prueba, no seas boba. Vas a ver qué rico. Mira: aspiras así, suavecito, y retienes el humo. A ver, hazlo. Despacito.

Le sobrevino un acceso de tos. Los colores le subían a la cara. Yanela reía.

—Es que tienes que aspirar así —y le mostraba.

—Ya no —dijo Mariana y desvió el tema—. Déjame contarte que Lolita me regañó por faltar en las tardes.

—¿Y a ella qué le importa? —protestó Yanela, manoteando.

—Dice que nos oyó aquella noche en el hotel.

—¿Cómo nos iba a oír si estaba roncando como un tractor?

—Me preocupa, porque ella es la secretaria del Partido y aunque diga que no se mete en cuestiones personales, me puede perjudicar.

—Todo por esa mierda de la Juventud —refunfuñó Yanela volviendo a aspirar.

—Esa mierda de la Juventud es mi responsabilidad, Yanela. No confundas unas cosas con otras. El problema es que por el mismo hecho de tener un cargo, si me quieren joder, me joden. Y sólo de pensarlo me da terror. Si me avergüenzan en público, Yane, si me sancionan, creo que me muero. ¿Con qué cara le digo a mi papá?

—Con la que tienes.

—Mejor cambiamos de tema porque no me entiendes ni te importa.

—Sí me importa, pero eso de la Juventud me da alergia... Cambiemos de tema. Yo también quiero decirte algo: no aguanto más, no puedo soportar imaginarte cada noche abrazada de ese tipo.

—¿Y crees que para mí es fácil? ¿Crees que no quiero dormir contigo? ¿Crees que puedo inventar pretextos la vida entera para que no me toque?

—No sé, Marecita, pero ya no puedo. Si no acabas de definir esto, regreso a mi casa.

—No me digas eso, Yanela, no me presiones así. Que bastante tengo entre el trabajo, mis padres, Josué... ¡y ahora tú! Tú, que eres lo más hermoso que me ha pasado en la vida...

—Tú también eres lo más lindo que tengo, Marecita, pero piensa en las noches que paso imaginándome cosas, que te bese, que te toque, que te la meta...

—Ya te he dicho que no hemos hecho nada... ¿tú no confías en mí?

—Sí confío, pero él es hombre, es más fuerte. Si a él le da la gana, te la mete aunque no quieras. Me voy a volver loca, Marecita, loca. Por eso tengo que fumar.

Cuando Mariana llegó del trabajo, su padre estaba sentado en la mesa del comedor con un vaso de ron en la mano.

—¿Qué haces aquí tan temprano? —le preguntó, extrañada, mientras abría el refrigerador y se servía un vaso de agua helada.

—¿Dónde está? —preguntó el hombre.

—¿Quién?

Algo había pasado, lo supo de inmediato. Lo conocía muy bien.

—Ella —e hizo un movimiento de cabeza hacia la puerta de la azotea.

—Fue a visitar a unos amigos —un escalofrío le recorría la columna vertebral.

—Josué me dijo que lo botaste de la casa.

Mariana respiró profundo, puso el vaso en el fregadero y dio media vuelta.

—Ésas son decisiones nuestras, papá —trataba de conservar la calma—, y no creo que ahora, después que tanto te opusiste a que viviera aquí, vayas a defenderlo.

–Siéntate —le ordenó, separando una de las sillas—. No voy a defenderlo. El pobre tipo, desesperado, arrancó el candado del cuarto de la azotea —los ojos de Mariana se abrieron desmesuradamente.

—Pero él no tiene derecho...

—Lo tiene, es tu marido, pero eso es lo de menos. El asunto es que encontró todos esos cuadros raros donde estás tú... desnuda.

—Pero papá...

—Desnuda, Mar, ¿tú lo sabías? Con las piernas abiertas y la cara de esa tipa asomándosete *ahí* —y señaló con ambas manos su propia entrepierna.

—El arte moderno, papá...

—Eso no es arte, Mar, eso es tortillería. No quiero ni pensar que lleve un cuadro así a alguna exposición, porque entonces tendré que salarme la vida y matar a esa muchacha.

—No exageres, papá...

—Y como no quiero matarla en mi propia casa, hazme el favor de decirle que se largue. Hoy mismo. Mañana no la quiero aquí. Si no se lo dices tú, voy a tener que decírselo yo y no respondo, Mar... Ya quemé esos cuadros y metí toda su ropa en el maletín.

—¿Quemaste los cuadros? —Mar sentía que los ojos iban a salirse de las órbitas y que se los tragaría el hoyo negro cada vez más inmenso de su estómago—. Papá, tú no puedes hacer eso...

—¿Que no? Asómate a la azotea y verás el puñado de cenizas. No voy a permitir que te desprestigie. Me cueste lo que me cueste, Mar, ¿me copias? Aunque la tenga que matar como a una perra sarnosa.

Parecía que las venas del cuello y de la sien iban a reventarle. Tomó el ron de un solo trago, golpeó el vaso sobre la mesa como si descargara en él toda su furia y se perdió tras la puerta del cuarto. Mariana se quedó inmóvil, con la vista fija en los dibujitos del mantel de hule y en su cabeza, como un eco infinito, la voz de su padre: "Matar a esa muchacha, matar a esa muchacha, matar a esa muchacha..."

Cuando pudo recuperarse, subió a la azotea. El cuarto estaba abierto. "Hasta la sábana quitó", pensó al ver el colchón destendido. Encima, el maletín de Yanela desbordado de cosas mal acomodadas. "¿Cómo voy a decírselo?", se dejó caer. A través de la puerta, al otro lado de la azotea, el aire de la tarde dispersaba el montón de ceniza. "¿Cómo voy a decírselo?"

Yanela llegó sobre las nueve. El padre la oyó saludando a su mujer y subiendo la escalera. Salió al comedor y se sirvió otro ron. No tardó mucho en verla reaparecer, maletín en mano, y dejarlo caer ruidosamente. La madre dio media vuelta, tuvo tiempo de preguntar qué pasaba.

—Tú lo que eres es un comemierda, Paco... —gritó Yanela acercándosele como si fueran a pelear—. Si eres tan hombre, bótame tú, no seas tan verraco de mandarla a ella. Eres un singao comecandela.

—Y tú una tortillera marihuanera.

—Tan tortillera como tu hija, viejo 'e mierda...

—Pero qué es lo que pasa... —alcanzó a decir la señora con un hilo de voz, mientras Paco empujaba a la muchacha hacia la sala, la sacaba a la escalera y cerraba la puerta—. Qué pasa, Paco, ¿dónde está Mar? —imploraba la señora mientras el marido lanzaba el maletín por la ventana.

El zíper se reventó con el golpe y las cosas de Yanela se regaron en la acera. Algunos vecinos empezaban a arremolinarse alrededor. Los más reservados observaban detrás de las persianas.

—¡Tú no eres nadie para quemar mis cuadros —gritaba desde abajo Yanela— ni para romper mis cosas, hijoeputa!

—Ni tú para venir a burlarte de nosotros, tortillera de mierda, aprovechada, abusadora —respondía Paco asomado a la ventana.

Mariana bajó de la azotea. La madre trató de interceptarla, pero ella no se detuvo. "¡Cállate, papá!", le gritó al pasar a su lado. Bajó apresurada y alcanzó a Yanela. Algo le dijo al oído y a pesar de los empujones y de la resistencia de Yanela, logró arrastrarla hacia la esquina. Cuando regresó, su padre jugueteaba con el vaso de ron y su madre sollozaba con la cabeza escondida entre los brazos.

—¿No te das cuenta de que a quien perjudicas es a mí?

—¿Se fue? —preguntó él.

—Sí, se fue... Ya puedes estar feliz.

El sol entraba por la ventana con la fiereza de las cinco de la tarde.

—¿Estás sola? —la cabeza de Yanela asomaba por la puerta de la oficina.

Una sonrisa como el mismísimo sol se abrió en los labios de Mar. Se besaron en la boca.

—Acaban de irse —le dijo.

—Sí, vi a la víbora de Estela en la escalera... Te he extrañado tanto, Marecita.

La había tomado por la cintura y la aprisionaba contra el escritorio. Sus cuerpos y sus bocas volvieron a unirse.

—Aquí no, Yane —rogó Mariana—. Hay gente todavía.

Yanela la arrastró hacia el baño y cerró la puerta. Levantó la blusa y su boca buscó los pechos de Mariana que, más confiada, se entregó a la caricia. Con los ojos cerrados y la cabeza recostada a los azulejos, sintió entre las piernas un cosquilleo. Entonces se abrió la puerta. La mirada de Mar se desplazó, en estrobo, del pestillo que olvidaron correr a los ojos de Estela mientras la boca de Yanela se separaba en cámara lenta. Hubo un par de segundos en los que el tiempo pareció detenerse: los ojos desmesuradamente abiertos de Estela, la expresión de terror de Mariana, Yanela todavía muy cerca del torso desnudo. Estela dejó salir un grito y fue como si un espejo se desplomara y se hiciera pedazos. Mariana empujó a Yanela y se cubrió el pecho mientras veía alejarse a su compañera hacia la oficina del director.

—Ay, madre mía, qué hemos hecho...

Mar no atinaba a nada. Levantaba un pie y después el otro, tapándose la cara con el brazo flexionado, como quien va a esconderse tras de él y a llorar eternamente, el cuerpo entero en un temblor.

—Recoge tus cosas —dijo, imperiosa, Yanela—. Rápido, vamos.

Cuando salieron al pasillo, la puerta de la dirección estaba cerrada.

Nicho Garcés, el director nacional, era el hombre más parecido al Quijote que Mariana hubiera visto. *El de la Triste Figura* solían llamarle sus amigos. Después de varios años trabajando juntos y compartiendo las buenas y las malas, ella le tenía un respeto y una admiración que no sentía ni por su propio padre y él había asumido una especie de mecenazgo profesional del que solía hacer gala. Aquella mañana en la oficina de Nicho Garcés estaban todos. Mariana tragó en seco, pero dio un paso al frente. La mano del director la invitó a sentarse en la única silla que quedaba vacía, a la derecha de su escritorio. Frente a ella estaba Lolita. Los otros se acomodaban, apretados, en el sofá y en la mesa de reuniones.

—Mar —dijo Garcés, muy circunspecto—, el motivo que nos reúne aquí es en extremo desagradable. La compañera Estela, aquí presente, se quejó en la tarde de ayer de que al entrar al baño se encontró con una escena acerca de la que no quiero dar detalles. Sabes que te estimo de una manera muy especial, pero no puedo permitir que situaciones como éstas ocurran en nuestro centro laboral. Aquí siempre hemos abogado, tú lo sabes porque has sido parte de esa política interna, porque se respete la intimidad de cada quien, siempre que ésta no afecte a terceras personas. Pero ayer la compañera Estela fue afectada directamente, e indirectamente todos nosotros, porque las oficinas no son el espacio más apropiado para desfogar pasiones. Y si los cuadros directivos de esta institución perdemos la compostura, ¿con qué moral vamos a exigirle a los demás que nos respeten y que respeten a la institución?

Mariana había pasado la peor noche de su vida. Había dado interminables vueltas en la cama vacía hasta que comprendió que no conciliaría el sueño. Entonces, boca arriba sobre las sábanas empapadas de sudor, con la vista fija en el techo, decidió negarlo todo.

—Garcés —dijo mirando a los ojos al director—, usted sabe que mi actitud aquí siempre ha sido intachable y no comprendo por qué, si por celos profesionales, si por antipatía personal, si por aquel viaje al exterior... no sé por qué la compañera Estela quiere manchar mi expediente. Lo que le ha dicho es mentira.

Lo que siguió fue un fuego cruzado de señalamientos, acusaciones y rencores. Casi todos opinaron y casi todos echaban un poco más de leña al fuego. Mariana insistió en que no había una sola prueba contra ella y Garcés decidió suspender aquel combate.

—El consejo de dirección analizará el caso —dijo concluyente— y les hará saber, a su debido tiempo, las resoluciones.

En menos de un minuto trasladaron la tribuna al pasillo exterior. Desde la oficina podía oírse el cacareo incesante. Nicho y Mariana, sin embargo, permanecieron en silencio, con la cabeza baja, sumidos en sus propios pensamientos. Fue ella quien rompió el silencio.

—¿Por qué permitió esta exhibición? —preguntó sin levantar la vista de sus manos sudadas.

—Me lo exigieron —se disculpó Garcés—. No sé por qué tienen que pasar estas cosas —el hombre parecía reflexionar consigo mismo—. No pienso quedarme cruzado de brazos viendo cómo te destrozan. Te sugiero algo: coge las vacaciones que tienes acumuladas y déjame ver qué puedo hacer.

Se ha quedado dormida. Yanela siente su respiración rebotándole en el cuello. Sabe que un simple movimiento pudiera despertarla y entonces se apretaría a ella y la besaría con los ojos cerrados antes de hacer el amor una vez más. Yanela quiere detener el tiempo en esa tarde. Alargarla para no darse cuenta de que en un rato tendrá que irse de aquel cuarto de azotea y sólo quedarán sus olores impregnados en las sábanas, que Mar recogerá como si nada hubiera pasado y esconderá en la última gaveta de la cómoda hasta la próxima vez o hasta que pueda lavarlas. Yanela la acaricia con cuidado para no despertarla. Ni sus últimas noches con Nuria, tan intensas, tienen este ingrediente de ternura profunda. Eso debe ser el amor. Eso quiso plasmar en el lienzo que su padre quemó, como un inquisidor, como un criminal nazi. Mariana siente su mano en la espalda y se pega a ella. Sonríe sin haber salido todavía de esa franja engañosa que es el sueño. Y en ese momento, una patada abre la puerta. En el umbral está su padre y ellas no tienen con qué proteger su desnudez.

—Asquerosas, cochinas...

Ellas, ya de pie, tratan de encontrar cada pieza en el reguero de ropa que hay junto a la cama.

—¿No entendiste que no te quería ver nunca más? —le dice a Yanela—. Y tú, ¿cómo puedes ser tan desvergonzada? —le echa en la cara, como un escupitajo, a la hija—. ¿Dónde fue a parar la educación, los valores que te inculcamos? ¿Cómo es posible que esta escoria haya borrado todo eso en un par de toqueteadas? No te reconozco, Mar, estoy tan decepcionado...

—Papá —intenta decir Mariana a medio vestir—, déjala quedarse, no tiene adónde ir.

—¡Que se vaya a su mugroso pueblo! ¡Que se pierda de mi vista!

—Papá, por favor —insiste Mariana, con lágrimas incontrolables —. Si ella se va, me iré con ella.

—Pues lárgate, Mar, ya no eres mi hija. ¡Salgan de aquí, tortilleras! ¡Váyanse a casa del carajo! ¡Ya!

Las horas que la separan del amanecer son una eternidad. Escondida tras los raquíticos arbustos del parque, recuerda su encuentro con Nicho Garcés la tarde anterior.

—No tengo buenas noticias —le había dicho visiblemente apesadumbrado—: el comité de base acordó por unanimidad tu expulsión de la Juventud por inmoralidad, falta de confianza y un montón de cargos más.

Mariana no recordaba haber sentido nunca una opresión como aquélla en el corazón.

—No pueden expulsarme así, Nicho, unilateralmente, sin considerar mi versión, mis argumentos, sin que me pueda defender. ¡Yo no estuve presente!

—Te citaron y no viniste.

—A mí nadie me citó.

—Llamaron a tu casa, te dejaron el recado. La primera vez suspendieron la reunión, pero volvieron a llamarte para darte una segunda citación y tu padre les dijo que no sabían de ti.

—Me van a desgraciar la vida. Con esa mancha en el expediente no hay quien levante cabeza...

—Lo sé, y no puedo entender por qué no te cuidaste. No es cuestión sexual; de hecho, sabía lo tuyo con esa muchacha...

—Pero usted puede defenderme...

—No me has dejado manera. Todos lo saben y todos me exigen castigo. Estela te vio en el baño y Lolita las oyó en el hotel; delante de ella, Mar, sin la más mínima precaución... Eso es lo que no puedo explicarme... Y por si fuera poco, buscando la manera de ayudarte, llamé a tu papá y me contó lo de la casa, escándalo y marihuana incluidos... Se enteró por mí de tu expulsión, y no quiero parecer sensiblero, pero nunca había oído desmoronarse así a un hombre como él. Debes tener tus razones y no te juzgo, pero para ellos es un golpe muy duro. Porque tú eras su orgullo, la niña de sus ojos.

Mar creyó que no podría hablar nunca más a través del nudo que se le apretaba un poco más abajo de la garganta.

—Con lo de la Juventud no se puede hacer nada —continuó el jefe—. En cuanto a la institución, la decisión no está en mis manos, el caso se está analizando más arriba. Estoy tratando de que te manden a algún municipio del interior...

—No quiero irme a otro lado, Nicho...

—Es lo mejor que puede pasar; si te quedas en La Habana nadie va a contratarte en Cultura. Y en Educación, menos. Vete un tiempo, las cosas pueden olvidarse un poco.

—No quiero irme... Ayúdeme, Nicho...

—Qué más quisiera, mija. Esa mujer te ha desgraciado la vida.

La madrugada anterior, allí, entre los arbustos, vigilando las cucarachas que atravesaban volando o las que caminaban sobre la tierra seca, le había preguntado por qué no se quedaban en casa de Nuria.

—Su mamá no lo permitiría —mintió—. Además, no hay espacio —volvió a mentir—, yo duermo en un butacón incomodísimo.

Una rata pasó sobre sus pies. Mariana se levantó de un salto con un ataque de llanto incontrolable.

—Ya se fue, Marecita, no te pongas así —trataba de consolarla, mientras vigilaba alrededor, por si se acercaba algún transeúnte inoportuno, la ronda de la guardia del Comité o la patrulla.

—Le tengo terror a esos animales, Yanela. Ésta no es forma de vivir, escondiéndonos detrás de las matas, durmiendo en la terminal de ómnibus o en los hospitales, sin podernos bañar, con la ropa sudada de días, apestosas, comiendo cualquier cosa o sin comer. No sé cuánto tiempo más pueda aguantar.

—No te desesperes, Marecita, es sólo una mala racha.

—No es malacrianza ni debilidad, es que no puedo. Si esto sigue así, tendré que volver a mi casa. Me voy a morir del dolor de perderte, pero humanamente no puedo, no lo resisto. Me estoy muriendo sólo de estar así.

—No puedes hacerme eso, Marecita, lo he dejado todo por ti —ahora era Yanela quien sollozaba—. Si no me quieres, la que se va a morir soy yo.

—Sí te quiero, pero no sé vivir así. Tal vez podrías quedarte con Nuria mientras encontremos un lugar para estar juntas.

Yanela parecía no oírla.

—No me puedes dejar, no me vas a dejar así. Ni lo pienses. Iré tras de ti adondequiera que te metas. Y no me importa el idiota de tu padre ni las frígidas de tu oficina ni las lágrimas de tu mamá... Ni las tuyas, Mar, ni las tuyas. Te voy a perseguir como una sombra. Nunca vas a encontrar quien te quiera como yo. Necesito un cigarro —y buscaba con desespero en los bolsillos—, un cigarro —y revolvía las cosas dentro de la mochila.

—Van a sentir el olor, Yanela...

—Nadie va a sentir nada —le daba fuego al pitillo y aspiraba—, es un parque, está abierto... No me importa si lo sienten —poco a poco se fue calmando y, recostada contra el tronco del árbol flaco, se quedó dormida.

Cuando empezó a clarear, Mariana se sentó en el mismo banco en el que la noche anterior, después de la reunión con Nicho Garcés, se había encontrado con Yanela. Allí la había besado levemente en los labios y le había dicho:

—Ya tenemos donde dormir, Marecita. Me encontré con Tony, un conocido, tiene un cuartico alquilado ahí enfrente, entrando por el pasillo.

—¿De dónde conoces a ese Tony? —preguntó con desconfianza.

—De allá. Trabajaba en Cultura. Es amigo de Felo.

Algo en el tono de Yanela no la convencía. A pesar del poco tiempo que llevaban juntas, sabía cuándo mentía. Pero ante la posibilidad de volver a dormir a la intemperie, Mariana se adentró por el pasillo estrecho, la vio quitar con toda confianza el ganchito de la puerta y entrar en la sala diminuta.

Del cuarto sin puerta salió un moreno alto, no tan joven, sin camisa, fornido, con una sonrisa de dientes parejísimos. Y en un rato más estaban sentados en el suelo de la sala sin muebles, tomando el té casi transparente, con un chorrito de limón y mucha azúcar, que había preparado Yanela para no dormir con el estómago vacío. Mientras conversaban, Mariana se dio cuenta de que Tony no conocía a Rafelito ni trabajaba en Cultura. La asaltó una oleada de temor, pero estaba tan débil que ni siquiera prosperó aquel sentimiento. "Yanela está aquí", pensó, "no va a pasarme nada".

—Pueden poner aquí la colchoneta —Tony señaló un rincón junto al tocadiscos—. El agua no llega hasta mañana, si tenemos suerte, pero hay un cubo por si necesitan echarle al inodoro. Pónganle la tranca a la puerta si quieren.

Lo vieron tirarse en la cama. La lámpara de noche alumbraba las dos piezas. Yanela la besó y Mariana sintió que a pesar de la presencia cercana, por fin estaba a salvo. Dejó que Yanela la desvistiera entre caricias. Se tendió desnuda sobre la colchoneta y sintió encima el cuerpo tibio de su amiga. El roce de los sexos la electrizó. Gimió y abrió las piernas. Yanela se frotaba sobre ella y la besaba cuando oyeron el ruido. Trató de alcanzar la sábana, pero el hombre, desnudo, acariciándose la vara entre las piernas, se sentó frente a ellas y la haló con el brazo libre.

—Una mamadita —dijo adelantando la pelvis.

Mariana miró a Yanela con los ojos muy abiertos.

—Dásela, Mar. Es sólo una mamadita; él nos dejará quedarnos.

Tony la haló de nuevo, le metió el lingote dentro de la boca y empujó su cabeza. Cuando sintió el trozo llegarle a la garganta, una revoltura de estómago la impulsó hacia atrás, pero el hombre volvió a hundirlo, una y otra vez sin darle tiempo a reaccionar. "Mámale el culo", lo oyó ordenar y sintió las manos de Yanela abriéndole las nalgas y la lengua metiéndose en la ranura. Su cuerpo no sabía reaccionar a la caricia que en otra ocasión le habría parecido el umbral de la gloria. Cerró los ojos y pensó: "Es Josué, es la pinga de Josué... Josué y Yanela". Unos segundos después, el hombre echó la leche dentro de su boca y ella escupió y corrió al baño. La oyeron vomitar como si se vaciara. Cuando regresó, tenía puesta una camiseta. El hombre la haló con fuerza y cayó sentada entre sus piernas. Sintió en su espalda el golpe del miembro tieso. El aliento de Tony le rebotó tras la oreja.

—Te la voy a meter por el culo —mientras la alzaba como a una muñeca y metía los dedos rudos anticipando el ataque.

—Suéltame, maricón —le gritó con todas sus fuerzas y saltó. Alcanzó los jeans con la mano temblorosa—. Váyanse p'al coño de su madre los dos —dijo con una voz que no parecía suya.

Descalza, corrió por el pasillo, atravesó la calle desierta y se internó en el parque. Agazapada tras las raquíticas frondas, volvió la mirada sobre el trecho recorrido, pero Yanela no llegó. Las horas que la separaron del amanecer se le hicieron una eternidad. Allí, sobre la tierra seca, recostada contra el tronco del árbol flaco, pasó revista a sus últimos meses. ¿Cómo era posible que en un instante se desatara un vendaval que cambiara todo lo que parecía estable, firme, hasta aburrido? ¿Quién podría explicarle esta sucesión interminable de desgracias? ¿Podría usar el término desgracia para la mañana luminosa en que conoció a Yanela? ¿Podría usarlo para referirse a la tarde en que la vio llegar en el ómnibus interprovincial? Aquella mujer se había metido en su vida como un virus. La había llenado de placer, le había descubierto cosas que ni siquiera imaginaba de sí misma y ella se entregó sin reparar en nada, porque en nada había que reparar cuando la felicidad la colmaba. Pero con Yanela habían llegado las desgracias, una tras otra. Y, por si fuera poco, no sólo la dejaba indefensa ante ese hombre, sino que prefería quedarse con él. ¿Cómo se puede transitar en un segundo de la felicidad a la indigencia, del orgullo a esto?

Cuando empezó a clarear, el barrio cobró vida. Unos pocos gallos cantaron, las viejitas barrían los portales o regresaban con el litro de leche y un rato después, las madres apresuradas arrastraban a sus hijos a la escuela. Desde allí pudo ver a Tony detenerse en la entrada para encender un cigarro y alejarse con paso rutinero. Entonces salió de entre los arbustos y atravesó el parque. Y de pronto, como si todo adquiriera la apariencia de un sueño, vio la calle frente a ella. Y a la derecha de la calle un pasillo y a la derecha del pasillo, la puerta sujeta con el ganchito y el tocadiscos a todo volumen. *En estos días no hay absolución posible para el hombre...* Entró. Yanela pareció asustarse, pero al verla levantó la revista de encima de la mesa y Mariana vio los dos caminos de polvo blanco. "Mira lo que nos dejó Tony, Marecita". Se acercó y aspiró el de la derecha. *Para el feroz, la fiera que ruge y canta ciega...* Cuando levantó la cabeza, Yanela la observaba con una sonrisa sarcástica. Le sostuvo la mirada un par de segundos. Algo parecido al odio entrevió Yanela, pero ya Mar estaba echando su ropa dentro de la mochila y se calzaba los tenis. "Ni pienses que te vas a ir así, tan fresca", dijo Yanela con tono duro y bajó la cabeza hacia la línea de polvo. *Ese animal remoto que devora y devora primaveras...* Mariana tomó la tranca de hierro de detrás de la puerta y la dejó caer sobre el occipital. *Ay de estos días terribles...* La cara de Yanela se estrelló sobre la madera y dispersó de un bufido el polvo blanco. Levantó los ojos. Más que terror, había en ellos sorpresa, incertidumbre. El hierro se abalanzó sobre su frente sin que pudiera esquivarlo. La cabeza rebotó contra la pared y dejó allí una mancha oscura. *Ay del nombre que lleven...* Sin darle tiempo a explicarse lo que estaba sucediendo, la tranca cayó sobre la nuca, una, dos, tres veces. El rostro se desfiguraba contra la mesa sobre un charco de sangre.

Tomó un trapo y limpió sus huellas sobre la tranca. *Ay de cuanto se marche, ay de cuánto se quede...* Sacó de la mochila de Yanela el carné de identidad, la agenda y el poco dinero que había en el bolsillo. Todo lo echó en su propia mochila. No tuvo que buscar mucho para hallar en la cocina un cuarto de botella de un alcohol turbio. Lo vació sobre una esquina de la colchoneta y tiró un fósforo encendido. La guata se inflamó en un segundo. Junto al fuego creciente colocó la mochila, el trapo y la tranca de hierro. Se puso la camisa de Yanela sobre la camiseta salpicada de sangre, se echó la mochila al hombro y, con cuidado de no tocarla directamente, cerró la puerta. La música del tocadiscos seguía a todo volumen cuando caminaba por el pasillo. *Ay de todas las cosas, que hinchan este segundo...* La oyó todavía mientras se iba alejando por la acera soleada. *Ay de estos días terribles, asesinos del mundo.*

Susana Bautista Cruz

(Ciudad de México, 1971). Es escritora, docente y promotora de poesía en lenguas indígenas. Autora de un poemario *Rõma* (edición de autor). Poemas suyos han sido incluidos en *Ese gran reflector encendido de pronto. Antología de poesía de la diversidad en México 1919-2019* (ISIC, 2019) y *Afuera. Arca poética de la diversidad sexual* (Diablura, 2017).

"Las novias" fue publicado por primera vez en el libro *Romper el hielo: Novísimas escrituras al pie de un volcán. El lugar (re) visitado* de Cristina Rivera Garza, Feria del Libro, Secretaría de Cultura, en 2006.

Las novias
(2007)

I

—¡Mira, mamá! ¡Son novias! —exclamó la pequeña, jaló del vestido con fuerza para llamar la atención de aquella mujer que colocaba revistas con cuidadoso afán tras un mostrador metálico. Tanta insistencia inquietó a la madre que, titubeante, dio media vuelta para observar.

II

Ana había imaginado el encuentro fortuito. Caminar por las acostumbradas calles de la colonia Roma. Memorizaba los pasos hasta detenerse en el ángulo donde sólo ella pudiera sorprenderla en un arribo casual. Disfrazar la casualidad de tropiezo. "Sí, el destino nos une otra vez", se repetía. Cada día el mismo acto: a veces se unía al reducido contingente de oficinistas que transitaba por el lugar; otras tantas, permanecía durante horas detrás de las gruesas columnas de una casona abandonada. Al final de la tarde, la espera también concluía. No así la ansiedad por el encuentro: "mañana será".

El tiempo, cómplice de las largas esperas, se rendía lento. Ana parecía estar ausente, lejana. Esta vez, olvidó el rigor meticuloso de sus acciones, sólo se detuvo para encender un cigarrillo. De inmediato, el espeso humo envolvió su rostro. Una nube grisácea, asfixiante.

—Llevo meses buscándote. Cuando te marchaste, sabías que no permitiría que te alejaras así.

—¡Cómo!

—Así, como lo hiciste, sin decir nada.

—Creí que no te causaría sorpresa ni enojo. Lo discutimos muchas veces. Era sólo un juego y tú lo aceptaste.

—¿Un juego?, ¡ah, un juego! A ver si esto te parece un juego.

Se acercó y mordió sus labios hasta que la sangre empezó a brotar deslizándose sobre el mentón.

III

—¡No! —respondió la mujer clavando una mirada de rechazo sobre las figuras entrelazadas que su hija le mostraba.

—Sí, mamá, son novias y están besándose —afirmaba, entusiasmada, la voz infantil—, ¡mira, mira! — era el multiplicado obsequio de cumpleaños que la niña recibió esa mañana.

—¡No! Dos mujeres no pueden ser novias como los novios; para serlo se necesita de un hombre y una mujer. Jamás dos mujeres. ¡Entiende!

Entonces, la pequeña dejó caer las muñecas de trapo; sus ojos reflejaban contrariedad y, desilusionada, se alejó. La madre desapareció en el interior del puesto de periódicos.

Ana hubiera deseado posponer cualquier interrupción para disfrutar su encuentro; el aire fantasmal se había ido. Arrojó el filtro carcomido. Su mirada tropezó con las muñecas que yacían separadas sobre el suelo. En ese momento, Ana pensó en el malogrado ritual de meses, el rencor que aumentaba día a día, el odio. "Quizá, el amor entre mujeres sea un juego de niñas", se repitió.

Eve Gil

Narradora, ensayista y periodista cultural sonorense. Obtuvo el premio La Gran Novela Sonorense 1993 por *Hombres necios* y el premio El Libro Sonorense 1996 por *El suplicio de Adán*. Premio Nacional de Cuento Efraín Huerta 2006 por *Sueños de Lot*. Autora de la columna "Biblioteca fantasma", en *La Jornada Semanal*. Es miembro del Sistema Nacional de Creadores desde 2021.

"Arsénico y caramelos" fue publicado por primera vez en la antología *La dulce hiel de la seducción*, selección de Ana Clavel, en Ediciones Cal y Arena en 2007.

Arsénico y caramelos
(2007)

Era una niña como las demás… aunque irrumpiera en el aula sin disculparse por su considerable retardo. Aunque lamiera compulsiva restos de azúcar entre sus dedos. Extravagante melena verde, lápiz amarillo tras la oreja.

Buenos días, la saludó firme y clara Emma, la nueva miss de *Grammar*. Aquella a quien dirigía el saludo ni se dignó en contestar. Se dejó caer sobre un mesabanco de la hilera de en medio. La clase comienza a las diez, porfió miss Emma. Por respuesta obtuvo un desparpajado cruce de piernas, el verde pestañeo de una tanguita: ¿No piensa disculparse, señorita…?

¡*Porta* pa servir a Dios y a asté!, contestó alguien a nombre de la aludida. Estallaron carcajadas contenidas desde hacía rato. La chica de cabello verde tronó al fin: ¡Portia!... ¡Me llamo Portia!

Emma sonrió de súbito… ¿Le gustaba Shakespeare a tu mamá?, estuvo a punto de preguntar.

Soy miss Emma Casablanca...

¡No estoy ciega!, sonrió burlona la chica, mirando el nombre escrito en la pizarra con letra enorme y panzona, como de niña. Carcajadas de nuevo.

Pero eres soberbia, dijo miss Emma, lo suficiente para no disculparse por tu retraso... echó un vistazo a la lista de asistencia: ¿Portia España?

La becaria, farfulló alguien con desprecio.

¿Quién dijo eso?, saltó Emma, escudriñando el burlón racimo de cabecitas, *¿Quién- dijo-eso?*

¡Ya!, bufó Portia de pronto, golpeándose las prominentes rodillas, ¡No pretenda asumirse defensora del proletariado...!

Control, se decía al volante de su auto, rumbo al colegio de Leonora, control, Emma...

Aprovechó el siguiente "alto" para asear sus empañadas gafas. De belleza casi renacentista, cero maquillaje y un toque jipioso que la hacía parecer una muchacha del pasado. Le suplico tener paciencia, le había dicho la directora antes de que Emma articulara su queja; un poco de paciencia, miss. Portia es tan difícil como parece, pero no es casual que sea becaria nuestra.

¿Y eso la autoriza a ser insolente?, gimió miss Emma.

¡No, Emma, qué absurdo! Usted no tiene idea de la cantidad de reportes que ha acumulado desde primero... ¡todo un caso!, y rió como si lo festejara, con aquella risa de mezzosoprano, mientras encendía un cigarrillo y ofrecía otro a la nueva miss. Acaba de cumplir catorce... Sé que hasta parece más mujer que las otras, pero es un bebé, miss... un pequeño y desamparado bebé..., agregó saludando con avasalladora ternura a una muchacha rubia y caballuna que les pasaba junto.

¿Sabe por qué despedí a miss Millán, su antecesora?, prosiguió la guapa señora Blumenthal, parecida a Greta Garbo, cintura entre felina y etérea, porque gustaba de humillar a las alumnas, y se ensañaba con Portia, a quien echaba en cara que su madre sea estilista...

Oficio decente y hasta glamuroso...

¡Claro, claro!... pero las demás son hijas de diplomáticos, empresarios, políticos, actores famosos... como verá, esa niña ha sufrido más que la mayoría... más que usted y que yo juntas...

Hola mami, saludó Leonora al abordar el pequeño auto, sacándola de sus reflexiones. Hacía poco menos de un año que no besaba a su madre... no, si podía evitarlo. Tenía la edad de Portia.

Hola, mi amor...

Portia no volvió a llegar tarde a la clase de *Grammar*, lo que de entrada sugería buena voluntad de su parte... pero siempre mascaba ostentosamente un chicle sabor mango (siempre mango. Emma llegaría a asociar el aroma a mangos con Portia) y se despatarraba con tal descaro que desde la tarima la miss creía advertir una finísima vellosidad dorada, como pelo de ángel, orlando su pubis.

Señorita España, le ruego se siente con corrección y tire ese chicle.

Aun en la obediencia, la actitud de la jovencita era de franco desafío. Realizó el ademán de extraerse el chiclazo, entre sofocadas risitas de sus compañeras. Desde allá lo arrojó al cesto junto al escritorio de Emma, haciendo gala de buena puntería. A la próxima, resopló la miss, póngase de pie... no estamos en deportes...

Pero Portia siguió solazándose en pequeñas provocaciones: estentóreos bostezos, rayones en el cuaderno que sugerían estaría dibujando... probablemente a la propia miss, a juzgar por la forma en que alternaba la mirada entre ésta y el cuaderno; crujir de frituras; polveras y lipsticks desenvainados a la menor provocación. Llegado el final de curso, la alumna que la señora Blumentahl describió como "genial" reprobó la materia de Emma, no sólo eso: fue la única que la reprobó. "La Millán tiene la culpa, seguro", gruñó la Blumentahl compungida, fumando como vampiresa de los años 20: extraña mujer que fusionaba melancolía con *sex appeal*. "Ella le metió odio a la materia, pobre chiquita…"

Lo siento, había dicho Emma con nula sinceridad.

Había expirado el ciclo escolar. Leonora terminó la secundaria con excelencia, no obstante el bajón del año pasado. Tanto Carlos como ella estaban de acuerdo en premiarla, por esto y por su abnegación, llevándola a Huatulco. Meditaba al respecto con un libro de Nabokov abierto sobre el regazo (Carlos se encontraba en la consultoría; Leonora había salido de compras vacacionales con amigas y Emma andaba en camisón), cuando tocaron el timbre…

Disculpe usted, dijo la rubia en bata blanca, soy Virginia… la mamá de Portia…

Emma había intuido que la madre no poseería la arrogante guapura de la hija, aunque retuviera cierta belleza como a la fuerza, cabello corto y de riguroso rubio, maquillada con abnegación de geisha. Pase y siéntese, por favor, resopló la miss mientras se anudaba la bata. ¿Está sola?, Virginia miró cautelosa a su alrededor mientras tomaba asiento. Sí, no se preocupe… ¿le ofrezco algo? ¡Un cafecito me caería de perlas!... ¡Si tiene *Canderel* y lechita *light*, mejor!

Mientras arreglaba la bandeja para su inesperada visita, miss Emma no pudo evitar preguntarse cómo era posible que esa mujercita vulgar nombrara a su hija con un nombre shakesperiano.

¡Qué curioso nombre para un libro!, exclamó cantarina la estilista mientras Emma acarreaba la bandeja de servicio: *Lo-li-ta*… Ah, Emma lo retiró discretamente, lo releo para mi tesis de maestría… en literatura norteamericana... ¿Está muy interesante?, insistió la peinadora, poco preocupada por los grados académicos de la miss, ¿muchos muertos y cosas así? Cosas así.

¿Es su esposo?, volvió al ataque la peinadora, tomando ahora el retrato de Carlos sobre la mesa del teléfono. ¡Es guapo!... ¿Y su niña…? Dígame por favor en qué puedo servirle, resopló Emma. Por favor, querida… llámeme Gini, así me dicen mis amigos… Gini… Supongo que su visita tiene relación con Portia… ¡Mi niña!, sollozó Gini, ¿puedo tutearte? También tienes una hija, volvió a mirar con falsa ternura el retrato de Leonora, huraña y mofletuda. Ay… ay Emma, esta situación me está quitando el sueño… Portia *nunca* me había reprobado una materia. Úrsula… la señora Blumentahl ha prometido que mantendrá su beca, siempre y cuando apruebe el extraordinario con sobresaliente. Y sin duda así será, si se lo propone. ¡No es tan simple!, Portia deberá ponerse al corriente… Un curso de verano, sugirió miss Emma, ansiosa de quedar nuevamente a solas con *Lolita*… Mi economía no está como para considerarlo, lloriqueó la peinadora. La señora Blumenthal sugirió que tú… ¡No!, exclamó la miss instintivamente, volcando casi su taza de café. Entiendo que tendrás planes, gimió Gini, ¡Vaya que sí!... ¡La próxima semana me voy…!

¡Por favor!, Gini cogió sus manos con angustia, ¡Por favor!, ¿cómo puedo hacerte entender?... también eres madre y serías capaz de cualquier cosa… ¡No haga eso!, gritó Emma al advertir la intención de Gini de arrodillarse. ¿Qué sería de mi niña en una escuela pública?, lloriqueaba la estilista, *¡Jamás ha estado en escuela públicas!*… Gini, por favor, levántese… Temo por su vida… tú no sabes, Emma… trató de suicidarse el año pasado… se cortó las venas…. Se cortó las…

Las nueve de la mañana del siguiente lunes. Carlos y Leonora recién habían marchado a Huatulco, sin Emma quien prometió alcanzarlos en un par de semanas. Leonora, por fortuna, no pareció demasiado compungida. Emma se lavaba los dientes cuando tocaron el timbre. Demoró un rato en enjuagarse. Otro timbrazo. ¡Voy, voy…! Nunca esperó puntualidad en la mocosa.

Al abrir la puerta, secándose la cara aún, le pareció que el sol se filtraba entre el desorden vegetal de la cabellera de Portia. Vestía blusa cortita, pantalones aferrados a la inmadura cadera que exhibían un diamante incrustado en el diminuto ombligo que en la escuela no le permitirían mostrar. Hola, saludó la jovencita con aire entre aburrido e indolente, mascando velozmente. Emma se sintió bañada de mango. Antes de entrar deshágase de lo que trae en la boca, ordenó. Portia lo escupió con desfachatez en la acera y siguió a la miss al interior, mirando en torno suyo con talante descaradamente crítico y burlón. ¿Ya desayunaste?, preguntó la miss. No se preocupe… vayamos al grano, por favor…

Portia actuaba como si fuera la del favor, pero siempre era así. La bandeja rebosante de dulces regionales en la mesita de centro permaneció intacta durante las dos horas de repaso de la lección de infinitivos, punto débil de Portia, quien no le dispensó una mirada, inmersa en la comida (¿cómo le hará para mantenerse tan delgadita? ¿Será bulímica?). Emma no tomó ninguno. ¿Cómo que ya es hora, no?, resopló Portia, mirando la carátula de su celular con impaciencia, tengo una cita en media hora. ¡Ah, cómo pasa el tiempo!, canturreó la miss, pensando que se aburriría al marcharse la niña problemática. Se sentiría *sola*.

¿Le habló mi mamá de *mi problema*?, preguntó Portia de repente, sin mirarla a los ojos. ¿Tu problema? (seguro se refiere a la intentona de suicidio). Siempre es lo mismo, resopló la joven, me deja ante todos como una pobrecita traumada… se autoconmisera como si, por ser *mi madre*, fuera acreedora a la canonización… No hablamos de ello en lo absoluto, intercaló Emma con sinceridad.

¿Cómo, entonces, la convenció de no irse de vacaciones con su familia? ¡Usted no parece la clase de mujer que sucumbe ante dos meses de masaje y manicura gratis! Emma no pudo reprimir una sonrisa: Tu mamá ni siquiera intentó sobornarme con algo así.

¿Y si yo le dijera que no me interesa conservar la beca, que estoy harta?

No te creería, Portia. Nadie preferiría un bachillerato oficial a uno de los institutos más caros y prestigiosos. Pues yo preferiría casi cualquier cosa, *miss*, incluso trabajar... No te lo aconsejo, jovencita. A tu edad y con preparatoria trunca, no te auguro grandes oportunidades. No sería justo que por una estúpida materia...

Calló de tajo la miss, demasiado tarde. ¡Ah!, rió Portia cuyos centelleantes ojos azul violeta no eran artificiales como el tono de su pelo. ¡Su propia materia le parece *estúpida*...! Es un decir, niña, gruñó la miss, un decir...

Tres días más tarde, maestra y alumna rompían a reír a la menor provocación y arrasaban con la bandeja de dulces. Cubiertas de azúcar hasta las pestañas, lamiéndose los intersticios sin pudor. ¡Eres sensacional cuando no estamos en la escuela!, exclamó Portia de repente. ¡Me estás tuteando!, hizo su mejor esfuerzo para fingirse contrariada. Ay Emma, estamos de vacaciones... aunque sé que Úrsula se enojaría... ¡se enojaría *mucho*! Por favor..., resopló Emma, extrañamente inquieta ante el hecho de que Portia tomara la foto de Leonora de la consola y la acariciara con dedos ciegos. Qué rara tu hija, Em... ¡qué seria!... tú ríes todo el tiempo... Somos dos personas distintas, resopló la miss. ¡No puedo creer que seas de la edad de mi madre!, ella piensa como Libertad Lamarque... ya sabes... virgen hasta el matrimonio y todas esas mam... Yo también quisiera eso para mi hija, se apresuró a aclarar Emma. ¿Tú llegaste virgen?, Portia la miró suspicaz. No debería contestarte eso... pero sí, llegué virgen.

Pero eso no garantiza que le seas fiel a tu marido, ¿*verdad?*... Portia, todo tiene su límite... Lo siento Emmy, no fue mi intención ser grosera... sólo trataba de ejemplificar mi sentir al respecto: casarse virgen no es garantía, ¿no crees?... no significa que no puedas enamorarte de alguien más, quiero decir... Estoy de acuerdo, sí, concluyó miss Emma, pensativa y triste. Comió dulces hasta hartarse por primera vez desde que tenía quince años. La edad de su alumna.

Al día siguiente, a mitad de la lección, Portia la interrumpió para preguntarle: ¿Qué hiciste para fastidiar a tu madre, Emma? Se hizo un silencio hondo, negro, inabarcable. Portia no dejaba de coger dulces. Emma tampoco. Estamos con la lección… Por favor, contéstame…, cerró el libro y se colocó el lápiz tras la oreja. Esto es desacato, Portia… Necesito saberlo, Emmy… ¿sabes?, me he portado muy mal con mi mamá y quiero saber si tú, la persona que más admiro en el mundo, incurrió alguna vez en la misma falla… Miss Emma abrió mucho los ojos: ¿La persona que más admiraba? De acuerdo, cerró el libro con determinación, te lo diré: casarme. Eso fue lo que hice para fastidiar a mi mamá… ¡No te creo!... ¡Tu esposo parece la mar de bueno!, tomó el retrato de Carlos y lo cubrió de besos, cosa que hizo reír a Emma. Carlos es excelente. La mala soy yo… ¿Por qué lo dices? Porque nunca lo quise… ¿No lo quieres?, la picardía ardió en el delicado rostro de la jovencita. Quise decir… ¡Lo dijiste!, Portia bailoteó en un pie alrededor de la sala, ¡Claramente has dicho: "nunca lo quise"…! Portia, basta… ¡basta…! y echó a llorar, recriminándose: ¡idiota!, ¿cómo es posible que me abra con una mocosa que además es *mi alumna*? Ay, ay dios…, Portia se inclinó suavemente sobre ella, aproximando su hirsuta cabeza a la de la miss, ay, no fue mi intención… Te suplico que vuelvas mañana… De acuerdo, de acuerdo, ay, no ha sido mi intención… Retírate, por favor…Te quiero, Emma, mucho, moqueó la niña mientras cabizbaja reunía su material y salía dejando tras de sí una estela de mango y *Samsara*… el mismo perfume de Úrsula...

Portia no volvió al día siguiente. Gini llamó para justificar su ausencia por motivos de salud, que tenía gripe, que para el jueves estaría mejor. No volvería a verla sino hasta tres días después, durante los cuales se mordió los nudillos para no sucumbir a la tentación de levantar el auricular del teléfono y preguntar por su estado.

¡Qué gusto!, canturreó Emma al verla en la puerta aquel jueves, como si nada hubiera pasado. ¿De verdad te alegra?, preguntó Portia con desdén, arrastrando los pies al entrar. No finjo, Portia, no sabría… precisamente ése es el problema, no sé fingir… ¿Y cómo le hiciste para fingirle amor a tu marido? ¡Nunca fingí!, se indignó miss Emma de pronto, ¡Nunca…! Lo estuve pensando bien…, interrumpió Portia sin soltar su libreta ni su libro, el lápiz detrás de la oreja. Creo que será mejor que no vuelva por acá… ¿Qué dices, cariño?, el tono de Emma se dulcificó de golpe. Te he engañado vilmente todo este tiempo… bueno, no nada más a ti, la miró con ojos como turquesas ardientes; también a mi mamá… y a Úrsula, ¿sabes?, no tengo bronca con el inglés… ¡no la tengo ni con el alemán…! No entiendo… Te lo dije la otra vez: quería perder la beca… No me convences… ¿por qué no hiciste al tonto con la Millán? Porque al principio lo que menos quería era perder la dichosa beca… pero entonces era una soñadora estúpida… ¿Te das cuenta de que perdí la preciosa oportunidad de pasar unas vacaciones con mi familia?, la recriminó Emma, estallando en llanto. Era precisamente lo que quería, cariño… que te quedaras conmigo…

Emma quedó petrificada, no sabía qué hacer, qué decir, qué reaccionar. Portia dijo de golpe: Entre nosotras nos olfateamos como perras, ¡ya deberías saberlo…!

A la confesión siguió un silencio durante los cuales sólo se escucharon lejanas las risas de los niños en el parque. Desde la primera vez que te vi…, continuó Portia enronquecida, me pareciste tan… hermosa… ¡por favor, no me interrumpas! No volverás a verme, no te molestaré nunca: Estoy segura de que eso no te lo dijo mamá, es el único de mis *defectos* que no mencionaría ni con tortura… sabe lo que soy, Emma, yo misma se lo dije… ¡y premió mi confianza abofeteándome!, y se acarició la mejilla como si doliera todavía.

Emma alcanzó a vislumbrar las cicatrices como tachones en la muñeca de la niña. La envolvió entonces en un espontáneo abrazo al que Portia, lejos de resistirse, se anudó con desesperación. La miss no tenía intención de apretujarla, quería transmitirle solidaridad, sinceramente, decirle que ella también… pero Portia amoldó su púber voluptuosidad al cuerpo de la miss quien ya no pudo esquivar los demandantes labios de la niña. Jugosos labios con sabor a mango. Rodaron por la alfombra, maestra y pupila, en gimiente nudo. Rodó el lápiz amarillo. Carlos y Leonora lejos. Carolina ignoraba que Emma permanecía en la ciudad, la hacía dorándose en la playa junto con su familia. La añoraba, desde luego. Se arrancaron las blusas una a la otra, niña y miss, idénticamente delgadas aunque no tan radiante y firme la piel de la miss. Se besaron mientras se arrancaban los mutuos sostenes. Comieron de sus respectivos pezones, de sus pechos casi idénticos, algo menos duros los de la miss. Tanguita azul. Braga de algodón de corte francés, color pistache. Nadie la había besado como Portia. Ni siquiera Carlos. Ni Carolina. Fue poseída por aquella jovencita que sabía exactamente donde tocarla, dónde y cómo. Tras un orgasmo rápido, sincronizado como un himno a la belleza, miss Emma quedó untada a la alfombra pardusca. Se recuperaba apenas del impacto cuando ya Portia, desnuda como un ángel, infantil el sexo; abierto y palpitante corazón de durazno, fumaba a su lado con la elegante impaciencia de los amantes de las películas francesas.

¿Estás fumando?, se horrorizó Emma. Sí… ¿gustas, preciosa? N… no, gracias…, se mordió el labio: ¿cómo decirle a la niña de quince años con la que acabas de fornicar que es demasiado joven para fumar? Será mejor que te vayas, Portia… ¿Vas a decirme que estás arrepentida…? Algo, sí…, confesó la miss buscando su ropa a ciegas, incapaz de mirar a esa niñita a la cara. ¿Cómo puedes decirme eso? ¡Es lo mejor que me ha pasado…! ¡Seguro que a ti tamb…! Escucha, niña, dijo la miss mientras le entregaba sus diminutas prendas, tú no eres consciente de lo que acaba de suceder, yo sí: acabo de infringir las leyes del universo… ¿Me corres?, preguntó dolida la chiquilla, estrujando su ropita contra el pecho. Miss Emma sintió deseos de cubrirla de besos, en cambio le dijo: Te suplico que me dejes sola porque siento que estoy a punto de convertirme en algo… Portia se vistió con humillada prontitud y marchó dando un portazo, sin llevarse sus útiles. Emma permaneció desnuda en la desolación de un hogar de vacaciones, abrazada a sus piernas y meciéndose como niña violada. No supo cuánto tiempo permaneció en estado autista.

El timbre la despertó al día siguiente. Había dormido después de todo, desnuda en el sofá. Se levantó como si esperara aquel timbrazo. Se enfundó presurosa en la bata. Era Portia hecha un manojo de nervios, mordiéndose los nudillos.

Emma, tenemos que hablar…

Vio su propia palidez reflejada en el cutis limpio de la jovencita. No debemos volver a vernos, dijo dulcísima cuando ya Portia estaba adentro, mirando a su alrededor con el mismo burlón desdén de la primera vez. Ay, Emma, ¡haces que me sienta tan culpable…! La única culpable aquí soy yo… tú tienes quince años y yo cuarenta… Podrían meterte a la cárcel por esto… ya lo sé… ¡Menos mal que lo comprendes!, exclamó la miss. Pero tú y yo sabemos que no hiciste nada para corromperme. Jamás hubiera ocurrido si yo no tiendo una carnada. ¿A qué viene tanta palabrería?, se impacientó Emma, ¿detectaba cierta amenaza en la voz de la criatura? Trato de que te sientas menos culpable. ¡Sólo eso!

Sé perfectamente lo que hago, y ojalá las leyes contemplaran que unos maduramos mucho antes que otros… No supo cómo, Portia terminó abriéndole la bata, entrelazada a su cintura en medio de convulso llanto. No me dejes, Emmy, no me dejes. La chiquilla, que era de su mismo tamaño (1.70) le introdujo suave y dulcemente la lengua en la boca, jugueteando insidiosa con la suya, hasta que al unísono parecieron saborear un mismo helado y el llanto se volvió saliva, y la ternura se volvió lujuria. Portia parecía incluso más fuerte que Emma, a la que sometía sin problema. La hizo tenderse sobre el sofá y sin más se deslizó entre los muslos casi tersos, devorándole a la miss el sexo hasta hacerla venir en segundos. La niña golosa no se desvistió, ni siquiera se deshizo de las botas de charol negro. Miss Emma yacía completamente desnuda, ruborizada y despatarrada, agitado y ruborizado el pecho, en una actitud indecorosa que ni Carlos ni Carolina habían contemplado nunca.

Nunca había conocido a una mujer tan hermosa como tú, suspiró Portia mientras se secaba los labios, deleitada al tacto de los mechones naturalmente dorados de la miss. Comerte el coño es un manjar de los dioses, Emmy. El vocabulario de Portia confundía a Emma. Se expresaba como una experta en comer coños. Llévame a conocer el cuarto de tu Leonora, suspiró la niña contra el fragante cabello, el aroma a mango mezclado con el del sexo limpio de Emma. ¿Estás loca?, se sobresaltó. Portia la miró con inocencia lastimada. ¿Te parece raro que quiera conocer el cuarto de tu hija? Todas las chicas se interesan en las cosas de las otras… ¿O consideras que mi sola presencia pueda contaminar su inocencia?

La miss terminó conduciendo a su alumna a la habitación de Leonora. Portia dejó escapar un silbido maravillado ante aquel rosado paraje de afiches, encajes, peluches, ropa y zapatos. Lindo, lindo, lindo, canturreó. Se arrojó sobre la cama *king size* con los brazos extendidos, queriéndola abarcar. Emma experimentó un pellizco de compasión mientras contemplaba a su pequeña amante en botas de dominatrix revolcarse entre peluches. ¡No irás a decirme que careces de esto!, chilló la miss, casi escandalizada. ¡Por supuesto que carezco! ¡Cuando quieras te invito a mi departamento para que te convenzas!... ¿Duermes con tu mamá? Ay no, qué asco, se carcajeó la niña: tengo mi propia habitación, tonta... ¡Pero no se compara con... *esto*! Olisqueó los tres frascos de perfume que había en el tocador y se bañó en *Eternity*, el favorito de Leonora. Cogió a continuación un vestido rosa que reposaba en el respaldo de una silla y se lo midió ante el espejo. Me temo que tu hijita es mucho más gorda que yo, jajajaja...

¡Deja ahí!, ordenó la miss, ruborizada.

... tengo muchos peluches, prosiguió Portia arrojando el vestido hacia la miss, casi con desprecio; obsequios de mi mamá... algunos de mi papá cuando le entran culpas... otros son de pretendientes... nunca tuve corazón para devolvérselos, pero hoy mismo los tiro a la basura, que es donde deben de estar, dijo mientras estrujaba el enorme San Bernardo de ojos glaucos. Vámonos, Portia, suplicó jadeante la miss. No, haremos el amor sobre la cama de la gordis... ¿Estás loca?, ladró mecánicamente Emma para terminar devorando enfebrecida la rosada y tierna raja de la niña que se contorsionaba bajo su lengua, gimiendo como cachorrita enferma sobre el rosado cobertor de la cama de Leonora, entre azucaradas migajas. Qué delicia de coño suavecito, sonrosado y sin pliegues, potente en humor como la inocencia misma... todo lo contrario del de Carolina, oscurecido por la edad y los partos, endurecido, casi amargo, casi sin olor: Anda, vieja cerda, anda cerdita, suspiraba Portia, desnuda ahora sí. Cuando al fin miss Emma saboreó un orgasmo sabor mango, incorporó la cabeza para desafiar a Leonora quien la acusaba desde la fotografía de su mesa de noche, ocultando la dentadura incompleta de los nueve años.

¿Con cuántas mujeres mayores te has acostado?, suspiró Emma, abanicando con su aliento los diminutos pezones de la niña. ¿Y por qué haces énfasis en "mayores", Emmy?... ¿Estás celosa? Estas cosas no pudiste haberlas aprendido con otra mocosa como tú, insistió Emma... ¡No cabe duda que eres ingenua!, rió Portia de buena gana. ¿Hay alguna otra lesbiana en tu grupo?, preguntó Emma, contaminada de curiosidad malsana. Aparte de ti y de mí, no otra oficial, que yo sepa... pero las hay muy putas... o muy putas o muy inocentes... y si además son guapas y becarias...

¿Qué dices?, Emma se alejó del exquisito cuerpo como si la quemara. Los ojos violetas hervían de risa y perversidad. Ay Emmy... si tú y la vieja se la llevan plática y plática... ¿no son amantes? ¡En lo absoluto!, casi chilló Emma, entendiendo que se refería a Úrsula: ¡Es casada, con tres hijos pequeños...! ¡Tú también eres casada... y tienes una hija!, *what problem*?, dijo la niña mientras extraía un cigarrillo del interior de una bolsita sembrada en las botas. Empezó a fumar ante el atribulado gesto de miss Emma, quien no conseguía imaginar a aquella elegante y melancólica mujer masturbando ninfetas. Lo que insinúas es muy delicado, Portia... ¿Insinuado?... cariño, he dicho con absoluta claridad que a Úrsula le encanta montársela con niñas... y por cierto no soy la única que participa de sus aquelarres... ni ella la única maestra... la Giovanna es otra... su favorita es una de primero que se llama Sandra Lemus, dijo refiriéndose, respectivamente, a la maestra de geografía y a una rubiecita de trece años. ¡Giovanna no puede...! ¿Por qué es casada, con hijos y muchos nietos y es un tonel de manteca? Úrsula y Giovanna podrían dar con sus huesos en la cárcel, pensó Emma en voz alta... ¡Lo mismo que tú, ja! Pero saben perfectamente con quien se meten, las muy cerdas. A mí, por ejemplo, no me conviene decir nada… tampoco a las demás becarias… y las que están ahí por su gusto, porque Úrsula les regala cosas lindas que ni sus propios padres les obsequiarían, y acarició al San Bernardo para enfatizar sus palabras. Lo único prohibido son los dildos o cualquier cosa en forma de falo porque nos cuidan mucho el dorado himen. Al vislumbrar el horrorizado desconcierto de su amante, Portia insistió: ¡Pero te la podemos montar entre yo y otras tres nenitas, todas fresquitas…! ¿No te gustaría, eh, Emmy…?

Emma comenzó a aporrear a la muchachita que, cogida por sorpresa, no hacía más que cubrirse la cara, riendo primero, suplicando después pues los golpes iban tornándose lesivos, lo mismo que los gritos, ¡lárgate de mi casa!, ¡quítate inmediatamente de la cama de *mi hija*!… ¡Fuera, fuera, perra…!, gritaba la miss mientras abofeteaba sin piedad a la aturdida chiquilla. ¡Me las pagarás!, gimió Portia, bañada en sangre y llanto, a medio vestir y aferrada a sus botas. Sangraba por nariz y boca. Todavía se dio el lujo de encender otro cigarrillo con pulso tembloroso, jurando entre risas y llantos y un pómulo hinchado: ¡Le diré a Úrsula… le diré al mundo, lo que me has hecho, guarra! ¡Tu esposo y tu hija te escupirán la jeta, maldita lesbiana…!

Emma no se molestó en sacarla a empellones. La dejó ahí gritando, hecha montículo en la puerta, atrayendo sin duda a los curiosos, ¡maldita lesbiana, todo mundo sabrá…! Fue a encerrarse a su habitación, la bata salpicada con sangre de la niña. Su furia estaba lo suficientemente apaciguada para permitir la salida al llanto. Comprendió entonces el origen de su furia: nunca experimentó tanta excitación como cuando se sintió el monstruo. Ni siquiera cuando le comieron el coño por primera vez… ¿Fue a los trece o a los catorce? ¿Quién?, ¿Carolina?, ¿el monstruo de los caramelos?

Pero ante la tentación que aquella niña le brindaba en bandeja de plata, la posibilidad de fornicar a otras niñitas incluso más pequeñas que Portia... que su propia hija, hizo erupción la madre que la habitaba... la gran hipócrita que le impelía a negar sus deseos... la que no se atrevió a ponerle una mano encima a Leonora cuando, una vez enterada a través de la palabra sensible de su siempre comprensivo padre y del típico silencio de Emma, que su madre amaba a otra mujer, le gritó a la cara: ¡Te odio!

Empezó a empacar con los gritos de la niña por fondo, ¡te odio, te odio! Ni siquiera consideró el arsénico. Bastaría con volver a saltar la barda, esta vez sin fotografías, ni de Carlos ni de Leonora, para huir definitivamente del monstruo. Carolina la hacía en Huatulco, disfrutando de unas merecidas vacaciones familiares...

De ella menos que de nadie quería despedirse...

Elena Madrigal

¡Ay voz secreta del amor oscuro!

Es autora de *Contarte en lésbico* (México, Éditions Alondras, 2010) y de otros cuentos, "No la última" (destiempos, 65: 2021) y "De somnis" (InterAlia. A Journal of Queer Studies, 12: 2017), los más recientes. Como investigadora, ha publicado ensayos académicos sobre las representaciones literarias de las sexualidades diversas, primordialmente mexicanas.

"Arielle" fue publicado por primera vez en *Homópolis, La Guía LGBT*, núm. 98, en mayo de 2007 y posteriormente en su libro *Contarte en lésbico*.

Arielle
(2007)

¡Ay voz secreta del amor oscuro!

Yo, me siento muy contenta al poder contribuir a la economía del hogar con mis ventas de *Arielle*.

Todo comenzó cuando vi el anuncio: "Tú también puedes ayudarlos a cumplir sus sueños" y una señora muy guapa abrazaba a un muchacho con toga y birrete de graduación. Pensé que, aunque los míos todavía están chiquitos, algún día van a crecer y a salir de la universidad, y quise ser como esa señora. Todo fue más o menos fácil: llamé a los teléfonos, fui a ver a la licenciada, firmé el compromiso con *Arielle* y, a los dos días, vendí una *Vivifique*, crema para la firmeza de las manos.

Al principio, mis clientas solamente eran mi suegra y mis cuñadas; luego, me animé a llevar el catálogo a mis vecinas y a organizar demostraciones en sus casas. Con mi primera comisión, le compré unos zapatos a mi Juanito. A Humberto no le gustaba la idea; decía que iba a descuidar la casa, pero ya pasó. Aunque a veces me dejan colgada con la mercancía, no me importa, porque siempre me las ingenio para venderla.

Cada día, aumentan mis clientas, sobre todo porque les voy conociendo sus gustos. Por ejemplo, hace un rato, llamé a Ivón para avisarle que *Mythika*, su fragancia predilecta, viene con descuento para el próximo pedido. De todas las enfermeras de la 72, Ivón es mi consentida. Cada quincena, muy puntualita, me hace un nuevo encargo y me va pagando lo atrasado sin perder la sonrisa ni la amabilidad. "Señora Maru por aquí, señora Maru por allá…" La verdad sea dicha, me trata con mucho respeto y soy testigo de sus cambios gracias a los productos *Arielle*: sus ojos negros han ganado profundidad y enigma con los juegos de sombras *Passage*; sus labios, sensuales, se han afinado con el *Suprême (FPS 10)* y su cutis se ilumina día a día con la base *Dorée*.

Una mañana, llegué al hospital a hacer los cobros y luego tenía que recoger el pedido, hasta el centro. Ivón se ofreció:

—Señora Maru, si quiere, la llevo en el Chevy, nada más espéreme a marcar la salida de mi turno.

—Ay, ¿no será mucha molestia? Usted ya trabajó toda la noche —respondí.

—No, cómo cree. Es más, la invito a que pase a mi casa, aquí, a tres cuadras, nos tomamos un café y un yogurt, para aguantar, y nos vamos al centro —propuso.

En el breve trayecto platicamos de todo. El sol golpeaba el blanco de su uniforme y yo iba feliz de aspirar el corazón de Orquídea de Madagascar del *Mythika*.

Llegamos a su casa y en el baño pude ver el juego de tres toallas Liana, obsequio de la promoción *Satin Rouge*. Luego fui a la cocina y me senté junto a ella. Alrededor de su cuello y a la altura de sus mejillas relumbraba el *Senssage Splendour*, juego donde la tendencia de lo metálico cobra fuerza como un icono de distinción femenina. Quise retener sus reflejos y acaricié su oreja y su cuello. Ivón sólo se detuvo, me miró y parpadeó un par de veces, haciendo notar el *Cils Infinite*, que alargaba y espesaba sus pestañas.

El café dejaba una estela sobre sus labios. "¿Será que de veras el color y brillo del *Suprême* son a prueba de besos?", me pregunté, y decidí comprobarlo: la besé.

—Sí, Ivón —espeté.

—¿Sí? —me desafió.

—Sí, Ivón, quiero todo.

Gentilmente, despacio, me llevó a su cama; nos desnudamos mutua y lentamente; alternábamos miradas con caricias. Nunca me hubiera imaginado que mi cuerpo pudiera responder de tantos modos nuevos a un encanto. Ivón parecía interpretar una canción con su boca, sus manos y sus piernas a una cadencia insólita. Se acomodó a mi costado derecho, pasó su brazo izquierdo por mi espalda hasta envolverla y poder rozar apenas uno de mis pezones con sus yemas. Su boca transitaba de mi boca a mi cuello y su mano derecha se encargó de la sorpresa mayúscula: mansamente, abrió en el medio de mis piernas, acarició, movió, removió todos los pliegues que encontró a su paso y luego llevó mi humedad, especiada, ambarada, licorosa y aterciopelada, a todos los confines de ese territorio aún virgen. El vientre se me contraía a espasmos y un trocito de mí, como un botón de geranio que quiere reventar, le empezó a marcar el aceleramiento. Ivón aferró su dedo al botón; a ratos lo dejaba saltar, o lo detenía o lo rodeaba sin cuartel. Junto con el botón, estallé yo también en un estruendo de tambores, colas de estrellas fugaces multicolores, en un armonioso bouquet de Tiare de Tahití, Jazmín de Sambaq y Raíces de Massez, popurrí de las mejores fragancias.

Cuando dejé de reír y de llorar al mismo tiempo, miré la tersura de su piel y entendí los maravillosos efectos de la *Divinesse*.

Antes de subirnos al coche para irnos al centro le dije, con todo el corazón:

—Fue, en verdad, muy hermoso, Ivón; creo que nunca me había sentido tan bien.

—Fue un placer, señora Maru. Que no sea la última vez —me advirtió coqueta antes de ponerse al volante.

***

Todas hemos de realizar nuestros sueños algún día. Mis clientas son bellas. Yo tengo mi propio dinero; he aprendido mucho sobre autoestima y superación; me he arropado de mírricas fragancias; he llegado a ganar regalos en las rifas de promotoras; me he saturado de lustres húmedos; pronto ascenderé a Vendedora Diamante. Por todo esto, agradezco a *Arielle* las oportunidades de desarrollo personal que me ha brindado, sin tener que descuidar a mi familia.

María Elena Olivera Córdova

Doctora en Teoría literaria, por la UAM-I. Labora en el Programa Ciencias Sociales y Literatura del CEIICH-UNAM. Coordinadora del Seminario Escrituras de la Disidencia Sexogénerica: "Narrativa lesbiana"; autora de *Entre amoras. Lesbianismo en la narrativa mexicana*; coordinadora del libro digital *Mujeres diversas, miradas feministas*; co-coordinadora del dossier sobre literatura lesbiana de la revista INTERdisciplina, enero-abril, 2022.

"Cucharita cafetera" fue publicado por primera vez en 2008 en *GénEros. Revista de investigación y divulgación sobre los estudios de género*, Universidad de Colima, época 2, año 15, núm. 4.

Cucharita cafetera
(2008)

De pronto acerca su rostro, una confidencia, sus ojos se entrecierran, sonríe, yo contengo con el aliento un arrebato. Su boca se entreabre, piensa un poco hasta que descubre el color de la palabra con la que quiere seguir tiñendo su voz, ¿qué dice?, no la escucho. Se aleja un poco. Qué bonita boca.

Sobre la mesa, el pulgar aterrorizado se esconde tras la taza de café, el índice le roza una mano como al descuido, el meñique queriendo ir a más.

¿Cómo es su cuerpo?, ¿qué se sentirá besar su ombligo, caminarle la piel a diez yemas? Me humedezco, me revuelvo en la silla. La cucharita cafetera, aprisionada entre dos dedos que se mueven lento anhelando su pezón derecho.

Se pone seria, me mira. ¿Ha escuchado lo que pienso?, se acerca mucho de nuevo. Se me atoró el pendiente en la ropa, ¿me ayudas? Qué ganas de lamerle la oreja izquierda. Lo sabe, seguro lo sabe, pero le gusta jugar, ponerme nerviosa para ver si doy un paso en falso para luego decirme que la malinterpreté, y salir triunfante del brazo de la chica que viene por ella algunas veces y quien al besarla le mete la lengua y le acaricia las nalgas, y ella se deja para que yo las mire bien. Seguro lo sabe.

Al despedirse, como sin querer me besa la comisura de los labios, yo me contengo de nuevo para no caer, debo ser paciente, nos veremos la próxima semana y entonces quizá sea ella quien no pueda aguantarse más.

Gilda Salinas

Ama escribir, es buena narradora y lectora; feminista, solidaria, workohólica y obsesiva. Escribe literatura de género, biografías noveladas y novela social. Da cursos y talleres y es directora de la editorial Trópico de Escorpio. Hace 30 años se comprometió con las letras, compromiso que agradece al universo, porque si volviera a nacer, haría exactamente lo mismo.

"La reina de la pista" fue publicado por primera vez en su libro *Del destete al desempance* de la editorial Trópico de Escorpio en 2008.

La reina de la pista
(2008)

Porque sé que pasó.

Es cierto que al principio venías al Enigma en grupo porque entrar sola implicaba un gran esfuerzo para tu timidez, esfuerzo incomprensible desde cualquier punto de vista menos desde el tuyo, porque morías de vergüenza al pagar el cover, al caminar el pasillo, al buscarte un espacio para ver sin ser vista. Ahora ya no necesitas de guajes, tienes tu rincón, este huequito oscuro desde donde eres una sombra, es tuyo, pero antes no eras capaz de escogerlo y situarte decidida, ¿y si alguien ya estaba ahí?, ¿y si alguien lo peleaba? Sobre todo a la hora del show, cuando a fuerza se sientan y se arrinconan aunque no pongan atención porque ya se saben quién canta qué y hasta el orden, pero la gente ocupa su lugar. Por eso al principio mejor pegártele a las compañeras de la chamba, aunque no hablaras y apenas sonrieras con los chistes; en bola aunque tuvieras que obligar a tu garganta, a tu lengua, a tu boca a moverse para decirle a la que quería bailar contigo que no, gracias. Nunca has entendido el porqué de la prisa, ni bien se conocen, ni bien te echan un ojo desde cualquier mesa se dejan venir, y no es que no quieras bailar, es lo que más te gusta, tal vez lo único que te gusta y ni siquiera te cabe en la cabeza lo emocionante que sería hacerlo con una chava linda que tuviera ojos sólo para ti, pero cuando no estás achispada te da tanta vergüenza partir plaza y ocupar un sitio en donde serías el imán de todos los ojos que tus pies se vuelven tablas, y aunque te cuesta un gran trabajo responder que no, prefieres eso, así, sin verlas a los ojos: no y ya. Que te aprietas, dicen... que digan.

Mentiras / tú me enamoraste a base de mentiras / tú me alimentaste siempre de mentiras / qué estúpida que siempre te creí. Chingón el jotito que hace a la D'Alessio, hasta se le parece. Deberías cantar como las otras, a gritos, ni que no te la supieras. ¡Eso! Ya que por ahora no puedes moverte en la pista bebe y canta, canta y bebe, el que bebe y canta loco se levanta. ¿Cómo se sentará el que ya está levantado? Parece que hoy todo es más divertido. Sí, bravo, bravo, pero que ya pongan música para bailar. Eso, Madonna está perfecta para calentar el cuerpo... Like a virgen...

¿Que te ven? No las peles, tú posesiónate de la pista, no las veas, qué saben ellas lo que se te mueve por dentro, qué saben de las ganas que se te quedan atravesadas... aunque no, ningunas, porque en cuanto el tercer trago se te revuelve con la sangre empieza a crecer la placidez y el contento electriza tus piernas en busca del ritmo y entonces, como ahora: I am a material girl / material girl / material girl / te importa un carajo si te ven o no existes, y no necesitas de nadie para buscar la pista y extasiarte bailando contigo, sola contigo, sin límites, sin gente, sin ver, nada más sintiendo la música que se te mete en las venas, al igual que el licor; cada uno de los instrumentos musicales bailando en tus células y en las plantas de los pies, dictando el ritmo que te nace en el vientre y en los sueños y que sólo se detiene para ir a surtir el cuerpo con más *Añejo* que casi te bebes de un trago para no perder tiempo, para correr a sudarlo entre todas estas parejas que ocupan la pista y te ven de reojo, como ahora, algunas haciendo cara de "está peda la chavita" y otras al revés, pensando "qué buen patín". Hey, Güera / como te vuelva a ver de mariposa rondándolo, / hey Güera / ten cuidado porque voy y te armo un escándalo. / No te atrevas a insinuarte ni de broma / te lo advierto punto en boca / o te monto la de Troya / Wooooo / Hey Güera...

¡Hey, Güero! Qué maravilloso que te entienda a señas. Es el único que comprende exactamente lo que quieres y lo que necesitas, que te trae los tragos como te gustan y te lleva la cuenta y antes de que cierren te pone en un taxi seguro que paga con el dinero que traes en la bolsa del pantalón: te esculca, lo saca, lo cuenta y guarda con cuidado el resto; y te recibe cada sábado con la misma actitud de bienvenida sin hacerse el simpático, sin preguntar ni siquiera el clásico ¿lo de siempre? Para qué, si es obvio que cada ocho días tomas y tomas y tomas lo mismo y bailas y bailas y bailas mientras el Enigma se pone a reventar con todas las de la Ruta 100 y con las niñas de Polanco y con alguna que otra señora que has visto de reojo, casi sin verla porque se parece a tu mamá y si haces conciencia de eso se terminaría el goce de la música a la espera de las cachetadas, como tantas veces, para que se te quitara lo machorra, lo majadera y lo pendeja; mejor no verlas, pinches rucas, mejor seguir sintiendo que tú y la melodía son la misma cosa. Me sube la bilirrubina / cuando te miro y no me miras. Mueve los brazos y la cabeza, así, sacúdela, ahora los hombros, eso. Imagina tus patitas respondiendo al ritmo. Al paso de las horas la pista se irá vaciando igual que cada sábado y de pronto serás la única: los espejos para ti, la duela para ti, la música para ti, y cuando ya no puedas más que reírte de todos los chistes que ya nadie cuenta pero que tú te platicas, y cuando ya no puedas bailar más que con la imaginación porque tus rodillas digan basta: hey Güero, el Güero vendrá a llevarte abrazada, casi en vilo, siempre servicial, siempre buena onda, ¿ya estuvo, mi reina? El Güero que se cobra y te guarda el cambio y a veces te pregunta si quieres ir y te lleva a hacer pipi para que no te gane en el camino, y te deja encargada con la señora de los baños y te espera en la puerta hasta que sales con la risa instalada en la cara para luego ponerte en el taxi seguro: llévala a Santa María la Ribera, carnal, ahí te la encargo. Eso sí, tiene que ser seguro porque no vas a arriesgarte a que te roben o te… qué más, ¿qué más puede alguien hacerte?, saben que te gustan las mujeres aunque la verdad, ya no sabes si te gustan, siempre estás sola. A lo mejor nada más creíste que te atraían, a lo mejor contigo es suficiente porque no necesitas de ninguna, porque bailas padre y sientes un gran contento a partir del tercer trago, clarito ves cómo se te va mezclando con la sangre y te la calienta y las piernas se vuelven alas y a ella, a la que baila contigo, a la más linda que Madonna nada más te la imaginas moviéndose como ahorita que te ves reflejada en los espejos de la pista y te sonríes cachonda y te mueves sensual como tú sabes, y te haces señas con el índice para que te acerques y te escurras casi pegadita a tu cuerpo hasta tocar el suelo.

Ay, qué difícil resultó enderezarte, no entiendes por qué si estás bien, si sientes que te mueves igual que antes del show que coreaste con la D'Alessio. Nunca habías cantado tan fuerte y entonada como hoy. ¿Y entonces? ¿Será que bebiste más que siempre? ¿Y por qué eres capaz de hilar los pensamientos con esta claridad tan lógica? Debe haber sido el último trago que te llevó el Güero, te supo medio fuerte o no, tal vez distinto. Ondas del alcohol, no siempre está el cuerpo p'aguantar, hoy no aguantaste, deja de hacerla de tos.

Qué flojera bailar la tanda de rock que ponen para las colgadas como tú, por muy De la cárcel que sea, como que mejor te detienes del pilar. Ay Güerito, vamos pensando en el taxi sin la del estribo, aunque por qué no, al cabo ya no hay gente, ah caray, pues a qué hora se fueron, lesbianas gallinas. Mejor, ni quién vea cómo se te cierran los ojos y cómo en lugar de seguir bailando tienes más ganas de buscar el suelo dándole la espalda a la del espejo, sí, resbálate para que se decepcione y se vaya a la de ya y puedas seguir tiradota en la madera que ha de estar toda sucia, pero ni quién se fije, como está tan oscuro...

¿Por qué apagarían todas las luces? Ya no ves ni la del pasillo. ¿Y la música? Se te acabó el veinte. No importa, no tarda el Güero, míralo, ahí viene, risa y risa con el pito de fuera el muy idiota, no ha de encontrar los baños, ni modo que tú lo lleves. 'Ora, pues qué le pasa. ¿Y a ti?, qué te pasa a ti que lo que quisieras decirle no te sale de la boca... ni las fuerzas para aventarlo tampoco... sí, aunque lo dudes sí está encajando las rodillas en tus muslos y metiendo mano entre tus piernas. ¿Por qué quieres cerrarlas y no tienes fuerzas? Nada, hilacho. Dolor sí sientes, abajo y en el pecho, ahí donde aprieta con toda la mano. Necesitas gritar, pero tanta tristeza apenas sale hecha agüita que te escurre de los ojos. ¿Por qué te hace esto si es tu amigo, el derecho, el buena onda? No puedes quitarte, no puedes quitarlo ¿y qué vas a hacer con todo el coraje? La vergüenza no te cabe en la cabeza, te sientes mierda, mierda, excusado público, mierda... quisieras, sí, pero ni modo de ir mañana a una delegación a platicarles que el mesero, el Güero, el que cada sábado te lleva en vilo para aventarte en un taxi seguro es el mismo que en este momento te está cogiendo y brama como animal y te dice todas esas porquerías que no quisieras oír pero ni modo. No, no eres capaz, no serías capaz. ¿Para que te vieran como lo hicieron cuando lo de tu primo? ¿Para que tu madre termine diciendo que de seguro tú le diste entrada? Mejor no pienses, no escuches, no sientas; mira el techo, no le hace que esté oscuro, mira la textura del techo que pensaste que era liso y está todo cacarizo, imagina que las yemas de tus dedos se meten en los hoyitos y los cuentas, o mejor déjate de lloraderas e imagina que sigues bailando; eres la reina de la pista, las luces son todas para ti y Arjona te canta... Ese montón de enemigos que se disfrazan de amigos / las que se creen puritanas y se quedan con las ganas / con la basura a un lado me siento ese soldado / peleando contra todos sin saber por qué. / Me están jodiendo la vida / me están poniendo a pelear / me están jodiendo la vida / yo sólo quería cantar, yo solo quería bailar, yo sólo quería bailar, bailar, bailar...

Patricia Karina Vergara Sánchez

Poeta, psicoterapeuta, doctora en Ciencias en Salud Colectiva por la UAM. Maestra y especialista en Estudios de la Mujer por la UAM. Lesbofeminista. "Dicen" fue publicado originalmente en *Transgresoras. Relatos sobre mujeres que actúan en libertad*, Colección Editorial El Zócalo, en octubre de 2008.

Dicen
(2008)

La cabellera larga y revuelta, los ojos abiertos, como incrédulos, y los labios murmurando palabras incomprensibles. La mujer estaba tendida en el suelo, sobre la alfombra, y su mirada no enfocaba nada. Parecía que un espasmo la recorría. Parecía que agonizaba…

¿Cómo pasó? ¿Qué vientos se concatenaron para llegar a ese instante irrepetible?

Dicen que se cansó de ser humillada en público, las vecinas muchas veces habían sido testigos. También, hay quienes opinan que no pudo soportar más los golpes del marido. La vecina de al lado cuenta que lo que más le dolió a esta mujer fueron las infidelidades y la deslealtad constante. La tendera, que tantas veces tuvo que prestarle a ella las viandas, piensa que lo tacaño de ese hombre también hizo lo suyo.

Cualquiera que fuese la razón, esa mañana llegó un camión de mudanzas y se llevó todo. Desde los libreros, hasta los gatos dormidos en sus canastillas de viaje.

Las vecinas observaron atentas el ir y venir de cajas y paquetes. Algunas, escandalizadas; otras, con semblante serio; muchas, preocupadas por en qué acabaría aquello.

La vecina de al lado sólo advertía, como si supiera, que algo definitivo habría de suceder.

Cuando el camión de mudanzas se hubo marchado, la mujer cerró puertas y cortinas para cumplir su rito secreto.

Su amiga la ayudó a tenderse en el piso... Fue el comienzo del juego de caricias y besos.

La cabellera larga y revuelta, los ojos abiertos, como incrédulos, y los labios murmurando palabras incomprensibles. La mujer estaba tendida en el suelo, sobre la alfombra, y su mirada no enfocaba nada. Parecía que un espasmo la recorría. Parecía que agonizaba.

La boca de su amiga sobre su sexo era, una y otra vez, el camino íntimo a su paraíso. Sus piernas eran la puerta que se abría, que cedía la entrada al universo nuevo.

Jugaron, se abrazaron, se quisieron hasta que se hizo la tarde.

La mujer risueña, despeinada y relajada tomó de la mano a su amiga. Salieron de la casa. Pusieron el cerrojo a la puerta y arrojaron la llave a donde fuera.

Las vecinas estaban ahí, mientras ellas tomaban el auto y se marchaban agitando las manos con alegres despedidas.

Dicen, que cuando llegó el marido, las vecinas trataron de simular. Aparentaban sacar la basura, regar el jardín o estar en animada charla. Sin embargo, según cuentan, no pudieron evitar sonreír mientras él descorría el cerrojo y abría la puerta de la casa vacía.

Leticia Romero Chumacero

Es profesora en la Academia de Creación Literaria de la Universidad Autónoma de la Ciudad de México (UACM). Lo fue en la Universidad del Claustro de Sor Juana y el Instituto Nacional de Bellas Artes. Ha publicado seis libros sobre escritura de mujeres. Obtuvo los premios Punto de Partida, en la categoría de cuento breve, y Gedisa/UACM, de ensayo académico.

"Placer" fue publicado por primera vez en la antología *Paseo bajo la luna creciente. Muestra de literatura lésbica en México* de Gabriela Torres y Luis Martín Ulloa, editorial La Décima Letra en 2013.

Placer
(2013)

I

"¿Qué será de nosotras cuando nos expulsen del convento?", se pregunta sor Antonia en el camino que va de su cómoda celda a la enfermería. Desde hace doce meses esa preocupación lastima su alma y desemboca en un nombre: "Mercedes, ¿qué será de mi amadísima Mercedes?"

II

La neblina se disipa. Poco a poco, cada flor, animal o rostro humano dibujado en los azulejos del baño es, de nuevo, visible. La puerta abierta hacia el patio acoge dócil la vigorosa luz de este mediodía de junio. En la enagua de la esclava se van apiñando las piezas de un húmedo hábito monjil.

Mira sus manos. Siempre las observa después de acicalar devotamente a su señora. La extasía el contraste entre su tez y la albura de la monja a quien sirve.

Aún queda agua en el *placer*, esa tina de baño recubierta de azulejos que la mira desde el piso como uno de los profundos ojos azules de Antonia. Han compartido ese espacio en muchas ocasiones desde su arribo. Acaso ésa ha sido una de las últimas. Sombrío, el pensamiento evapora su amplia sonrisa de mujer costeña.

Justo en aquel instante, agitada por la urgencia y seguida por un par de niñas morenas de cuyas manos penden grandes bultos de ropa, la anciana maestra de novicias asoma ceñuda en la celda: "Ven a ayudarnos en el cuarto de labores, Mercedes".

III

La madre Superiora nunca ha visto con buenos ojos a la esclava de la hermana enfermera. "Es insolente", rumia buscando el término adecuado para calificarla, mientras la mira pasear sus oscilantes caderas por los jardines, rumbo al cuarto de labores: "Es indócil". Al toparse con esa palabra, su mirada se posa en uno de los retratos de la contaduría. La religiosa libresca del cuadro que tiene ante sus ojos tampoco le gusta. "Juana Inés fue otra criatura insumisa".

La contadora y la bibliotecaria vuelven de la bodega cargando varios tomos añosos. Los extienden sobre la mesa ofreciéndolos a la vista de la Superiora. Agobiada por sus cavilaciones, ésta va de la contemplación del soberbio retrato de la contaduría, a un rápido examen de los títulos mostrados por sus hermanas de religión.

"Estos sí podríamos llevarlos, madre, son parte de nuestra historia", sugiere con timidez la encargada de la biblioteca. "Quizá más tarde sea posible enviarlos con las hermanas jerónimas de Sevilla".

"No espere que saquemos todo ahora, hermana", replica la Superiora, "sólo llevaremos lo más elemental. Con el tiempo nos devolverán el convento".

La monja del óleo sonríe con discreción.

IV

La penumbra del coro la intranquiliza. No desea pensar más en las amenazas de exclaustración, ni escuchar el machacón rezo en derredor, sólo espera el momento de volver a su celda y sumergirse en un cálido y protector abrazo.

Inundada por imágenes prendidas a su memoria, resucita la sensación del agua tibia corriendo por su espalda y una mano morena que la esculpe con adoración. Bajo los párpados trata de aprehender aquellas sensaciones hasta que, al apretujar los muslos, un dulce y terrible aguijonear inunda su vientre. Temerosa de que el súbito estremecimiento deje escapar pensamientos inapropiados dentro del templo, abre los ojos.

Frente a ella una celosía de madera coronada por Jesús enorme y crucificado le recuerda su condición: es esposa de Cristo, monja profesa desde hace cinco años. Es sor Antonia de Muñoz y Nava, enfermera del convento de San Jerónimo de la Imperial Ciudad de México, y descendiente de ricos granadinos avecindados en la Nueva España. Es una mujer criolla a quien su padre, antes de regresar al terruño para morir, hace un año, le cedió una amorosa esclava traída desde el puerto de Veracruz; una preciosa mulata por quien ella siente una devoción desbordante.

V

Esa noche nadie duerme en el convento. Durante el rezo de maitines, la expectación y el desasosiego toman por asalto a veintiséis religiosas, sus criadas y esclavas. El destino las alcanza apabullante.

Algunas pretenden regresar con sus familias, otras planean mantener viva la congregación huyendo a España. No saben hacer otra cosa.

Reunidas en el refectorio, las monjas comprenden que la Superiora ha decidido prescindir de las criadas. "Después volveremos por ellas", determina inflexible. "¿Cuándo, si los militares están por llegar al convento?", se atreve a preguntar con desesperación una muchacha que ha vivido ahí casi desde su nacimiento. La respuesta es el silencio.

VI

Es, en efecto, esposa de Cristo. "Pobre hombre", murmura al preparar un brebaje de olor amargo. Ella prefiere la parte de los Evangelios donde son expulsados los mercaderes del templo: un Jesús desafiante y no la atroz, lamentable imagen de un cuerpo herido y desangrado. "Mi esposo tiene un cuerpo lleno de sufrimiento", delibera, "el de Mercedes no es así".

Tales cavilaciones la asaltan durante esa, su última tarde en el dispensario, rodeada de hierbas, bálsamos y venenos, que debe organizar en cajetillas para el largo viaje allende el mar.

En su mente rondan las duras palabras que le dirigió la maestra de novicias días antes, cuando la visitó en busca de pomadas para las dolencias del vientre que ella, hija de médico, conoce tan bien: "Mucho ha influido en tus hábitos la mulata. No comes en el refectorio con nosotras ni acudes a la sala de labores, Antonia. No estarán juntas toda la vida. ¿Qué harás sin ella cuando salgamos de aquí?"

VII

Los oficiales de la Brigada Sinaloa ingresan muy temprano en el convento de San Jerónimo. A flores nuevas, a musgo y tierra mojada huelen los claustros. Voces graves ordenan depositar a las llorosas criadas en el Recogimiento de Belén. Los pasillos son perturbados por la estridencia de las botas militares y el denso aroma de cada aposento es profanado sin reservas.

"¡Capitán!", vibra una voz descompuesta, desde el interior de una celda encharcada.

VIII

Barro húmedo y neblina perfumada de incienso y belladona. Dos cuerpos hundidos en el *placer*. Una jícara rota deja fluir el agua como la vida y ellas se aferran en un círculo de brazos, piernas, ojos, bocas, sueños.

"No te desprendas de mí", dijeron al unísono, mientras se estrechaban firme, dulcemente.

Gabriela Torres Cuerva

Narradora mexicana. Sus cuentos se encuentran reunidos en los libros *Demonios del cotidiano, Cáscaras de naranja, Prisioneros, Hombres maltratados* y *Córvidas historias. Rompecabezas: un taller de cuento pieza por pieza* contiene una selección de ensayos literarios. *Nunca antes de las cuatro*: novela breve. Lo último: *Bird Skeletons and Other Stories* reúne 14 de sus cuentos y se publicó en el año 2020.

"Elba Juárez" se publicó por primera vez en 2013 en su libro *Cáscaras de naranja* con el apoyo del Consejo Estatal para la Cultura y las Artes de Jalisco.

Elba Juárez
(2013)

Era un mito que estaba decidida a desmentir. *Elba Juárez es la única que puede ayudarte*, me dijeron. Para entonces yo había pasado por todo, desde la terapia psicológica más larga y costosa de la historia hasta una limpia con huevo y hierbas de manos de un santero tan famoso como caro. A tal grado me empeñé en equilibrar mis fuerzas internas, que permití que una mujer pusiera churros de periódico alrededor de mis pies, los rociara de alcohol y le prendiera fuego para espantar de una vez por todas los malos espíritus que me habitaban. Otro evento, quizás el más vergonzoso, fue el del carbón chillador, encendido al rojo vivo: al pasar por todo mi cuerpo, específicamente por los genitales, alcanzó decibeles insoportables, al punto que le dije a la salvadora de almas que ya era justo y bastante; accedió no sin antes sacarme un setenta por ciento del costo total del tratamiento y eso porque el carbón no había llegado a consumirse por completo.

Lo único que te queda es Elba Juárez, insistieron, *Elba Juárez ha sacado a peores bueyes de la barranca*, etcétera, etcétera. Ignoré la recomendación todo el tiempo que me fue posible, hasta que yo misma clamé por ella en una de las noches más tormentosas de mi existencia, cuando juré a mi compañera de cuarto que una cucaracha merodeaba por mis sábanas, la había visto con el rabillo del ojo y estaba segura de que ella me había visto también a mí. *Las cucarachas son ciegas*, me dijo. El resto de la noche busqué sin éxito a la invasora. A la mañana siguiente le mostré a mi camarada la erupción en las corvas y en los pies: no había duda, la cucaracha había caminado *en mí*, había recorrido a su antojo mis brazos y piernas, mi estómago, sus antenas habían picoteado mi cara y mis orejas. Mi amiga ignoró las evidencias, suspiró largamente y me soltó una perorata alrededor de la pena que le daba mi persona en las condiciones en que me encontraba, el agobio que sentía por mi estado y lo difícil que era estar conmigo. *La desconfianza es otra enfermedad*, le dije cuando pronunció con lentitud e-n-f-e-r-m-e-d-a-d, seguramente para magnificar mi situación y hacerse la mártir, papel que por cierto le acomodaba bien con la figura de protagonista dramática que con tanto afán había fabricado y pulido por años. Esa justa noche me harté de dolerle a la gente. La hora de Elba Juárez había llegado y ya no podía posponerla.

Me perdí varias veces antes de llegar. El edificio más viejo y desaliñado de la cuadra estaba escondido en una extraña herradura circundada por flacos alamillos. Pensé que como todas las consultas anteriores ésta daría inicio media hora más tarde, así que para la espera metí en mi morral la poesía de Óscar Oliva. En aquellos tiempos me daba por forrar de plástico los libros, ponerles mi nombre y mis datos generales completos. Tenía pánico de que un día no regresaran a mí y se convirtieran en palomas sin memoria ni rumbo.

Desde comienzos de semana alimenté la esperanza de que me diera una receta con una buena dosis de *Valium* o *Clonazepam* y termináramos rápidamente con el teatro del entendimiento y la comprensión clínica. El pago de la consulta debía incluir cuando menos de tres a cinco recargas, de otro modo no sería rentable la inversión de una tarde completa. Cualquiera de esos ángeles era lo suficientemente bueno conmigo, domaban a mis bestias y me convertían en un ser razonable y casi feliz. Esa noche pasaban por televisión *Vértigo* y llevaba toda la tarde rememorando la escena del protagonista tratando de subirse a un escabel. Las mujeres de Hitchcock interrumpían mi sueño desde una semana antes, cuando anunciaron la trasmisión. Quería, y no, ver de nuevo a Madeleine tomando café con el detective; el beso del acantilado me producía una excitación impostergable. A veces me he sentido Madeleine y a veces Judy, me hice moño con el pelo y no me teñí de rubia porque el olor del peróxido me provoca accesos de tos. Además de la película y, por si fuera poco, esa misma noche debía consumir una pasta fetuccini cuyo empaque señalaba muy próxima la fecha de caducidad, su preparación me llevaría por lo menos quince minutos adicionales más lo que me tomara bañarme, deshacer y rehacer la cama para ahorrarme el riesgo de alimañas no deseadas. El tiempo sobraría si Elba Juárez me atendía a tiempo. Pero si caía en el pecado de la impuntualidad como la mayoría de sus colegas, me daría por maldecir a quienes hicieron sonar en mí las campanas de la quimérica Elba Juárez.

Llené una ficha con todos mis datos, salvo el cuestionario que dejé en blanco. A la secretaria no le interesaba saber si me daba miedo estar sola o qué sensación despertaba en mí el color rojo o las hormigas. Apenas escribí mi nombre, la descubrí leyendo muy interesada el cuestionario de otro paciente. Odio las intromisiones y en especial, a las bandidas que roban información. Me tocó esperar la invocada media hora en la salita rodeada por puertas. La de Elba tenía el número veintisiete y era la única pintada con una suerte de pátina. Pese al penetrante olor del barniz de uñas de la secretaria, intenté leer, *me he subido a la tribuna de mi corazón/ se ha roto el martes/*

el sábado se anticipa de los lunes/ se levanta el sueño de la boca de Lázaro. Curiosamente era martes, martes veintiséis de junio y en mi *Citizen* de extensible rojo casi daban las cuatro y media de la tarde cuando crujieron las bisagras de la puerta verde y emergió por fin, como de una lluvia de estrellas, la mismísima Elba Juárez.

Sonriendo dijo mi nombre de pila, *Gabriela*; no fue una pregunta sino una afirmación, *Gabriela*. Me sentí descubierta, desnuda como Judy al salir del baño con el moño deshecho y la expectativa de Scottie de haber logrado convertirla en Madeleine. Asentí torpemente, me puse de pie y tiré algunas cosas que al levantarlas provocaron la caída de otras. Me he propuesto cargar sólo con lo indispensable y no he logrado liberarme del apego al desodorante y al aerosol bucal, menos a los dulces por si me ataca la ansiedad. A una seña de Elba Juárez caminé hacia el territorio desconocido.

Ella paseaba por la habitación. A mí me pareció que bailaba una especie de danza deslizante.

¿Cómo estás? No esperaba una pregunta tan directa. Un interrogatorio menos elemental me hubiese dejado más satisfecha. Me congeló mi propio silencio. No supe qué hacer con su mirada. Brotaron de mi boca mis dolores más recientes: el de cabeza, el de espalda, el de la frente, el de los ojos y, aunque hay quienes aseguran que los huesos no duelen, el del esternón.

Nos acomodamos una frente a la otra. Ella ocupó su silla de mimbre con abrazaderas; yo, el sofá violeta. Los amarillos, verdes y rojos del "Puente Japonés" de Monet le caían por la falda en derrame casi líquido de la cintura hasta el tobillo. Cruzó una pierna sobre la otra, una alpargata se detuvo a media pantorrilla mostrando las uñas pintadas de amarillo y el pie más grande que he visto. El pelo cortado al ras dejaba al descubierto los aretes, dos círculos negros: los columpios de un duende.

Estoy segura de que su pie me saludó al mirarlo como el tictac de un despertador de caricatura. El olor a mirra penetró mis vías respiratorias de golpe, hice un esfuerzo por no toser. Otro aroma, el de hierbabuena dulce, parecía salirle del pelo, de las axilas, de la garganta al hablar, de la ronquera en la voz, tan delirante, tan embaucadora.

Comenzó precisamente con mis obsesiones. La tercera vez que introduje las manos a mi bolsa para cerciorarme de que ahí seguían las llaves de mi coche, me preguntó, *¿Por qué lo haces?* *Estoy nerviosa*, le dije. Una de sus manos cayó como pluma de pájaro en las mías: la sentí enorme y sólida, como si fuera una cobija caliente. No quería que la quitara, no quería, pero la retiró despacio, enganchando al final su meñique con uno de mis dedos. Hacía un calor pegajoso.

Varios martes me tomó entender que la manera más estúpida de desperdiciar a Elba Juárez era dejar que el tiempo corriera en silencio. La pregunta *¿cómo estás?* era detonadora del tiempo. A las pocas visitas aprendí a soltar inmediatamente la respuesta, en defensa del tiempo precioso. Los silencios eran criaturas de plomo, devoradoras de minutos.

Un martes, antes de arrellanarse en su silla, Elba Juárez dejó de ser tan alta pese al tacón de sus botas rojas de ante que sobresalían como badajos de sus pantalones de campana. En un fugaz acercamiento rozó su cara con la mía. Ese martes, contra su costumbre, se levantó varias veces y recorrió la distancia hacia su escritorio en íntima cavilación. Pienso hoy en el encanto de esa flexibilidad de muñeca de recortar, doblando y desdoblando su cuerpo de papel, como en el friso de una borrachera. *No soy hiperactiva, sólo es que mi sangre se encharca y debo escanciarla.* Me pareció inaudito que Elba Juárez diera explicaciones.

A veces despierto con las botas rojas en la mente. Las traía puestas el martes número veinticuatro en que abrí compuertas a todos mis demonios. Nada, ni el famoso ingrediente del *Clonazepam*, el protector de recuerdos, evita que mi cerebro reviva los detalles con insoportable precisión: la piel de ante, la elegancia de los tacones, el oráculo de vidrio en las hebillas.

Una tarde estableció una relación entre mi carga interior y mi manera de sentarme, en adelante no dejó de pedirme que adoptara diferentes posturas. Quería comprobar en qué posición tocaba yo cuál de mis aberturas, una llaga pendiente, un recoveco solo extraíble bajo *ese* especial estímulo. Quizás también su objetivo era ejercer un capricho sobre mi manejable persona, jugar a las muñecas. Aprendí a obedecer: debo decir que la docilidad no es una de mis virtudes, lo es quizás en cambio la imitación, el doblez, la segunda parte. Así que ella adoptaba una postura y yo la reproducía con toda exactitud.

La primera versión con la que me mandó a los camerinos fue la de *mi* niña (yo) de diez años. Me pidió escribir un fragmento, una tarea de martes a martes. Llegué con media hoja carta, de renglones porque fácilmente pierdo la linealidad de la escritura, lo titulé *Regreso*, en absurda literalidad a mis apuntes adolescentes. Festejó algunas líneas: *los jardines de tupidas buganvilias rojas, moradas, lilas, el silencio parlante del viejo túnel*, yo *sudaba, oliendo esa humedad antigua, pisando las mismas alimañas, esas que tanto tiempo atrás brincaran a mis zapatos, treparan por mis piernas.*

Para otra ocasión pidió un relato de los hechos acontecidos desde mi nacimiento hasta mi primera década. Inventé un emerger a la vida con características especiales. Más que hablar quería escucharla, así que reduje mis comentarios al mínimo indispensable, lo suficiente para desatar su respuesta, su intromisión, su comentario. Era demasiado lista para no darse cuenta. Me castigaba con lo que más podía dolerme: una indiferencia teatral en la que yo no existía y ella deambulaba por la habitación como pensando algo; se tomaba la barbilla, miraba por la ventana, fingía revisar una nota en su cuaderno de portada de arco iris, hasta pronunciar el dictamen terrible: *te veré el martes.*

Un párrafo de Óscar Oliva me hizo recordar una estrofa de canción, un trozo de algo escuchado entre mis nueve y once años. Ese paralelismo me ponía difícil, me abría un nuevo nudo: no perecer en ese recuerdo era la consigna. Logré amarrar algunos martes en estira y afloja de esa remembranza que nunca encontré, pero que sacó a la luz otras fieras del pasado.

Cuando perdí mi *Citizen*, perdí también la esperanza en sincronizar mi hora con el reloj de Elba. Estoy segura de que ella traía cinco minutos adelantados, cinco preciados minutos a mi favor, lo que quiere decir que se quedó debiéndome cinco minutos por veinticuatro martes: ciento veinte gotas de alma que nunca me serán repuestas. Sin embargo, me gusta que el hilo invisible de ser su acreedora nos empareje de algún modo, quizás de la manera en la que los vivos siguen enredados a sus muertos por esa maldita acción de imaginar: la perdición de los sonámbulos.

Que pase Gabriela Mistral, anunció una tarde en la que yo no tenía absolutamente nada que decir. Con la cara estampada en su ventana de cortinas de manta, inventaba qué decir, con qué nueva treta detenerla, qué nuevo problema sacar a la luz y con él, hacer tiempo sobre el tiempo perdido. Mi genealogía me tenía profundamente aburrida. Eso ocurre con las genealogías, se agotan, tienen un limitado número de personajes; igual las historias, hasta las más densas, un día terminan de contarse. Pensaba en cómo entretener ese día de gloria. Podía tirar a la basura cualquier día, pero no un martes. Se acercó a mí, a ver de cerca mi atolondramiento. En la ventana se estrelló un insecto dejando una huella lechosa en forma de estrella. El calor rabiaba allá en la calle. Un auto estacionado disparó hacia mí una centella que perdió fuerza en algún punto. Ese chisguete encandilado fue lo que me regresó a la realidad de la carrera de mis minutos suicidas. Elba seguía junto a mí, de pie a la ventana: una giganta. Con un llanto inusitado, me convertí en la miserable, la necesitada. *La isla de las tres sirenas* de Wallace reposaba en su escritorio. Me abrazaron tiernamente sus axilas de hierbabuena, fue como si me abrazara mi madre, mi hermana, mi hija, mi perro, Hitchcock, Madeleine, Óscar Oliva, todos juntos en un mismo abrazo.

Elba era de marfil y al mismo tiempo de barro cocido, una pérfida para atinarle a los nervios punzantes y la más tierna en las crisis de llanto y desolación; es decir, la misma que las provoca y cura. Quise llorar para que me abrazara, no de otro modo lograría que me envolviera en esa tela cuyos grabados contaban una historia de animales, personas, plantas, todos en un solo universo y espíritu.

Los lunes en la noche me dedicaba a inventar las cavilaciones del día siguiente. Había que estudiar y preparar algo que lograra conmoverla. Un dolor de esternón, por ejemplo, por sí solo no lograría un minuto más. Logré trasmitir lo mismo, pero con más color; quería reflejar el ejercicio y la tarea. Una tarde memorial se detuvo en sus comentarios más tiempo del reglamentario, me regaló siete minutos más, siete dichas especialmente para mí, sin importarle que otro paciente la estuviera aguardando.

El día que hablamos de los nombres fue la antesala del infierno. *Elba significa elfo*, me dijo, *duende nórdico. Un espíritu al aire danzando con una línea de Gabriela Mistral,* dijo y recitó, *sin nombre, raza ni credo, desnuda de todo y de sí misma. Gabriela, Gabriela, ¿Qué voy a hacer contigo?* La pregunta tembló por sí misma. Dije que mi nombre venía del arcángel Gabriel, el que se encargó de anunciar a María que iba a ser madre de Jesús. *Una protegida de Dios, ya ves, alguien así no necesita terapias,* dijo. Sus palabras fueron de plomo. De un solo golpe me anunció que se mudaba de ciudad, los detalles no importan. Elba Juárez se iba, como si nada, llevándose ese y todos los martes, mi efímera felicidad. Esa tarde tomó un té casi incoloro, jugó unos instantes con la infusión, hasta que dejó la cucharita y me preguntó, *¿cómo te sientes?* Quise decirle que qué

Marta W. Torres Falcón

Licenciada en Derecho y doctora en Ciencias sociales. Maestra universitaria por vocación. Feminista por convicción. Militante del movimiento lésbico-gay desde sus inicios. Autora de numerosos artículos y algunos libros académicos sobre violencia de género y derechos humanos. Colaboradora de las revistas *Del Otro Lado*, *Alter* y *Las Amantes de la Luna*. Escritora (aún) de clóset.

"Una mañana" fue publicado por primera vez en la antología *Permanencia del deseo. Cuento de diversidad sexual*, de Luis Martín Ulloa por la editorial La Décima Letra en 2013.

Una mañana
(2013)

Una mañana...

Antes de despertar sentí la emoción en el vientre, como un vapor denso que se acumula a la altura del plexo solar, sube lentamente y se atora en la garganta, pero no alcanza a resolverse en palabras. Hacía años que no tenía un despertar tranquilo, mucho menos emocionado. Todavía no puedo creer todo lo que sucedió ayer. ¡Y qué noche! Sería un lugar común decir que necesito que me pellizquen para saber que estoy despierta. No sé si un lugar común, una exageración o simplemente una fantasía. Escucho la regadera como el fondo *ad hoc* de la música. Café Tacuba. Es increíble. Andrea cuidó hasta ese detalle. Traía el disco en su mochila y decidió despertarme con esa canción.

Una mañana, una mañana linda...

Muevo lentamente las frazadas, como si quisiera prolongar la calidez compartida bajo su manto. No hay duda: empieza un nuevo día. Durante años tuve miedo de despertar, porque cada vez que abría los ojos regresaba al momento justo que marcó mi vida, que la partió en dos. Aun ahora, a más de diez años de distancia, me sorprendo pensando las cosas en un "antes" y un "después". Fue tan abrupto. De un momento a otro, todo se vino abajo: la pareja, la carrera, las expectativas laborales, la vida familiar. Todo se desmoronó. Al principio pensaba en el efecto dominó: perdí dos semestres en la universidad, los amigos que me quedaban empezaron a tenerme lástima y mi familia, desesperada, alternaba la compasión y el rechazo. Gabriela, que había sido mi pareja durante casi dos años, simplemente se esfumó. Después comprendí que la metáfora del dominó no era exacta; no fueron caídas sucesivas sino simultáneas. Mi vida colapsó como una casa de naipes.

Esa mañana me levanté con el gusto que extrañamente siempre me han producido los lunes. El júbilo de empezar, diría Borges. A las siete y media salí de casa, con los planes del día derramándose entre las manos y la sensación, a flor de piel, de que el futuro venturoso que compartiría con Gabriela estaba ya a la vuelta de la esquina. Cada pieza iba acomodándose en ese rompecabezas de nuestra vida en común. En la tarde, cuando vi su reflejo en el enorme ventanal del edificio donde trabajaba, no pude menos que admirar esa seguridad con la que se movía por la vida. Si hubiera sabido que no volvería a verla, le habría dicho algo más. No sé qué y seguramente tanto ella como yo ya lo habríamos olvidado. Como hecho, sólo quedó el silencio. Durante meses, mientras intentaba acomodar las astillas que había logrado rescatar de los vínculos resquebrajados, anhelaba el sonido de esa voz dulce y amorosa. En los pliegues de ese silencio —espeso, intransigente— iban encontrando acomodo los restos de un sueño que simplemente no logró cristalizar.

Una mañana linda… mi corazón, como una flor, a ti se entregará

La primera vez que Andrea me dijo que yo le gustaba, me quedé estupefacta. No supe qué responder ni qué hacer. Habíamos compartido numerosas actividades en la casa de la cultura. Empezamos con las clases de italiano y luego coincidimos en algunos conciertos o presentaciones de libros. Nos acostumbramos a tomar café después de clase y vino en las presentaciones. En una ocasión, vino un mago para ilustrar pasajes de una novela que transcurría en Medio Oriente; entonces fuimos a cenar al Sheik Egipcio. Si alguna vez yo no podía asistir, disfrutaba sus crónicas pormenorizadas. Me tenía siempre con la boca abierta, en parte por la narración en sí, pero sobre todo por su sentido del humor, absolutamente *sui generis*. Creo que ése ha sido el cemento de nuestros encuentros: si algo me agrada de su compañía, es justamente cómo me hace reír. Ahora que lo pienso, también la risa había quedado encerrada en el "antes". Lentamente la he ido recuperando; sí, muy lentamente.

Me dijo que le gustaba y me asusté. Al dolor de los primeros meses —los primeros del "después" —, siguió la angustia, rápidamente desplazada por el miedo. En realidad no son excluyentes, ya lo sabemos. Cuando llegó Lorena, pensé que se abrirían nuevos horizontes, que la vida me obsequiaba otra oportunidad de ser feliz y que las antiguas heridas ya habían cicatrizado. Otro castillo en el aire, con grandes torreones y pasadizos secretos, pero que finalmente no se sostuvo. Con sus actitudes sobreprotectoras, sus aires de superioridad moral y sus miradas condescendientes, logró abrir mi piel endurecida por el desencanto y hacerla sangrar. En poco tiempo dejó su propia huella: profunda y dolorosa. La vi partir con un nudo en la boca del estómago; las lágrimas me llegaban a las comisuras y seguían descendiendo como pequeñas agujas de fuego, mientras el fantasma de la soledad lanzaba furiosas bocanadas, cada vez más amenazantes. En esa despedida había muchas preguntas que, igual que en otro momento el silencio de Gabriela, simplemente tenían que acomodarse. Las certezas de otros tiempos eran ahora estalactitas de cristal en la cueva de mis ensueños y mis recuerdos.

Y ahí estaba, en la Plaza de Santa Catarina, sin poder articular palabra. Más aún, sin poder creer lo que registraban mis oídos. Y creo que ella lo disfrutaba. Habló algunos minutos de lo que significaba Coyoacán —con sus calles, sus plazas y sus teatros— y luego, sin dejar de mirarme fijamente, dijo con lentitud que era un sitio emblemático para repetir esas dos palabras: me gustas. El temor me envolvía con rapidez. Cuando soltó la frase por primera vez, a quemarropa, me sentí muy expuesta. Sus ojos, sus ademanes, su sonrisa —¡y por supuesto sus palabras!— me desnudaban. Y luego la reiteración. Me hice para atrás en la silla y pensé que tomaría mi mano. En lugar de ello, se despidió con calma y me regaló una más de sus entrañables sonrisas.

Una mañana, una mañana linda…
tu corazón, como una flor, a mí se entregará

La semana que siguió a esa primera *declaración* se me hizo eterna. No me atreví a llamarla porque no sabía qué decirle, porque pensé que me ruborizaría aun por el teléfono y que ella se daría cuenta, porque tenía la secreta esperanza de que ella me buscara y por no sé cuántas cosas más. Pero de que la extrañé, no tengo la menor duda. ¡Dioses, cómo la extrañé!

El sábado llegué temprano a la clase y entregué la composición que había elaborado con tanto cuidado: "La nostra storia. Una amicizia che subitamente si torna, diciamo, in amore". Tenía la ilusión de que la maestra leyera un fragmento para explicar alguna estructura gramatical, utilizar nuevo vocabulario o simplemente llenar un tiempo de la clase, pero no ocurrió así. Y en cierta forma mejor, porque mi amiga —*una delle protagoniste*— no llegó a la clase. Al principio me sentí nerviosa, porque esperaba que apareciera en cualquier momento. Después del descanso, me sentí triste porque interpreté su ausencia como una descortesía, casi como una traición: ¿Por qué no había llegado?, ¿y por qué no me había dicho que no vendría?, ¿estaba tratando de llamar mi atención?, ¿era un juego absurdo de poder porque sabía que me hacía falta? A esas interrogantes siguieron otras: ¿me atreveré a llamarla, ahora con el pretexto de su ausencia?, ¿y si no me contesta?, ¿y si ya no regresa a la clase?, ¿qué va a pasar si no vuelvo a verla?

El tono fatalista iba en aumento. Si seguía avanzando por esa pendiente, no tardaría en soltarse un torrente de lágrimas que, una vez transcurrida la catarsis, se trocaría en una histérica carcajada. Me di cuenta de que estaba tejiendo una telaraña absurda y que acabaría perdida, enredada en la estrechez de sus hilos. Podía ahorrarme la catarsis pero, como hecho, me sentía muy vulnerable. Reconocer esa debilidad me hizo recordar a Helena. Con ella había tenido la fantasía de construir una relación igualitaria sólo porque algunos fragmentos de nuestras biografías eran dolorosamente coincidentes. Fue eso: una fantasía. Intentamos relacionarnos desde la fragilidad, la tristeza, incluso el resentimiento. Durante un tiempo, pudimos regodearnos en esa fatalidad compartida y culpar al destino de todo lo que nos había sucedido —del "antes" y el "después"— pero no es ése el mejor cimiento para una relación de solidaridad y plenitud. Estábamos fabricando una cúpula de amargura que terminaría por aislarnos de una manera definitiva. El siguiente paso era la asfixia. Definitivamente, mi apuesta era otra.

Al llegar a mi coche, encontré una nota que contenía preguntas mucho más interesantes que las que yo había formulado.

En un papel color violeta, se leía: "¿Aceptarías una invitación a comer? ¿Te parece bien Los Danzantes? ¿Has recordado que te dije que me gustas? ¿Tienes idea de cómo te extrañé durante la semana? ¿'Sí' a todo lo anterior? Te espero entonces a las dos y media."

Linda será cuando me digas creo en tu amor,
me digas que no sientes temor

Sé que suena absurdo, pero cuando entramos a mi casa, tuve la sensación de que ese momento ya lo habíamos vivido. Pensé ofrecerle una bebida, pero su boca me atrapó no sé por cuánto tiempo. Sentí sus manos en el rostro, entre el pelo, en el cuello. Casi sin transición, empezó a besarme la mano izquierda. Primero la palma, como si leyera una petición apenas esbozada en mi mente ansiosa; me rozaba con los labios y con la lengua, dejando caer la suavidad de su aliento; de pronto sentía la punta de su nariz entre mis dedos y un ligero mordisco en los montículos. Recorría cada línea con una dedicación que podría calificar como inexplicable, pero que potenciaba mi emoción hasta lo indecible. Por un momento, me olvidé del resto del cuerpo, como si todo mi ser cupiera en una mano: ésa, la que recibía la humedad de sus besos y la ternura de sus palabras.

No quería moverme por no romper el hechizo. Entonces levantó mis brazos y volvió a decirme que le gustaba. Su mirada —tierna, penetrante— era la misma que la de la Plaza Santa Catarina; mi mutismo también. Quise empezar a reconocer los puntos sensibles de su cuello, mientras ella exploraba mis antebrazos. Y de nuevo los labios, unidos en la continuidad del deseo; sentí que la había deseado siempre, aunque la relación estuviera disfrazada de amistad inocua. En algún momento que no recuerdo, las playeras nos abandonaron. Desabroché mi propio sostén, pero ella me detuvo: "Yo... —dijo tímidamente— yo te lo quito, ¿sí?" Y sentí que me desvanecía, desarmada ante tanta ternura. Sentí sus dedos y sus labios en mis hombros, en la barbilla, en los costados. Se detuvo a contemplar mis senos, ante mi asombrada gratitud. (Sí, sé que la palabra es extraña, pero no encuentro otra.) Sentí que el pasado no existía y que de alguna forma estaba haciendo el amor por primera vez. Después inició el lento viaje por mi espalda, para desatar una cascada de dulces sensaciones; dulces y nuevas. Nunca imaginé que esa parte del cuerpo pudiera despertar tanto placer. Quise decirle que…, pero esta vez no leyó mi silenciosa petición; con delicadeza levantó mi pierna derecha y colocó sus labios en la rodilla. Sorprendida, intenté una tímida protesta, que sabía sentenciada al desvanecimiento. "El placer tiene muchas dimensiones. Guíame con tus manos y tu mirada".

El recorrido corporal —alegre y errático— continuó entre suspiros, palpitaciones y lágrimas de emoción. Fueron horas de placer inenarrable. Me hundí en el sueño con el eco de sus palabras amorosas: "Hay luna llena, cómplice de nuestra felicidad."

Una mañana linda como la flor, como el amor que siempre te daré,
que siempre te daré, que siempre te daré

Me incorporo en la cama para aquilatar la dicha de las horas vividas con Andrea. En la almohada, aún se dibuja la huella de su descanso. Me pregunto qué habrá soñado y me gana la vanidad. Quisiera tener la certeza de que también estoy en ese espacio onírico. Me detengo, una vez más, reconstruyendo algún pasaje de la tarde de ayer. En esa nebulosa de recuerdos y sensaciones, advierto que es domingo y que tal vez podríamos ir al concierto de la filarmónica de la ciudad. Entonces la veo salir del baño, abrazando la toalla y exhibiendo, orgullosa, su espléndida desnudez. "Quiero preguntarte —me dice con esa sonrisa maliciosa que empiezo a conocer— qué vas a hacer el resto de tu vida".

Y sin dejar de sonreír me acerca, solícita, mi silla de ruedas.

Sandra Lorenzano

Escritora "argen-mex" (nació en Argentina y vive en México desde 1976). Entre sus obras están *Escrituras de sobrevivencia*. *Narrativa argentina y dictadura*, los poemarios *Vestigios* y *Herencia*, y las novelas *Saudades, Fuga en mí menor, La estirpe del silencio* y *El día que no fue* (Alfaguara, 2019). Su obra ha sido traducida al inglés y al italiano.

"Miedo y deseo" fue publicado por primera vez en el suplemento "Laberinto" de *Milenio* el 25 de junio de 2016.

Miedo y deseo
(2016)

El deseo es esa fuerza que nos envuelve, que nos empuja, que nos trastorna, mezcla de plenitud y de miedo, de desasosiego y felicidad. A veces es un pulpo que nos abraza dejándonos casi sin poder respirar. Otras, parece un animal asustado y tembloroso. Es canto y es grito. Estremecimiento. Deseo de escritura, deseo de palabras, de voces; deseo de historias y de cuentos. Deseo de pieles. No, quizás no sea de pieles en plural de lo que quiero hablar, sino del deseo de la piel amada. Suave, tibia. Y de pronto no podemos imaginar más hogar que ése. Es de mí de quien estoy hablando, aunque me asuste. Es de mi propio deseo. ¿Cómo podría hablar del de otros si no soy capaz de bucear dentro del mío? Qué pasa en mí, qué pasa en mi cuerpo ante el cuerpo deseado. Qué es aquello que desata mi imaginación y quisiera desatar también mis manos. Un relámpago me atraviesa y me deja muda. "Yo soy para mi amado y su deseo tiende hacia mí", dice el Cantar de los Cantares. Yo soy para mi amada.

Se acerca la hora de la cena y empiezan a escucharse las voces de los vecinos, ruido de platos, risas, gritos, alguno que tiene prendida la televisión. Es el momento del día en que más me duele este departamento lleno de cajas de libros que aún no termino de acomodar. No hay cena compartida. No hay complicidades. El amor y el desamor. ¿Y el amor nuevamente? Quizás. Ojalá.

Dos chicas de trece años se suicidaron en Michoacán. Se habían enamorado, pero las presiones de la familia, de sus compañeros, de la gente que las rodeaba, las llevaron a preferir la muerte juntas que la vida separadas. Ese suicidio me hizo pensar en mi propio miedo a los trece años. O no. El miedo llegó después. En ese momento no pensaba que enamorarme de mis maestras tuviera algo que ver con "ser diferente". A los dieciocho o veinte ya empecé a asustarme, aunque no tenía tan claro qué me pasaba. O quizás sí y por eso empecé a asustarme. También había chicos que me gustaban. Tal vez seguía siendo una "perversa polimorfa", como dice Freud que somos en la infancia. O tal vez al amor y al deseo no les importa tanto el sexo/género del ser que nos estremece.

Me pregunto si haber elegido *En breve cárcel* de Sylvia Molloy, la primera novela lésbica argentina, como uno de los libros centrales que trabajé en mi tesis fue una forma de seguir buscando señales de lo que yo sabía que me estaba pasando y que no quería ver (alguna vez me lo reclamaron). Quizás porque no había aparecido aún la piel que me hiciera querer sumergirme en ella.

Pero apareció. Y cumplí cuarenta años sintiéndome completa, plena, enamorada. Cumplí cuarenta años y perdí el miedo, la sensación de ser distinta. La vergüenza de sentirme diferente.

Hace unos días pude haber estado en Orlando. Pude haber muerto en el Pulse. Puedo morir en cualquier ataque homofóbico. El arcoíris pone nerviosos a muchos. Lo sé. A veces hay que disimular, sonreír, "vengo con una amiga". No. Me rehúso. No quiero disimular. No quiero mentir. Soy una abanderada del respeto a las elecciones de los demás, de la tolerancia, de la alegría que une al deseo con los cuerpos.

Tal vez por eso todos los días celebro la vida y pienso —con fuerza, como nos decían de chicos que teníamos que pensar para que los deseos se cumplieran— que lo que yo quiero es morir de muy, muy vieja abrazada a la mujer que amaré entonces. Creo que cada vez sé mejor quién soy y qué quiero. No del todo, claro, si no ¿qué sentido tendría la escritura? La pregunta sobre el deseo está en ella siempre. Vuelvo a sentir que un relámpago me atraviesa, vuelvo a estremecerme.

Reyna Barrera

(México 1939), escritora, crítica de teatro, ha publicado ensayo, libros de texto, novela y poesía. Doctora en Letras, catedrática y fundadora del CCH UNAM. Con algunos premios, entre ellos el Rubén Bonifaz Nuño (1997) en poesía. Recibió, además, el Morelos de Bronce, la medalla del ITI UNESCO, la Cátedra Rosario Castellanos y la medalla Sor Juana Inés de la Cruz.

"La Güera Veneno" fue publicado por primera vez en su libro *La Güera Veneno y otros cuentos* por la editorial Voces en Tinta en 2017.

La Güera Veneno
(2017)

No podía aclarar los acontecimientos en mi mente aquella maña-na de domingo, me distraía viendo cómo el pequeño pajarillo pi-coteaba los racimos de frutillas rojas; el sol alardeaba del sudor a todo volumen, pero yo seguía tratando de recomponer los hechos: sí, los de anoche, cuando Lucy llegó ya bastante tarde, sin hacer ruido y se deslizó, así de fácil, como una corriente de aire, imper-ceptible, debajo de mis cobijas, en mi cama. Esa camita individual en la que dormimos todas.

Ninguna parece haberse dado cuenta de la intromisión de Lucy, ella simplemente entró sin hacer ruido, ya que la luz central estaba apagada y ninguna lámpara de buró, sólo el resplandor de la luna alumbraba el pasillo. Nuestra habitación permanecía cerrada durante la noche, pero no con pasador.

Su llegada me despertó apenas, ella me puso la mano sobre la boca. Esto ya había sucedido antes, pero no de esta manera tan intempestiva. La ocasión anterior pretextó que teníamos una plática íntima que no terminaba, nos secreteábamos y reíamos tratando de no hacer ruido, mientras las otras sin tomarnos en cuenta, se disponían a dormir.

Ellas, mis compañeras de cuarto, iban y venían del baño, en camisón o pijama, con su batería de frascos de cremas y lociones, pasta de dientes, cepillos y toallas; otras se ponían tubos en el cabello, arreglaban su ropa mientras que mi vecina de al lado usaba la secadora del pelo para secar una blusa que planchaba al mismo tiempo. Entonces la Güera y yo nos entrelazábamos en pláticas íntimas.

Pero anoche fue otra cosa. Sentí sus piernas desnudas, traía un *baby doll* y un aroma salvaje que me conmovía hasta los huesos. Abajo no había nada excepto sus hermosos senos suaves y tibios como todo su cuerpo. Se apretó a mí, dejándome respirar apenas, hasta asegurarse de que no abriría la boca, porque de inmediato me besó y fue un momento más asfixiante aún.

Mi respiración era muy agitada, no sabía si por haber estado amordazada por sus labios o por temor, la preocupación de que alguna durmiente se fuera a dar cuenta. En ese salón porfiriano dormíamos cinco jóvenes quinceañeras. El mobiliario se multiplicaba por cinco: camas, roperos con espejo, sillas, mesitas de noche, lámparas, cinco respiraciones de vírgenes inconscientes, soñando con un príncipe azul.

¿Qué podía hacer? Aquello era como haber subido a la rueda de la fortuna, sin pagar boleto... *La Güera Veneno* me gustaba mucho, desde que la vi por primera vez hablando por teléfono en la residencia para señoritas...

Nunca imaginé esa visita nocturna, debía estar muy necesitada de masturbación en compañía. Claro que solía suceder, de pronto (sería cosa de la primavera) se escuchaban respiraciones fatigosas, como que alguien tenía pesadillas y se movía en su cama de manera agitada, hasta quedar rígida y desfallecida. Pero jamás se hacía referencia a tal evento, ni entre enemigas se señalaba tal hecho; era como en las regaderas, se aflojaban las costumbres y nos bañábamos cambiando de regadera una y otra vez, empujándonos, bromeando, alcanzándonos con las toallas, en plena carcajada se veía pasar por los aires, de un lado a otro, la ropa interior y en aquella guerra desnuda los cuerpos se entrelazaban, dizque en una encarnizada pelea, donde acababan sobre las losetas, aún escurriendo agua, secándose una a otra, recuperando prendas íntimas que habían quedado colgadas de las lámparas del techo, mientras aquel alboroto iba disminuyendo hasta terminar en murmullos, en silencios cómplices.

Seguramente habría sido un Sábado de Gloria, que había comenzado con un primer vaso de agua donde cualquiera se encharcaba, para continuar con una corretiza, no ya de buches de agua sino armadas de cubetas nos perseguíamos escaleras arriba y levantábamos fortalezas acuáticas cuando nos apoderábamos de las mangueras, entonces la persecución continuaba para finalizar en las regaderas, después había que recoger la ropa mojada. A las órdenes de la monja en cuestión, nos alejábamos obedientes, analizando estrategias, elaborando intrigas para después alcanzar venganza instantánea o bien, acuerdos en pro de la paz, el amor de unas a otras, en brazos y mejillas, con palabras secretas al oído.

¡Ah! Cómo disfrutaba todo aquel espectáculo de ateneas semidesnudas, de sacerdotisas medio enfurruñadas tocadas con rulos, cepillo en mano, toalla al cuello, que no encontraban el color exacto del cabello entintado esa mañana. En aquella casa los fines de semana o los días en que iniciaban vacaciones, el ritmo de las horas cambiaba a cada rato.

Quién regresaba a casa y volvería al final de las vacaciones, atenta a extrañar todo lo que ya le era ajeno, sentarse en su lugar de la mesa y dormir en la cama que le pertenecía desde niña. ¿Cómo no llegar y abrazar a la nana grande, besar a la abuela, juguetear con los niños de la sirvienta joven?

Revisar la casa y levantar un arqueo para saber qué faltaba, qué había cambiado, ¿dónde quedó el columpio que hasta el año de ayer estaba?, la gata blanca y remolona, la del cascabel de plata... en fin, aquella casa que había sido sólo suya hasta siempre.

Pero no, los estudios obligaban a quedarse, tomaría unos cursos de latín. Por ello me quedé, ni siquiera me preocupaba que las habitaciones del otro lado de la casa se desocuparan. ¿Cuántas se iban? Casi las cinco del este, como las llamábamos, más jóvenes, casi adolescentes y bastante insoportables. ¡Jugaban ajedrez para no aburrirse!

Por eso el mejor lado era aquel, más tibio, luminoso, con ventanas amplias, donde podíamos esconder un amante si queríamos, trepar o bajar por la ventana... bueno, si nos arriesgábamos. Pero la edad de la pureza, de la seriedad y sobre todo ser una joven formal era tan rigurosa que nos impedía hacer esa clase de locuras. En cambio, los juegos chispeantes de la noche, como si debajo de las mantas salieran mariposas; no, palomillas, tampoco, ¡luciérnagas! Sí, sucedía en el murmullo de sueños, en el ronroneo epigramático de quienes dormían mientras se abrazaban a sí mismas.

La Güera Veneno era de otra habitación pero le encantaba la nuestra, donde se le admiraba por su belleza y por sus atrevimientos. La habían visto bajar de carros último modelo, de sus tíos, decía. Fumaba cigarros rubios, de los caros; siempre traía las uñas pintadas de salón de belleza, donde también le teñían el cabello, se ponía faldas apretadas y usaba tacones más altos que cualquiera, sí que era especial. ¡*La Güera Veneno*! Nadie se atrevía a tocarla.

Ella me había escogido, decía que era su intelectual, me quería comer para devorar todo lo leído, me hacía hablar de todo y de nada para aprender rápido lo que ella necesitaba, saber de las noticias sobre la moda.

Me daba risa su interés cultural, me llegaba muy hondo el querer aprender poemas en un palmazo o sólo quería que yo los dijera noche a noche, inventando versos que hablaban de amor y juntaba imagen sobre parábola, para luego explicarlas con detalle y hablándole de bulto revelar, por ejemplo, la metáfora de los cabellos de oro (mechón por mechón: los cabellos de ese verde enrarecido). Hasta la hora de dormir.

Pero aquella vez, su cuerpo se incendiaba, sus mejillas y sus labios rebosaban fuego, quemaban; busqué lugares más frescos: abajo del cuello, de los senos y me deslicé hacia su centro, entre sus piernas, para aspirar el olor que me hacía perder el juicio. Ya se habían ido todas y en el último momento, ella vino a despedirse, así que aproveché el tiempo para darle mi adiós.

Laura Salas

Traductora mexicana, estudió la carrera de Letras modernas inglesas en la UNAM y una maestría en Escritura creativa en el American College Dublin. Fue estudiante de la escritora y tallerista Artemisa Téllez en el Taller permanente de Cuento erótico para mujeres, en donde se inspiró para escribir este relato. "Impulsos animales" fue publicado por primera vez en *De la boca de Venus. Antología de cuentos eróticos escritos por mujeres*, de Artemisa Téllez por Aquelarre Editorial en 2017.

Impulsos animales
(2017)

María se desnudó y se recostó en la paja. Al presentir su llegada, los numerosos ojos en forma de cerradura de las cabras comenzaron a abrirse y el resto de los animales se acercó a ella para darle la bienvenida al granero. Ningún alma humana se percibía en los alrededores, pues todos debían estar terminando de cenar en la mansión principal, en el otro extremo de la finca. Sin embargo, por la posición de la luna que se asomaba por el tragaluz, María supo que la hora esperada había llegado y que la señora de la casa se retiraría de la mesa a esperar a su esposo en la habitación. Y María sabía lo que eso significaba.

Ansiosa, lamió su pulgar y repasó con él uno de los párpados de su macho cabrío preferido.

—Déjame verla... —susurró en el oído del animal y cuando éste abrió nuevamente el ojo de color dorado, pudo ver a su señora sentada en la cama, tal y como si pudiera espiar a través de la cerradura de la puerta. Se mordisqueaba el labio como usualmente hacía cuando María estaba cerca y la rabia le cambiaba los colores de la cara. Y por la manera en que no dejaba de mirar el picaporte, María estaba segura de que podía sentir el peso de su mirada penetrándola como una llave.

La última vez que hablaron, la había sorprendido acariciando con un alfiler a la gatita de sus hijos por debajo de la larga cola esponjada. En el momento en el que había descubierto que los gruñidos del animal eran de placer, su mano se estrelló con tanta fuerza contra la mejilla de María que casi la derribó.

—Eres repugnante... eres... le diré a mi esposo la clase de animal asqueroso que tenemos por criada. Se lo diré al mismísimo Padre y te quemarán en la plaza —la amenazó con voz estrangulada mientras su rostro enrojecido se empapaba con gruesas gotas de sudor. Luego le dio la espalda con los hombros temblorosos, incapaz de soportar el roce de la cabeza de la gata en los tobillos, y se había ido corriendo para encerrarse en su habitación.

María se colocó tranquilamente el alfiler de regreso en el cabello tratando de creerle, pero hacía tiempo que esas amenazas ya no tenían efecto en ella. Después de todo, no era la primera vez. Antes ya había sorprendido a María desnuda en el cerco de los cerdos, la vio acariciar las ubres de las vacas por horas antes de ordeñarlas y la escuchó aullar incontenida desde el granero junto con los mastines que copulaban a sus pies. Las maldiciones y amenazas podían brotar como navajas de los labios de su señora, pero cuando llegaba el momento de encarar a su esposo o al señor cura, prefería desgarrarse la garganta tragándose sus palabras. Sólo se limitaba a mirar a María a escondidas con los ojos llenos de llamas mientras retorcía los rosarios de madera hasta romperlos.

María pensó en ella con cariño ácido mientras tomaba un puñado de maíz y lo esparcía sobre sus senos y su sexo.

Mientras tanto, su señora se estremecía al escuchar a su esposo entrar en la habitación y quitarse distraídamente los pantalones, dándole la espalda a la mujer temblorosa que esperaba en la cama. Sin mirarlo tampoco, ella bajó las enaguas por sus pálidas caderas.

La visión del vello lustroso y ensortijado que adornaba los muslos desnudos se arremolinó en forma de cosquilleo entre las piernas de María, y se hizo más fuerte hasta convertirse en un estremecimiento cuando los flexibles picos de los gansos comenzaron a escudriñar los matorrales de su pubis en busca de semillas.

Entretanto, el señor de la casa le ordenó a su esposa recostarse y cubrirse hasta el cuello con las sábanas para proteger su honor. Con el cuerpo rígido, ésta le obedeció en silencio y María pudo escuchar el crujido de la cama cuando el marido subió al colchón y se deslizó sobre su cuerpo hasta que sus narices se encontraron. Los ojos de ambos huyeron antes de que sus miradas pudieran coincidir.

Aunque María ya no podía ver el cuerpo de ella, cuando ésta abrió las rodillas, su imaginación se coló por debajo de las sábanas y pudo ver su sexo rosado florecer en la oscuridad. María entonces dejó escapar un gemido nítido y preciso como la punzada que sentía su señora al ser picada. Del otro lado de los ojos de la cabra, otro gemido femenino le respondió antes de silenciarse, alarmado. Su señora podía escucharla a través de la puerta y sabía que también era escuchada. Ahora no podía dejar de mirar el picaporte.

María pensó que de haber sido ella la que estuviera en esa habitación haciéndole compañía, seguro la hubiera hecho gemir más fuerte. Si estuviera con ella la tomaría por la espalda mientras sus dedos extraían miel de su interior. Le mordería la nuca y le provocaría una sonrisa de placer larga y embebida... casi tan amplia como la de los lechones que se acercaban a olerla y a mordisquear sus pezones en busca de un banquete recién servido. Pero en el mundo real su señora sólo emitía pequeños quejidos que morían estrangulados entre sus labios sellados. Y sus ojos... sus ojos verdes no dejaban de mirar totalmente vacíos de emociones hacia la cerradura de la puerta. ¿Era posible que pudiera verla tan claramente como ella la veía? ¿Que pudiera ver la manera en la que el macho cabrío empujaba sus muslos con su huesuda cabeza para pedirle que se volteara? Y quizá, sólo quizá... estaba comparando cada escena sintiendo cómo el sabor de su corazón se volvía más y más amargo.

A través de la cerradura, María le dedicó una maligna sonrisa a su señora y un borbotón de humedad tibia se asomó por la entrada de su sexo. La nariz húmeda y fría del macho cabrío se oprimió contra su muslo haciéndola temblar y con la misma gracia de una emperatriz, María se volteó boca abajo antes de alzar su cadera como hembra en celo y ofrecer el néctar de su vulva aún impregnada de semillas a la lengua áspera del animal.

Cuánto debía desear su señora sentirse así de libre... cuánto debía envidiar lo que veía a través de la cerradura, mientras ella se tragaba sus deseos y a todos los animales que habían pasado por entre las piernas de su sirvienta. La idea hizo reír tanto a María y rio aún más al sentir el miembro del macho cabrío deslizarse en el interior de su vientre.

Los crujidos en la cama de la habitación principal continuaban. El esposo guardaba silencio. Los gimoteos apagados de su señora de cuando en cuando adornaban miserablemente la monotonía. En cambio, en el granero, los pollos y los gansos batían excitadamente sus alas. Los cerdos no dejaban de corretear a sus hembras rogando con chillidos agudos hasta que lograban montarlas. Y las risotadas y los bufidos de placer de María y el macho cabrío crecían más y más inundando el aire como el rugido de una tormenta que se sumaba al frenesí del resto de los animales. Con la campanada de la media noche, María dejó escapar un alarido tan desgarrador que engulló de un bocado el último resuello de su señora como hace una noche demasiado oscura a una tímida estrella. Cada cacareo, chillido y aullido se extinguió a su alrededor. Todos los animales se quedaron completamente inmóviles, observándola con adoración muda.

Poco a poco, las pezuñas del macho cabrío se desenterraron de su espalda y su sexo rojo e inflamado desapareció pronto entre la gruesa mata de pelo erizado. María se quedó un momento sintiendo la frescura de la tierra contra su mejilla hasta que cayó en la cuenta de que había demasiado silencio. Despegó los senos del suelo y volvió a recostarse sobre la paja para mirar en los ojos del macho cabrío. El corazón aún le zumbaba en los oídos. No sabía en qué momento los rechinidos se habían detenido.

Sin duda, el señor se había quedado dormido inmediatamente después del acto, pues yacía recostado a lado de su esposa, quien estaba sentada sobre las sábanas y escondía el rostro sobre sus rodillas. Fue entonces que pudo distinguir los quedos sollozos de su señora.

Frustrada, María se mordió los labios y le habló a través de la cerradura:

—¿Por qué se empeña en negar que sus deseos son iguales a los míos? ¿No puede ver que lo único que hace diferentes a los humanos de las cabras o los cerdos es el hecho de que se empeñan en colocarse por encima de la naturaleza? El ser humano se aborrece tanto a sí mismo. No soporta mirar su desnudez. No soporta su olor y mucho menos su bestialidad. Todo lo esconde. Limita sus deseos por la vergüenza de verse reducido a un animal. Pero, querida, no importa quiénes sean: reyes, intelectuales, cristianos... incluso su esposo, usted o yo; todos somos animales. Todos sentimos esa llamarada entre las piernas, a todos nos viene la urgencia de aullar en la oscuridad. Usted sabe que yo podría enseñarle ese placer que se ha desnudado de toda vergüenza y coserle unas alas nuevas. Lo único que debe hacer... es venir a mí.

Lorena Sanmillán

(Monterrey, 1973) Arquitecta. Psicoterapeuta. Diplomada en Creación Literaria (INBAL). Consejera editorial de la revista *Papeles de la Mancuspia*. Becaria del CENL. Su poemario *Retales de mi vida* fue premiado por *Revista Katharsis* (Madrid). Primer lugar en el II Concurso de Crónica y Relatos de la CEENL. Premios en minicuento, cuento, crónica. Tallerista de Escritura creativa, curativa y autobiografía.

"Siempre" fue publicado en 2018 en el blog de la autora y en la edición especial "Cosas del ayer, definiciones de hoy" de la revista *Papeles de la Mancuspia*, coordinada por Óscar David López, número 105. https://lorenasanmillan. wordpress.com/

Siempre
(2018)

1989. Domingo por la tarde. Mis hermanos salían. La casa estaba en calma. Nada qué hacer. Sólo pensar en ella. Otra vez, como cada domingo, descolgar el teléfono, levantar el auricular y marcar en el disco los seis dígitos que me separaban de su voz. Ya tenía lista la grabadora y el casete de Mijares —su favorito— para ponerle la canción que le dedicaba, desde mi cobarde valentía. No existían los identificadores de llamadas, así que permaneceré en el anonimato hasta el día que lea este texto. El teléfono timbraba. Agitada, apenas contenía la respiración. Ella respondía "Dígame..." y en ese momento yo accionaba el botón de play que lanzaba mi flecha sonora a sus oídos. Ella escuchaba en silencio hasta el final. Así, cada domingo, y el lunes la saludaba como si nada en la preparatoria. Sin saberlo hicimos un ritual que ese día ella decidió romper. Manuelito cantaba el coro y yo silente me desgranaba con él: *Tengo amor que llora triste / porque no te puedo amar...* En ese justo momento ella preguntó al teléfono vacío ¿Por qué no? Asustada, colgué. El lunes dibujé un laberinto entre sus pasos y los míos para evitar encontrarnos. Nunca más volví a ponerle esa canción.

Mildred Pérez de la Torre

(Ciudad de México). Es comunicóloga y narradora. Con su primera novela, *Lo hice por amor* (2016), ganó el Premio Quimera a Mejor Literatura Queer. Sus cuentos forman parte de antologías mexicanas y extranjeras. Es directora editorial del portal Homosensual.com y activista por los derechos de las personas LGBT+.

"Adiós, Marla" fue publicado por primera vez en la antología *Lados B 2017: Narrativa de alto riesgo* por Nitro/Press y en el sitio The New Gay Times, ambos en 2019.

Adiós, Marla
(2019)

Qué rico hueles, me dijo al oído. Luego extendió los brazos, se me colgó del cuello y lo besó sutilmente. Todo estaba muy oscuro. Luces rosas, azules y verdes centelleaban al ritmo de la música. Mejor me fui. No estaba acostumbrada a que me tocaran de esa forma. No desde hacía mucho. Y menos a tanta gente, tanto ruido. *¡Búscame!*, gritó. Yo la miré y le tomé una fotografía mental para que no se me olvidara. Después de todo a eso había ido: a buscar a alguien. No podía engañarme a mí misma. Había decidido salir sin Marla para probar mi suerte. Quería conocer a una mujer más interesante, que no se la viviera encerrada en sí misma ni me tuviera sometida a ese estridente silencio que reinaba entre nosotras. Y lo había logrado.

Aunque huí, la chica me gustó tanto que no podía dejar de pensar en ella; en la voz desconocida que se dirigió a mí, en los ojos oscuros que se encontraron con los míos, en las manos tibias que tocaron mi nuca, en los labios gruesos que rozaron mi cuello. Por más que intentaba, no podía dejar de pensar en *ese* momento.

Revivía esos diez, once segundos, constantemente, desde distintos ángulos, evocándolo, para que no se me escapara ni un solo detalle.

Marla y yo estábamos a punto de cumplir un año juntas. Hasta la fecha me pregunto cómo es que estuve tanto tiempo con ella. Quizá influyó el hecho de que llevaba dos años soltera y estaba cansada de estar sola. Quería compañía. Alguien que me escuchara, así, como Marla, sin interrumpir. He de admitir que un tiempo me hizo muy feliz. Tenía muchísimas cualidades, sobre todo físicas, y aunque me encantaba estar con alguien inofensiva, incapaz de hacerle daño a otra persona, no sé en qué momento creí que sería humanamente posible compartir el resto de mi vida con una mujer de ese tipo.

En los últimos meses de nuestra relación todo empezó a fallar por culpa de muchos obstáculos. El rechazo, por ejemplo. Mis padres no querían saber nada acerca de mi relación con ella. *A ti siempre te vamos a querer porque eres nuestra hija pero no vamos a fomentar que estés con ésa*, recalcaban. Mis amigos, según esto muy *open minded*, dejaron de invitarme a sus casas después de que la llevé a una fiesta. Mis vecinos, que antes solían contratarme para cuidar a sus dos hijas cuando salían, dejaron de saludarme. Me sentía tan juzgada en todos lados que opté por permanecer en casa con Marla el mayor tiempo posible, siempre con las cortinas cerradas. Sólo salía al súper, a visitar muy de vez en cuando a mis padres o a reuniones de trabajo.

Con tal de estar con Marla me aislé del mundo; al principio parecía que vivir así estaba bien, pero ese aislamiento hizo que nuestra vida juntas se volviera monótona e insoportablemente silenciosa.

Marla era una mujer de secretos, de ambigüedades. Ésa fue la razón principal por la que me fui desenamorando de ella. Nunca quiso decirme su edad, siempre se negó a contarme de su familia y jamás me habló de sus sentimientos hacia mí. Ese tipo de cosas terminaron fastidiándome. No es fácil estar con alguien que no quiere que la conozcas del todo, que nunca quiere decirte nada. Además, no importaba el tema o lo que sea que yo le contara, Marla no mostraba emoción o empatía alguna. Siempre tenía el mismo gesto. Es normal que termines por cansarte de ver la cara de la misma persona día tras día, pero ver el mismo gesto es aún peor: es un intento fallido de emoción; una mueca tiesa, inamovible, perpetua, que no te dice nada. Esto generó tanta incomodidad que un día empecé a dormir en el sillón, cosa que era muy injusta porque la cama era más cómoda y yo sí trabajaba, no como Marla, que nunca movía un dedo.

Recuerdo que al principio lo que más me atrajo de ella fueron sus ojos, vacíos por dentro. Me enamoré de su aire misterioso, de ese hábito suyo de observarme sin decir palabra alguna. No cabe duda: lo que te atrae de alguien al principio es lo que más odias al final.

Llevaba días pensando sin cesar en la desconocida y en el momento exacto en el que, aturdida por la música estridente, sentía cómo ella se colgaba de mi cuello y lo besaba sutilmente; hasta soñaba con eso, pero lo terrible era que los sueños siempre terminaban convirtiéndose en pesadillas. Primero empecé a soñar que golpeaba a Marla. Nunca supe por qué. En todos mis sueños estaba furiosa con ella y lo único que parecía correcto hacer era pegarle en el rostro. Con los puños.

A medida que nuestra relación empeoraba —nunca me contaba nada, siempre estaba distante, nunca me ponía atención— más terribles se volvían mis sueños; concluían conmigo deshaciéndome de Marla de mil maneras posibles. Una vez la enterraba en el jardín. Otra la metía dentro de un bote de basura, lo llenaba de gasolina y lo prendía en llamas. Otra la arrojaba desde la cubierta de un barco y veía cómo, poco a poco, ella se hundía hasta desaparecer en el fondo del mar. Era un *loop* que nunca se detenía y estoy segura de que Marla, que no era estúpida, intuía que algo me pasaba. Era bastante obvio. Desde hacía meses yo ya no tenía las mismas atenciones con ella. Incluso dejé de cepillarle el pelo después de bañarnos juntas, algo que siempre había disfrutado mucho hacer. Simplemente ya no tenía ganas de estar cerca de ella, solo quería seguir reviviendo *ese* momento, pensando que tenía que encontrar a la desconocida a como diera lugar, sin importar las consecuencias. Mis pensamientos me causaban mucho conflicto. Durante un tiempo llegué a creer que me quedaría con Marla toda la vida, pero es que ella nunca me había susurrado como esa chica lo hizo en mi oído.

Después de una semana de martirio, llegó el fin de semana. Hice lo que nunca: fui a depilarme el cuerpo entero; me compré unos pantalones negros, una camisa blanca entallada y una corbata roja; me rapé del lado derecho y me alacié el resto del pelo; y me pinté los labios con un lipstick rojo recién comprado: red lust, se llamaba. Antes de salir de casa me eché el perfume que usé la noche que conocí a la desconocida. Sólo tenía un objetivo: coger. Con Marla llevaba mucho tiempo sin hacerlo. Eso quería: acostarme con la desconocida esa misma noche, si es que tenía la suerte de encontrarla. No podía dejar de pensar en su piel, en el olor de su aliento, en esos labios suyos que habían besado mi cuello.

—Al rato regreso —dije en un tono que sonaba más a disculpa que a despedida.

Marla ni se inmutó. Ni siquiera me hizo algún comentario sobre mi cambio de look. Sólo siguió estática, desnuda sobre la cama, con la mirada perdida. Apagué las luces. Azoté la puerta.

El lugar estaba mucho más atestado que la otra noche. Por un momento me arrepentí de haber vuelto a ese sitio. Pero quería verla. Cuando se me mete algo en la cabeza es muy difícil que lo deje ir, como cuando decidí traerme a Marla a vivir conmigo sin conocerla realmente; no dejaría ir a una mujer que en once segundos me había hecho sentir lo que ella no pudo en casi un año.

Mientras buscaba a la chica entre la gente recordé por qué me había prometido no volver a un antro gay: música horrible, sobrecupo, hombres sudados sin camisa. Pero esa noche iba a poner de mi parte. Era la oportunidad de cambiar mi vida y no quería dejarla pasar. No quería arrepentirme después, un domingo por la tarde, mientras veía Netflix con Marla a mi lado, sintiéndome sola, en absoluto aburrimiento.

Finalmente encontré a la chica en la barra. Pedía al bartender algo de tomar. Estaba ebria. No hay nada que odie más que a los borrachos. Es imposible hablar con ellos, se les olvida todo, su mirada está perdida y se quedan dormidos a la hora del sexo. Aun así, me acerqué a ella.

—Te encontré —le dije. Mi corazón latía veloz y arrítmico.

Ella ni siquiera me reconoció.

—¿Ah, sí? —contestó divertida.

Me sentí como una idiota. Llevaba una semana entera pensando en ella y me dolió mucho darme cuenta de que ni siquiera se acordaba de mí.

—Olvídalo.

Me di la media vuelta e intenté huir con todo y mi ego pisoteado, pero ella alcanzó a agarrar mi mano. Me detuve al sentir las suaves yemas de sus dedos.

—Espérate. ¿Por qué te vas?

—Porque no te acuerdas.

—Sí me acuerdo —mintió.

—¿De qué te acuerdas?

—De ti.

—A ver, dime cuándo nos conocimos.

Cínica, sonrió y dio un trago a su veneno.

—Ahora. Nos estamos conociendo ahora.

Intenté soltarme pero ella me jaló con fuerza. Luego extendió los brazos, se me colgó del cuello, igual que la otra vez.

—Si estás aquí es porque te gusto —me dijo—. Sabes que no vas a irte. Yo soy Ana. ¿Quién eres y qué es lo que quieres?

No pude contestar nada. Ella besó mi cuello. Después me olió: inhaló con fuerza por la nariz, sostuvo el aire y lo dejó salir, haciendo que yo me derritiera.

Era de día cuando volví a casa. El sol le daba a Marla directamente en la cara, pero no parecía molestarle. Ella seguía igual que la dejé: desnuda, dormida, con los ojos bien abiertos. Mi plan estaba listo. Sólo tenía que cargarla, subirla al coche y dejarla en algún lado. Descarté la idea de llevarla al depósito de basura porque me daba demasiada vergüenza. Además, todos esos hombres seguro la sodomizarían y no quería que nadie abusara de Marla. El cansancio pudo más que yo: me tiré en la cama junto a ella y cerré los ojos.

Cuando desperté ya estaba oscuro. Sin decir palabra alguna cargué a Marla hasta el auto. Sentí ganas de llorar cuando la acosté en el asiento trasero y la tapé con una cobija. Ella no decía nada. Yo esperaba algo, algún reclamo, lo que fuera, pero Marla permaneció en silencio.

Aunque la situación me dolía, tenía que deshacerme de ella. Ana —la nueva chica— nunca lo entendería. Nadie lo entiende. Si mis padres no dejaron de hablarme fue porque me aman demasiado, pero siempre supe que mi relación con ella les causaba mucho conflicto. La única vez que me atreví a llevar a Marla a una cena familiar fue un desastre; seguro hasta la fecha todos me catalogan como una depravada. Así me han gritado en la calle: *depravada*.

Me detuve en un mirador de la carretera libre México-Cuernavaca. Era el lugar perfecto para deshacerme de Marla, mi novia de casi un año, pero descubrí que no tenía corazón para aventarla y dejar que se pudriera en medio de la nada. No se lo merecía. Pensé en donarla, ¿pero a quién? Los pocos amigos que sabían de ella no estaban de acuerdo con nuestra relación y dudé que alguno la quisiera.

Triste, comprendí que debía echarla al vacío. No había otra solución. Quería decirle algo pero mejor no dije nada. ¿Qué podía decirle? *¿Perdóname?*

Marla seguía inmóvil, oculta debajo de la cobija que le había puesto encima. Me sentí como una mierda. En el fondo sí la quería pero ya no podía más. Sentí tanta culpa que me pasé al asiento trasero, la destapé, acaricié su rostro y la besé. Un último beso no correspondido, que no me hizo sentir nada. Suspiré, agobiada, decidida a arrojarla, cuando una patrulla se estacionó detrás mi auto.

Un policía descendió del vehículo, armado con una poderosa linterna. Cubrí a Marla nuevamente y bajé el vidrio.

—Buenas noches, oficial.

—¿Se encuentra bien?

—Sí, todo bien, sólo estoy descansando.

El policía alumbró el bulto debajo de la manta.

—¿Qué hay ahí?

—¿Cuál es el problema, oficial? No estoy haciendo nada malo.

—Nadie dijo que está haciendo algo malo. ¡Comandante!

La puerta del copiloto se abrió. Bajó el comandante: un hombre alto y corpulento que encendió su linterna y se acercó a mirar hacia el interior del coche. Ambos enfocaban la luz en el asiento de atrás, intentando dilucidar qué había debajo de la cobija.

—Sólo estoy descansando, no sabía que estuviera prohibido.

—Lo que está prohibido es tener relaciones en la vía pública.

—Oficial, no estoy teniendo relaciones con nadie —reí—. Míreme, estoy vestida.

El comandante caminó alrededor del coche en silencio, inspeccionando todo.

—Si cree que va a poder esconder a quien sea que esté ahí, se equivoca.

—Aunque hubiera alguien ahí no estoy haciendo nada ilegal.

—Así que admite que hay alguien debajo de la cobija.

—Técnicamente, no.

—Por favor, retire la cobija.

—¿Por qué?

—Por favor.

—Pero no tienen derecho. No estoy haciendo nada malo.

El comandante se acercó a la ventana. Ambos me miraban con desconfianza.

—Damita, soy el comandante García. Enséñeme su licencia, por favor.

—¿Pero por qué? Solo estoy descansando. No estoy rompiendo ninguna regla de tránsito.

—Solo necesito que se identifique.

—Identifíquese usted primero.

—Le repito que soy el comandante García. Y él es el agente González.

Pensé en mis opciones:

A) Mostrarles a Marla y que se burlaran de mí por ser una *depravada*.

B) Decirles que no y hacer el problema más grande.

C) Ofrecerles dinero para que se largaran.

—Comandante, ¿no hay otra forma en la que nos podamos arreglar?

El comandante García sonrió, enseñando todos los dientes. Negó con la cabeza y me dijo:

—Damita, le voy a decir lo que creo. Sospecho que debajo de esa manta hay una persona. Y que esa persona está muerta.

—¡¿Qué?! No, comandante, le juro que no hay ninguna persona muerta en este coche.

—Entonces quite la manta para que podamos comprobar lo que dice.

—¡Es que por qué no puedo tener privacidad en mi propio coche!

—Sí puede, damita, pero yo no puedo dejarla ir si lo que está debajo es un cadáver, ¿entiende?

—¡No es ningún cadáver!

—Vamos a tener que pedir apoyo en vista de que usted no quiere cooperar.

—¡No, por favor, no le llame a nadie más! Está bien. Si no hay más puto remedio...

Golpeé el volante. Ni modo, me dije. Que piensen lo que quieran. Y quité la manta.

Los policías escudriñaron el cuerpo desnudo de Marla. Con la luz de las linternas recorrieron su cara, su torso, sus piernas. Luego se miraron un momento y soltaron una carcajada.

—Además de marimacha, ¡cerda! —dijo el comandante—. Vámonos, agente. Las tortilleras cada vez están más enfermas.

El agente González me miró con asco, como si Marla fuera algo sucio, algo malo. Me quedé quieta y avergonzada hasta que la patrulla desapareció. De prisa me puse de pie, saqué a Marla, la abracé con fuerza y la aventé al vacío. *Perdóname.* Eso fue lo último que le dije. Bueno, nunca se lo dije, pero lo pensé.

Aún siento culpa por haber botado a la pobre Marla. Probablemente siga ahí tirada en medio de la nada, pudriéndose, sin poder creer que después de un año de amor incondicional me deshice de ella de esa forma. Aun así sé que fue lo mejor. Ahora todo en mi vida es diferente. Ya no más cortinas cerradas. Ya no tengo que esconderme. Apenas conozco a Ana pero algo me dice que voy a tener suerte. Es de esas mujeres maravillosas que te llevan el desayuno a la cama. Sí, a veces toma de más pero ¿acaso no todos tenemos nuestros defectos? Presiento que vamos a estar juntas un buen rato. ¡Incluso años! Aunque claro, sé muy bien que todo se acaba. Que nada es para siempre. Ni siquiera esto. Por eso voy a disfrutarlo al máximo. Ya le presenté a varios amigos y están felices por mí. Pronto la llevaré a conocer a mis padres. Estoy segura de que ellos también se alegrarán por mí. Estoy segura de que van a adorarla.

Joselyn de la Rosa

38 años, contadora de profesión, orgullosa tía, escritora y rebelde por convicción. Comenzó a asistir al Taller permanente de Cuento erótico para mujeres de Artemisa Téllez en febrero del 2011. Ha participado con compañeras del taller en tres antologías de cuentos eróticos.

"Siempre nueve" fue publicado por primera vez en *Manzana de Lilith. Antología de cuentos eróticos escritos por mujeres*, de Artemisa Téllez por Aquelarre Editorial, en 2020.

Siempre nueve
(2020)

Anat es su nombre, la sacerdotisa más hermosa y sabia de todo Delta, su cabello negro y largo es el manto que cubre a la bóveda celeste, en sus ojos vive y renace la llama de la fertilidad, su mirada te hace arder, te incita a vivir con pasión, el rojo vivo de sus labios es el borde que protege al mar, rojo.

Ella nos convoca, somos un círculo de nueve mujeres, elegidas cautelosamente por ella y para ella. Posee un alma, una visión que no son de este mundo, con todos sus conocimientos y prácticas sexuales ha logrado elevar su mente que se dispara en varias dimensiones. Cuando habla, todas reconocemos su firme voz, esa voz que guarda tantos misterios, tantas lenguas, demasiadas vidas. Todas deseamos ser como ella y ser para ella.

Nos guía con su voz profunda, primero visualizamos nuestros cuerpos, una mujer frente a otra, después nos pide tocar la parte del cuerpo que más nos guste de nuestra compañera, que la acariciemos sin dejar de mirarla a los ojos, que succionemos cada parte de su cuerpo como si esa carne fuera la nuestra, sentimos el fervor y la pasión en las entrañas, como un rayo de luz hirviendo dentro de nuestro vientre que atraviesa nuestro sexo. Sin darnos cuenta, su voz como un trueno abrasador, hace que cerremos el círculo de nueve mujeres y con el deseo en la piel, comenzamos a apreciar y amar a un solo cuerpo, ella grita, nueve, siempre nueve, amen a estos nueve cuerpos, véanlos, reconózcanse en cada uno, sean uno con ellos, penétrenlos, hagan que los vientres vibren, que las piernas tiemblen, que los sexos florezcan. De pronto, siento como el rayo de luz sube por mis vértebras, por mis treinta y tres vértebras, las puedo contar gimiendo de placer y el fuego llega para anidarse en mi nuca iluminada.

La siguiente luna será un festín, vendrán cinco grupos más de diferentes partes de Egipto, grupos de mujeres que nacieron cerca de ríos, hijas de las aguas, con diferentes conocimientos, intercambiaremos sabiduría, comida, placer, energía; algo que nunca había pasado en estas tierras y algo que sé jamás parará. En el cielo Orión brillará más que nunca, alineándose perfectamente a nuestras tres sagradas casas, nuestra energía emanará radiante desde nuestro vientre anclándose a la sagrada madre, desprendiéndose de la punta de nuestras cabezas hasta el universo donde no hay formas ni sexos, donde no existe el blanco y el negro, lo bueno y lo malo y el tiempo no pesa. El poder del orgasmo que hemos contenido durante estas prácticas explotará para hacer crecer al Nilo, florecerán las cosechas y todo será abundancia.

Justine Hernández

Nacida en La Paz, BCS, escribe desde que tiene memoria, por necesidad, para encontrarse, esconderse y estar. Ha publicado cuentos y poemas en diferentes antologías, periódicos y revistas. Su poesía erótica femenina está reunida en *Rumoroso delta* (2014). Es fundadora del taller literario Mandala. Administradora, bailarina y terapeuta, feminista y creadora incansable.

"Viendo el mar" fue publicado por primera vez en *Manzana de Lilith. Antología de cuentos eróticos escritos por mujeres*, de Artemisa Téllez por Aquelarre Editorial, en 2020.

Viendo el mar
(2020)

Mira, Nadia, que yo estoy aquí en la casita de la playa a la que no quisiste venir conmigo. *Es triste.* Estás perdiéndote de los mejores atardeceres de agosto y de unas lunas que parece que octubre hubiera anticipado por presumido. Estoy sentada en la silla verde, la de la foto que te mandé el verano pasado junto con las conchitas y el tamarindo.

Me gustaría que estuvieras aquí, sé que a ti también, pero el miedo te lo impide. No lo entiendo, la tensión de mi deseo es sostenible, aun en la distancia o en la ausencia. Yo no te amo, Nadia. No necesitas abofetearme con el "tengo compañía"; no necesitas hacer eso, a mí no me importa si amaneces con tu marido, con tu amante o con la lista de cosas por hacer. A mí me importa que amanezcas, sólo porque tengo sed de ti. Quiero morderte, absorberte, estoy erotizada por ti. El amor no es eso. Tú eres puro delirio. Hagamos una cosa, cuéntame de ti, de tus manos, de tu piel, de cómo sabes, de lo que lame tu lengua después de que tu boca besa... ¿Haces el amor como gata? ¿Cómo posesa? ¿Cómo Nadia? ¿Quién es la que ama en la cama? ¿Cómo es tu carne cuando está encima de otra, debajo de otra? Quisiera decirte cosas eróticas, húmedas, llenas de vaho con sabor a alcohol. Saber cómo se sienten tus ojos sobre mis senos si estoy arriba de ti y me muevo circular y plácidamente.

Cuando colgué el teléfono tras tu negativa y me recuperé de la bofetada, me di cuenta de que ya no sé qué extraño de ti, si tus senos, tus neuronas, ahora tus piernas, tu voz, tus dulcísimas nalgas, el café o tus enredos cotidianos; y hago la lista, porque algo, adentro, le dice a mi cuerpo que le haces falta. Porque debes saber, Nadia, que hay cuerpos que el universo nos hace a la medida.

Ayer soñé contigo, estabas húmeda y salada, con agua de mar escurriéndote en el cuerpo. Te fui besando poco a poco los hombros, el pelo, la cara. Temblaban mis manos en tu piel desnuda, clara, en contraste con mi cuerpo. Me fui hincando en la arena, tú seguías de pie, mirando al horizonte, a las estrellas o al mar, no sé, no importaba, estabas desnuda frente a mí. No pensé en otra cosa más que en acercarte, pasé la mano entre tus piernas y acerqué mi boca. Qué sensación tan única ésa de percibir en mi cara el calor de tu sexo, descubrir el olor de tus labios, presentir la humedad derramada. Abrí despacio con la lengua, tomé de ti, bebí de ti... Yo apretaba tus nalgas, tu espalda, tus piernas y sentí arquearse tu cuerpo, el cabello te rozaba la cintura. Viniste a mí y así hincadas, en un beso que tenía el sabor de tu sexo, que reconociste en mi lengua, nos quedamos unidas, suspendidas. Caímos en la arena, las piernas enlazadas, dos cuerpos que ahí no eran nada, sudor, saliva, suspiros y nada.

Desperté con las manos en el sexo. Serví café y me senté a ver el mar. La sal y el aceite de coco impregnan el ambiente. Los niños de la casa de al lado juegan con la arena. Seguramente estás haciendo la fila en algún banco, comprando latas de verdura o jugando a las cartas, apostando corazoncitos de azúcar. Yo seguiré pensando en ti, hasta que otra fantasía epistolar se cruce altanera por mis ojos. Mientras tanto estiro este deseo cinco minutos, seis días, una vida más…

Las cocadas son para los niños, el caracol para ti.

Abihail Rueda Martínez

Nació en la Ciudad de México el 23 de diciembre de 1988. Es feminista, lesbiana, historiadora, profesora y escribidora. Ha colaborado en *Logógrafo*, edición número 2; *Femzine Movimiento Malinche*, tercera edición, y en *Manzana de Lilith. Antología de cuentos eróticos escritos por mujeres*, coordinado por Artemisa Téllez, de donde procede "Revancha", publicado por Aquelarre Editorial en 2020.

Revancha
(2020)

¿Quién dio el primer beso? ¿Acaso fui yo? No, juro por Dios que no. Fuiste tú, ahí, en el cuarto de trebejos de la carnicería. Fue el día que me mandaste a guardar los delantales de poliéster y algodón y las botas impermeables. Yo me moría de frío porque había estado acomodando en el congelador las cabezas y las patas de cerdo que no se vendieron en la semana. Por el pasillo y hasta el fondo de la bodega, tu sigilo no me permitió advertir tu presencia hasta que llegaste a mí, por detrás. Me tomaste de las manos, ésas que segundos antes había intentado calentar inútilmente con el vaho de mi boca y ante mi mirada atónita, comenzaste a besarlas. Satisfecha con mi postura de cordero asustado y sin siquiera esperar una respuesta de mi parte, me besaste y comenzaste a desabrochar mi camisa de franela para levantar mi top negro y lamer mis tetas como si de caramelos se tratasen. Tus manos, tan hábiles para deshuesar la carne, dirigieron a las mías por debajo de tu falda hasta el interior de tu tanga, donde pude sentir por primera vez la suavidad y la calidez de un sexo que ya no era el mío, ése que todas las noches llora y que consuelo cada vez que te sueño.

Cómo quisiera contarle todo esto Mariana, o a Susana, o alguien. Pero qué va, ellas no lo entenderían; sólo se la pasan hablando de Román y de Víctor y de sus penes, que no han visto, o eso dicen. Y yo que no puedo confesarles que me produce asco el olor de los hombres, pero que me gustan los tenis y las sudaderas de Román. Estoy segura de que se morirían del susto si les cuento que tú hueles a vainilla y que cuando nos quedamos a solas en el negocio me muerdes el cuello y me metes la mano por debajo de la camisa. Ni siquiera tu esposo, el dueño y amo de las carnicerías de la colonia y amante de varias de las vecinas, podría imaginar que su mujercita se sabrosea, entre las patas de pollo y las cabezas de res, a la más pequeña de las hijas de la señora Lulú; la maricona, la preparatoriana, la rara. Y no es que me queje, para nada qué, ni en mis más profundas fantasías hubiera podido imaginar poder tocar tremendas nalgas como las tuyas. Pero eres mala. Bien sabes que estoy enamorada de ti y que sufro horrores cuando llega tu marido y te manosea las piernas. Sabes que sufro y no te importa. Nada más me sonríes desde lejos y te largas. Desde el día del cuarto de los trebejos, nunca has terminado lo que empezaste conmigo.

Pero hoy se te acaba tu pendeja. Hasta ahora he soportado que me trates como al perro flaco que siempre se queda parado afuera de la carnicería esperando a que de menos le abran el refrigerador para oler la carne. Ya no pienso seguir metiendo mis dedos en el corte de bistec de bola imaginando que eres tú. Esta vez daré la revancha y comprobarás de lo que es capaz una lencha cuando se le provoca.

Por eso es que he llegado tarde al trabajo. Hora y media tarde. El castigo que propondrás a tu esposo para mí será ejemplar: Que limpie la bodega y almacene la carne en congelador; yo la vigilo, vete tranquilo. Segura de tu ventaja en este juego, lo despedirás cabizbaja y yo me iré cabizbaja hacia la bodega.

Poco tiempo después llegarás y te sorprenderé con una penumbra espesa. ¿Caro, estás ahí? Con mucha dificultad logras encender la luz, no sin antes tropezar con algunas cajas y bolsas. Mi presencia inadvertida te tomará por sorpresa por detrás y con una fuerza, incluso por mí desconocida, te dirigiré sin titubear al sillón en la pequeña oficina del jefe y con la excitación desbordada de mi sexo, comenzaré a desnudarte y poseerte. Te miraré entonces: hambrienta, sumisa y jadeante, tus hermosas piernas se abren ahora suplicantes ante mí.

Ya lo verás, pequeña traviesa, que conmigo, nunca, nunca se juega.

Ethel Krauze

Originaria de la Ciudad de México, ha logrado una vasta obra publicada en diversos géneros literarios, antologada y reconocida. Su libro *Cómo acercarse a la poesía* es considerado un clásico contemporáneo en aulas y bibliotecas públicas. Académica y creadora del modelo internacional "Mujer: escribir cambia tu vida", desde Morelos, donde radica, y es miembro del Sistema Nacional de Creadores de Arte.

"Desear a Ada" fue publicado por primera vez en 2021 en el libro *El fragmento impertinente* por la Editorial Paraíso Perdido/Typotaller.

Desear a Ada
(2021)

¿Qué otra cosa podría comparársele? Pienso en un jardín infinito, de puro verde pasto, donde corro descalza. Pero no. No es lo mismo. Sus largos muslos de coco, mi mano sube por ellos, como quien rema cerrando los párpados en un paisaje presentido. No hay palo de lluvia en mis oídos que se compare a su respiración, cuando estoy a punto de besarla.

¿Qué bocanada de aire fresco se acerca a ese milagro? Un helado de menta con estrellitas de chocolate, saliendo de nadar… un *caramel macciato* con tejas de almendra a las cinco de la tarde. Ni siquiera el canto exquisito de los delfines que brota de las bocinas de mi escritorio, como si saliera directamente del nido del océano.

Fabián no lo sabe. Le he dado siempre su lugar: cuando estoy con él, soy de una pieza. No los empalmo. No soy mujer que engañe. Pero juro que no renunciaré a este deseo que sólo a mí concierne.

***

Había llegado el tiempo de mi vida en que sólo tenía ojos para lo que no andaba bien, lo que no sirve, lo sucio o lo faltante. Ese cotidiano sufridero de abrogarse la responsabilidad de enderezar el mundo, empezando por la manija del baño. Tiempo de mujer madura. Tiempo de convertirse en una especie de bruja, en todas sus posibles acepciones, desde la vieja escaldufa hasta la maga agorera. Entonces, ante mi propia invisibilidad, apareció Ada, con su pelo recogido en una cola del color de zanahoria tierna, las venas azules titilando en sus sienes. ¡Oh, no puedo pensar en ella sin doblarme!

Desear a Ada es escalar una montaña que no tiene pico, sólo laderas y laderas: subo con la mira de llegar, sintiendo cómo los pulmones se condensan y aún así persisto en pos de un último suspiro. Quiero tentar el humo de su imagen perdida entre mis dedos. Un cervatillo que corre escondiéndose entre árboles movedizos.

***

Hace dos noches la tuve desnuda. No recuerdo sus ojos. Porque la oscura boca de su vulva se me abría como un molusco vivo en mi paladar. Sentí las fuertes valvas de sus labios mayores, y un laberinto de muslos y piernas tensaba mi cuello, hasta que un ruido nos separó abruptamente. El banquete apenas comenzaba. Su duro molusco protestó tornándose violáceo. Nos erguimos. La tomé de la mano y salimos a hurtadillas a buscar un refugio.

Desear a Ada, desear sus brazos más que una promesa de leche y miel, pasar las horas contemplando la ventana, frotándome la frente con un perfume de especias aromáticas que me recuerda los pastos infinitos donde la sueño…

Desear oler, tocar, beber el agua de su ombligo; rozar esa rosácea curvatura de sus pechos con el fantasma de mis besos, comerme sus pezones zarzamoras, untarme las cosquillas de su pelo lacio en todo el rostro, como si me sometieran a tortura. ¡Dios, no soy yo misma cuando evoco a Ada!

***

Fabián me ha visto retraída. Está más solícito que de costumbre. Me invitó al *brunch* dominical en el Club. Me sirvió un colorido plato de fruta recién abierta. La mañana era de oro. Mis dedos acudieron al llamado de los higos partidos en mitades, no pude evitarlo. Esa humedad salvaje de pezón recién mordido se me subió por los codos y sus jugos se me escurrieron por la barbilla. Fabián sonreía viéndome disfrutar. Entrecerré los párpados, enjugando lágrimas de sol bajo la sombrilla que ya no lo tapaba, justo para velar lo que en ese momento estaba reviviendo en mi interior: días atrás había tenido a Ada al alcance de mi boca, en la regadera del Club, donde corrimos a refugiarnos; estábamos en trance de mirarnos primero, de aquilatar la gloria que probaríamos de un segundo a otro, cuando una matrona sudada, enfundada en su bata de toalla, nos arrebató la intimidad, abriendo estruendosamente la cortina de plástico, con un "¡Ay, perdón!"

La escena de la regadera no me abandonaba. Ni la que siguió. Porque en todo el Club no hubo un espacio para saciarnos. Llevaba a Ada flotando tras de mí, trenzando mi mano con la suya, como para que no se me escapara. Me daba miedo que fuera a ocurrir lo que en los sueños: alguien desaparece, el lugar ya no es el mismo, las cosas caen al revés, uno corre sin moverse de su sitio, el grito es un bloque de silencio... ¡No, ni pensarlo! No puedo continuar.

El campo de golf era un tapiz sin una sola sombra donde guarecernos, ¡cuánto anhelé siquiera un tronco que me sirviera de trinchera para besar a Ada! Así devoro los higos, con besos crueles, salivados. Fabián abre la granada en dos y la planta, impúdica, en mi plato.

La flor de Ada, la fruta de Ada, la granada rugiente de Ada entre las piernas.

Terminamos con un té rojo muy cargado y nos levantamos a caminar entre los limoneros. Fabián me tiende su brazo para que me apoye. Literalmente, recobro el equilibrio. Mi respiración recupera su cadencia. ¡Cuánto amor siento por este hombre duradero y nítido! Recorremos el espejo de agua y rodeamos la fuente de azulejos.

—¿Quieres llegar hasta la orilla? Es buena hora. Para que veas el vivero —dice Fabián, acariciándome, con su derecha, la mano que tengo alrededor de su brazo izquierdo. Es una escritura. La escritura de las parejas que han convivido tantos años, la escritura del entendimiento sin palabras, la escritura del acompañamiento y de la súplica. Como si dijera: "No sé qué tienes, pero estoy aquí contigo. No cambies. No me dejes. No pasa nada, amor, mantén la calma, la fe, verás que todo se resuelve".

Asiento con la cabeza, aferrándome a su brazo, acariciando, a mi vez, con mi mano izquierda, su derecha que me acaricia. Como si le contestara: "Aquí estoy, no te preocupes por mí".

Aspiro los efluvios del romero que lleva el vientecillo. Me recorre un temblor de felicidad. Tengo fe, mucha, toda la fe del mundo la tengo puesta en un solo pensamiento: que nunca deje de desear a Ada. ¡Dios, que jamás me abandone esta bendita tortura!

Llegamos a la orilla, en el vivero asoman sus cabecitas los girasoles en sus macetas. Todo es hermosura. Las aves del paraíso yerguen sus cuellos con un dejo azul, tal como las venas de Ada, para coronarse con una cresta de fuego, como el fleco de Ada, que corre descalza en mi propio paraíso.

***

Había dejado de preparar los postres de granadina y los flanes de caramelo flameado. Me quedaba dormitando en la televisión. Ese punto de la existencia en el cual ya no vuelve uno la vista atrás, pero tampoco tiene mucho para ver delante. Los días se van volviendo muros blancos y da pereza levantarse a colorearlos, ¿para qué?, vendrán las lluvias a difuminarlos hasta hacerlos irreconocibles.

Fabián organizó su tallercito de carpintería en el que fuera el cuarto de juegos de los niños y, desde que se retiró de la fábrica, pasa las mañanas lijando tablas y ensamblando anaqueles que ya no sabemos dónde colocar. Los he colmado con toda clase de floreros, fuentes miniatura y adornos a la moda. Pero en ese itinerario, empecé a hibernar. No sé en qué tangente del etéreo espacio en el que me encontraba, sentí la vibración de Ada junto a mí. ¿En la daga de luz del mediodía que me cegó los ojos de tajo? ¿O fue en el denso palpitar de una noche a la mitad del bosque? No puedo recordar a ciencia cierta, así de fuerte me cayó su aluvión.

Tengo la sensación, ésta sí diáfana e insustituible, de sus largos muslos temblando levemente en el reflejo de mis pupilas y su boca sorteando mi cacería. Es el primer recuerdo, y el definitivo.

***

Por alguna extraña razón que aún no logro entender, una tarde de compras, con Fabián, mis ojos mariposearon hasta posarse en un libro de mapas antiguos, grande, de pastas duras y brillantes. La imagen de la portada, una especie de pergamino en sepia resguardando el mapa, seguramente de un tesoro, enmarcado en un rectángulo color verde oscuro, como si emitiera un olor a selva

193

que no ha sido penetrada, me produjo un soplo de melancolía. ¿Cómo llamar a esa dulce opresión en el pecho?

Fabián me apuraba a que viéramos las vajillas, pues éste había sido el propósito original de nuestro recorrido por las tiendas. Él quería escoger rápidamente la más práctica; claro que, con mi anuencia, para luego invitarme el consabido capuchino en la cafetería del centro comercial. Platicaríamos de esto y lo otro, dejando pasar el tiempo suavemente. Pero algo nuevo había ocurrido dentro de mí al descubrir lo que me provocaba el libro aquel. Ante la mirada más atónita que le he visto a Fabián en los últimos veintiocho años y la mudez en la que colapsó, compré el libro de mapas que costaba tres veces más que la vajilla que pensábamos llevar.

Y me senté en la mecedora de la terraza el resto de la tarde, con la chalina puesta por el fresco, hojeando el libro de mapas antiguos. Fabián me dejó silenciosamente una charola con la tetera preparada y un platito de galletas de avena.

Anduve geografías inusitadas, recodos submarinos, rutas indómitas, de tan perdidas en el tiempo, que parecían recién nacidas en una desbocada imaginación. Creo que lo que menos me importaba era el tesoro prometido. Tal vez no había tesoros por descubrir. Hundirme en los vericuetos de las líneas, los surcos, los bordes de los continentes y las islas, era como seguir morosamente la telaraña de venas en la piel azulosa de Ada. Seguir la brújula en el horizonte de la página, era como dejarme llevar por el imán de su cabellera anaranjada, ese resplandor que me traspasa los párpados y me mantiene en un insomnio diurno en plena noche.

Andar, viajar por los caminos de Ada. Nunca llegar al pozo de la hoguera. Desearla en la humedad de la selva entre las tapas del libro. Qué decir que me aficioné a los libros de geografía. Cambié los talleres de repostería y *delicatesen* que daba en el instituto de gastronomía, dos tardes a la semana, por estas extenuantes jornadas en las que he recorrido el planeta, oteando desde el lomo del libro, la curvatura de las axilas de Ada, sus dorados vellos con sabor a canela, y he navegado los ríos de su sudor, explorando el manglar donde convergen sus concavidades. De una región a otra, de un archipiélago a otro, de gruta en gruta, entre lianas y riberas. ¡Ah, la geografía de Ada, el corazón de la madera que se mueve en el remolino de las páginas!

***

No tuvimos opción, nos enredamos como cobras sedientas en el asiento trasero del coche. Tengo el reflejo zigzagueante del rostro de Ada con los ojos entrecerrados, su boca entreabierta, la cabeza desmayada hacia atrás, como azucena ahíta. Tengo el ronroneo de su saco de cuero negro frotándose contra mi cuerpo. Sus botas de charol chirriando al toque del respaldo. La sincopada música de nuestros movimientos. Tengo la imposibilidad de doblar la página a esta escena, mientras Fabián y yo vemos las noticias en la televisión.

***

Ada es la quietud y la desesperación. La fuente de oro vivo y la clepsidra que me gobierna. Yo soy, deseándola, más que yo misma. Porque no es Ada, no es ese cúmulo de mujer con los colores de la llama. Es el deseo que en mí despierta. Ese deseo de seguir deseándola.

***

Nunca fui así. Ninguna mujer había tocado este furtivo espacio en que me ahogo en mi propio laberinto de agua. No lo esperé. No lo invoqué. Pero no me extraña. No me avergüenza. Me deslumbra. ¡Oh, cegada yo, mirando al fin la eternidad!

***

Fabián me acaricia la espalda mientras hojea conmigo, en el sofá, la colección de mapas que él mismo me regaló de cumpleaños. Sus delicados dedos siguen la ruta de la isla encantada que ambos perseguimos en la página.

Edna Ochoa

Autora de *Sombra para espejos, Fugaces* y *Jirones de ayer,* entre otros libros. Ha participado en revistas y antologías, como *Rituales de tinta, Escena con otra mirada, Lucero, BorderSenses, Sueños, aventuras y locuras, Camino Real, Archipiélago y Humanitas.* Es doctora en literatura por la Universidad de Houston. Actualmente es profesora en la Universidad de Texas-Rio Grande Valley.

"La voz del silencio" fue publicado por primera vez en *Archipiélago. Revista Cultural de Nuestra América,* núm. 112, año 28, abril-junio de 2021.

La voz del silencio
(2021)

Apareció la señora que dijo mi abuela que fuera a buscar. Con sólo verme adivinó el motivo de mi presencia. Quiso darme un abrazo, pero mi cuerpo se tensó y sus intenciones quedaron en el aire. Había recibido tantos abrazos en el sepelio de mi abuela que los músculos habían perdido su inocencia. No quería ninguna muestra de consuelo, la abuela estaba más que muerta; del luto, qué podía decir, sino que lo había padecido desde el principio cuando el médico dio el veredicto hasta su larga agonía. Al enterrarla volví a sumergirme en el trabajo sin que su pérdida hiciera mella en mi ánimo, a vestirme con la formalidad de quien imparte justicia. Sólo venía a cumplir otro de sus encargos, el último, y en el orden que había sido solicitado. El primero resultó un poco fastidioso, había tenido que trasladarme a Querétaro, aplazar el trabajo de la oficina para notificarle a una de sus hermanas, la única que le sobrevivía y que hasta ese entonces no sabía de su existencia, que era dueña de un terreno. Sin más me limité a informarle sobre los trámites legales para que la propiedad que heredaba pasara a sus manos, dejándole en claro que no me interesaba ninguna otra conversación cuando tuvo el mal gusto de inquirir sobre mi madre y no respetar la memoria de mi abuelo, acusándolo de orgulloso y sin sentimientos. La segunda petición se trataba de darle una suma de dinero a una antigua sirvienta, lo que no fue posible porque yacía en el camposanto, en una tumba maltrecha que esperaba a fin de mes una lápida nueva, según los arreglos concertados con una agencia. Ahora, la demanda de informar sobre el deceso de la abuela la había completado, aunque sin aceptar el abrazo de pésame de Celeste, que era su nombre, el que ni siquiera tuve necesidad de pronunciar ante su certera intuición. "Vas y le dices que pasé a mejor vida", me parecía aun escuchar a mi abuela. La mujer me devolvió un mohín doloroso e irónico como si yo misma estuviera frente al espejo. Después hizo un ademán torpe, que recompuso al último instante con un trazo vigoroso y franqueé la puerta para dirigirme al interior de la casa como lo solicitaba su mano aun cuando tenía todo el propósito de marcharme. Quizá esta manera de reaccionar se la deba a mi abuelo, ¡que en paz descanse!, tan dado a dar órdenes por su oficio militar y donde la abuela y yo obedecíamos en silencio cualquier señal que venía de su imponente figura. Lo cierto es que mi presencia en esa humilde casa salía sobrando. Al igual que las otras dos mujeres Celeste aparecía de la nada. Mi abuela jamás me había hablado de ellas. Seguí caminando por un pasillo oscuro y otra mujer, que por su actitud supuse que estaba espiándonos y que había permanecido detrás de Celeste, se hizo a un lado para dejarme el paso franco. Su afable saludo lo consideré impropio porque éramos desconocidas. Instantáneamente me pregunté ¿y si ésta es la que busco?, pero ella misma se encargó de aclararlo al alejarse como si fuera a dejar aquella sala llena de objetos que parecían haber sido puestos durante años nada más por manos femeninas. Se percibía que todo olía a mujer. Supuse que eran maestras por un par de certificados en la pared que se diferenciaban tan sólo por las fotografías, aunque era probable también que fueran de la misma persona, no había manera de atestiguarlo pues había atravesado el pasillo sin detenerme. A pesar de que la otra señora no dejó la habitación parecía estar a la sombra de Celeste, protegiéndola, comportamiento corriente entre personas que han vivido juntas por años. La experiencia de tratar con un sinnúmero de gente en las audiencias hace que se detecten fácilmente las relaciones que entretejen los humanos en sus más diversas actividades. Estas mujeres no estaban acostumbradas a recibir visitas. Me sentía como una intrusa que llegaba a enturbiar su espacio privado. Ni Celeste me ofreció uno de los sillones ni yo tomé la iniciativa de sentarme. De nuevo quedamos frente a frente, en silencio. Cuando parecía que iba a decir algo, sus ojos empezaron a humedecerse y no hubo lugar para las palabras; confusa por no saber cómo conducirme, volví la cara hacia la otra mujer a la espera de que rompiera aquel momento incómodo, pero solamente movió la cabeza de abajo hacia arriba, como afirmando algo que yo no alcanzaba a comprender y que me pareció el colmo de la insensatez. Regresé hacia Celeste y la humedad se había desbordado en su rostro. Ahora su mirada me pareció haberla visto en otras ocasiones. ¿En dónde? Era difícil atinar entre tanta gente que había tratado en mis años de trabajo en los juzgados. Quise sentarme para evitar su mirada, pero hacerlo era dar pábulo a quedarme más tiempo en aquel lugar que me parecía insoportable, absurdo. Opté por seguir muda, sin moverme. Su hermana nos miraba al asecho, conmocionada, el asombro la había paralizado, como cuando se espera un desenlace, feliz o infeliz, qué importaba. Era sorprendente la sensiblería de aquellas dos almas, quienes al vivir tan aisladas cualquier acto inesperado se transformaba en todo un acontecimiento. Hubiera preferido en ese momento estar ante la hermana de mi abuela y contestarle que no sabía y que nunca sabría nada de mi madre, que afortunadamente no había sucedido lo que más temía, que a mi abuela se le ocurriera el despropósito de pedirme que la buscara, a quien había deshonrado a mis abuelos, juntándose con malas compañías después de haber enviudado, la que si aún no había muerto, estaría en un antro de perdición. Muchas veces me asaltaba la angustia de que mi abuela me pudiera empujar a meterme a los bajos fondos, si bien es cierto que primero tendría que buscar un detective, el solo hecho de contratarlo y darle los pormenores del caso me desquiciaba. ¿Por qué tendría que rebajarme a encontrar un ser nauseabundo, que desoyendo los consejos de sus padres se había enredado con una amiga que la había llevado por el camino del mal? Pero mi abuela, al igual que mi abuelo, había sido consistente hasta el final. No se permitió exponerme a la humillación de estar frente a una "desvergonzada y pervertida" como la nombraba su propio padre. Mi reputación estaba a salvo. Cómo no estar agradecida con mi abuelo, me había arrancado de aquellos innobles brazos para resarcir la honorabilidad de la familia. ¿Cómo reaccionarían esas pobres mujeres si les contara mi origen tan miserable? ¿Cómo reaccionarían dos solteronas que después de dar sus clases se encerraban en su casita adornada con tanta cursilería? Pero no estaba para digresiones, ni para ponerme en calidad de fiscal, tenía que terminar la visita. En casa me esperaba la revisión de unos documentos plagados de errores, que necesariamente me obligarían a aplazar el veredicto aun y cuando se presentaran los contrincantes al juicio a primeras horas del siguiente día. ¡Cuánto trabajo para juntarlos! Era tiempo de marcharme. Lo único que se me ocurrió en ese momento fue sacar una tarjeta de presentación a modo de despedida.

—Si algún día me necesitan, estoy para servirles. Pueden llamarme a mi casa o a la oficina —dije sin esperar réplica, y cuando le extendía la ficha algo inverosímil sucedió porque la vida es un sumo de absurdos. Pensé que lo que acababa de escuchar era producto de mi imaginación, pero Celeste repitió de nuevo la pregunta.

—Angelito, ¿quieres un dulce?

Un martillazo del recuerdo sacudió un paisaje infantil hasta volverlo nítido. La vi extender la palma de su mano con los caramelos, agachándose luego para que yo los tomara del otro lado de la reja. Aún podía sentir cómo se abrazaba a mí sin importarle que los barrotes se interpusieran entre nosotras y decirme "mañana regreso". Existía. No era una invención como afirmaba el abuelo lleno de cólera. En este momento no mediaban las rejas de mi escuela, ni el militar que la detuvo ante la protesta de una muchacha. La imagen obsesiva que me había perseguido en mi infancia resucitaba. Podía abrazarla, pero no: aquello era cosa del pasado y yo tenía prisa. La mujer de mi madre se acercó a Celeste cuando la vio arquearse por el sollozo y le puso una mano en el hombro: el cuadro se completaba, era la muchacha que del otro lado de la calle esperaba a que mamá pudiera despegarse de mí. Juntas las dos en la otra esquina, yo les decía adiós sacando la mano de la reja. Las hermosas señoras doblaban por la esquina y, al desaparecer los cuatro zapatos de tacón de aguja, el caramelo rodaba entre mi lengua y dientes, deshaciéndose. Ahí estaban las dos, observándome, firmes, con una dignidad que me dejaba sin aliento. Era la herencia de mi abuela en su único acto de desobediencia contra su marido, y donde ella y él, en el lugar que estuvieran, seguramente nos estaban contemplando, aquí paradas, fuera del dominio de las palabras, en el reconocimiento que venía desde el más profundo y vivo silencio.

Virginia Hernández Reta

Originaria de la Ciudad de México, realizó un posgrado en Letras hispánicas en la Universidad de Sao Paulo, Brasil. Obtuvo el Premio Latinoamericano Benemérito de América por su libro de cuentos *Memorias de un desvelo*; el Premio Nacional de Cuento Beatriz Espejo, el primer lugar en el Concurso de Ensayo Miguel Palacios Macedo y el primer lugar en el Concurso Binacional de Cuento del diario *Reforma*, entre otras distinciones. Sus relatos han aparecido en varios medios impresos nacionales e internacionales. "Escalera abajo" pertenece al libro *Diana y las hienas* (Ediciones Periféricas, México, 2023).

Escalera abajo
(2023)

Con sonrisa fingida, abro la puerta de casa. Mi vecina, con la que no cruzo más allá del obligado "buenos días", está ahí. La muchacha del aseo —explica la mujer— ha regresado del pueblo con la prima y me la viene a ofrecer. La vecina mueve con elocuencia ojos y boca y, sin saber por qué, me parece que la mujer exuda un ligero olor amenazante: el del hogar estable y predecible.

Con una mueca de amable súplica, la vecina me contempla desde la calle, mientras me mantengo, rígida, en el escalón de la entrada. Me imagino como una virgen milagrosa ante la que se implora la cura de una lepra tenaz. Después cierro la puerta con incredulidad. He dicho que sí.

En realidad, hace meses que he comenzado a sufrir los inconvenientes de trabajar y habitar en el mismo espacio. Lo padezco más los lunes, que tengo un cúmulo de declaraciones fiscales por revisar, sólo superado por la pila de trastes sucios sobre el fregadero. Hubo un tiempo en que sólo encontraba ventajas en esta manera de entretejer vida y trabajo. Considero una fortuna escuchar música clásica con la puerta del baño abierta cuando orino, o revisar la sección de finanzas y los obituarios en el periódico mientras la tetera zumba impertinente; trabajar en pijama frente a la computadora, cigarro en la boca, o comer el cereal directo de la caja sin ser juzgada de perezosa.

Por otro lado, vivir sola me deja cultivar mis manías, que considero incompatibles con la mayoría de los mortales: ocupar un espacio mínimo en la cama y tenderla de manera impecable, a primera hora; pero, en cambio, mantengo mi escritorio en un caos familiar, a la vez que en el refrigerador separo obsesivamente las cosas saladas a la izquierda y las dulces a la derecha... Esa libertad para conciliar vicios y virtudes me ha parecido razón suficiente para vivir sin pareja ni ayuda doméstica.

Sin embargo, poco a poco y con cada vez más trabajo, mi pequeña casa se ha transformado en un espacio impráctico, invadido de papeles y tareas del hogar. Necesito tiempo y —he acabado por admitir— sólo parece haber una forma para ganarlo: dejar las labores domésticas en manos de alguien más.

La vecina promete llevarme a la muchacha al mediodía. Han pasado las horas y, con ellas, mi entusiasmo. Imagino lo que será una persona desconocida dentro de casa, con hábitos distintos, unos ojos y oídos ajenos, una sombra continua, un juicio callado y distante. En cambio, en estos últimos minutos de soledad, puedo moverme libremente sin la responsabilidad de ser ejemplo de sensatez y eficiencia. Al llegar a la pila de trastes sucios, la sensación de libertad se me escurre, junto con las sobras del desayuno, por el fregadero.

Suena el timbre. Abro la puerta con una indecisión mal disimulada. Ahí está la niña, mucho más joven de lo que suponía. Baja y delgada, es la imagen de la sumisión. Nunca ha trabajado, es la presentación que da la vecina, pero irá aprendiendo con el mismo quehacer.

Han sido días interminables. Le enseño sin mucha convicción. La muchachita me sigue, silenciosa, por la casa, aplicando burdamente mis escuetas enseñanzas.

A las pocas semanas, me he aventurado a subirla al auto para ir al mercado. Se hace un silencio denso e incómodo. La miro por el rabillo del ojo. La niña se remueve en el asiento, con el cinturón de seguridad apretándole el vientre. El tránsito está enloquecido a esta hora. La veo sudar, con cara descompuesta.

Ya llegamos, estoy a punto de advertirle, pero en el último retorno la niña se arquea hacia la ventana y de sus dedos se escurre un líquido amarillo. Me agarro del volante, sin saber qué hacer. Miro intermitentemente hacia el tránsito y hacia la chica que no para de vomitar. Abro toda la ventana, saco una caja de pañuelos desechables de la guantera y le doy una bolsa de papel —inútil porque ya se empieza a humedecer—, como si el simple gesto pudiera evitar nuevas náuseas. Entre un olor caliente y ácido vuelvo a casa. Llevo a la muchachita hasta la estrecha escalera de servicio con una mezcla de asco e incredulidad. La veo subir con lentitud los peldaños. Necesito un cigarro. Saco el humo con desconcierto: en ningún momento la niña ha dado muestra de estar apenada. Ni una vez se disculpó por ensuciar mi auto; no le importó que me preocupara por ella o que ni siquiera hayamos podido llegar al mercado.

A esta molestia se suman las visitas de la prima que, por las noches y sin excepción, ayuda a la niña a planchar. Por el cubo de la escalera bajan, como pequeñas canicas, sus risas, envueltas en murmullos ininteligibles y disimuladas por el sonsonete de la televisión. Los domingos, cuando las dos regresan de su paseo por el centro de la ciudad, puedo escuchar su cuchicheo hasta muy tarde. Acabo durmiéndome sin saber a qué hora la prima sale de mi casa.

No le digo nada, primero porque no tengo en realidad queja alguna, pero sobre todo porque procuro nunca meter la nariz en la vida de nadie. Aun así, me empieza a intrigar que, a mitad de la escalera de servicio, me he topado varias veces con la muchacha, inmóvil, como si estuviera recordando si sube o baja; o verla trajinar abstraída en la azotea, sin notar mi presencia; o llamarla y constatar que está encerrada en el baño.

Una tarde en que subo por ropa limpia al área de lavado, aprovecho para asomarme al cuarto de la chica. Algo, no sé con exactitud qué, me llama la atención. El cuarto me ha dado la impresión de cosa viva. Observo con desconcierto la cama sin hacer, tan distinta a la mía, siempre hecha, limpia, fría. Las sábanas revueltas en semicírculos me parecen un laberinto de olores, el diseño de un vientre cálido y en gestación.

Me invade una sospecha, casi una certeza. Intuyo la razón por la cual la niña parece siempre adormilada, se encierra tanto tiempo en el baño y por la que tuvo náuseas aquel día. Entiendo ahora por qué, desde su llegada hace dos meses, la muchachita no ha regresado —ni siquiera un fin de semana— al pueblo. Veo la explicación de por qué, incluso, ha huido a la ciudad. Imagino que la familia no sospecha nada. ¿Qué haré con la chica cuando se le note? Una sensación de disgusto, como la del día en que la muchacha vomitó en mi auto, me sofoca: ¿qué hago con una niña embarazada?

Desde esta tarde, empiezo a vigilar con mirada clandestina el vientre de la chica —disimulado por amplias faldas y delantales—; llevo registro mental de lo que la niña come o deja de comer; escudriño mareos o antojos. Sobre todo, le pregunto, insistente, cuándo irá a su pueblo y procuro esconder mi frustración ante las evasivas de la muchacha, que sólo murmura: "No tengo dinero". Me he ofrecido a llevarla —no queda tan lejos—, argumentando que la familia debe estar extrañándola, que quiero que su madre se quede tranquila, demostrarle que en mi casa está bien cuidada. No sé interpretar la respuesta de la chica cuando me dice llanamente que está contenta aquí, que su prima y ella ya no quieren regresar.

Poco a poco, me he vuelto esclava de esta obsesión recién nacida: hago cuentas de las semanas que han transcurrido desde el día del vómito; intento descifrar las conversaciones que me llegan de la azotea; miro con detenimiento a la prima, que la visita con irritante regularidad y alegría. Los domingos las veo salir juntas, agarradas de la mano, riendo, completamente ajenas a mi suspicacia.

Me quedo fumando, frente a mi cúmulo de papeles, en completo silencio. A la mitad de la tarde, subo de nuevo al cuarto de la niña y permanezco de pie en el umbral, observándolo todo con detenimiento. Olvido entonces mis conjeturas y, a cambio, algo parecido a una vaga calidez me acompaña. Cuando me descubro inmóvil, aún con curiosidad por esa vida ajena, me obligo a dar la media vuelta y bajar la escalera de servicio.

Al oscurecer, aburrida con la lectura continua o después de ver una película, miro el reloj, esperando el regreso de la chica. Puedo adivinar su risa silenciada por el grosor de la puerta de la entrada. Luego, al abrir la cerradura, explotan las voces de las dos primas, como burbujas de aire que subieran ansiosas desde el fondo de un pozo. Después, la televisión, los murmullos, el silencio roto. Me siento acompañada.

Con los días mi sospecha se ha ido arraigando en la rutina y me ha quedado el hábito de observar a la chica. He aprendido a percibirla: simple y llanamente. Me entretengo imaginando las conversaciones entre las primas al vapor de la plancha, recreo sus paseos dominicales o lo que les gusta ver en la televisión. A veces llamo a la niña con cualquier pretexto, sólo por sentirla ahí.

Es tarde ya. Ceno y apago la luz de la cocina. Permanezco al pie de la escalera de servicio. Enciendo un cigarro. Desde el cuarto de la chica los murmullos me llegan desdibujados. Imagino que las primas comparten confidencias. De repente caigo en la cuenta de que han pasado los meses y he olvidado del todo mi sospecha. Mi actitud recelosa de entonces me parece ahora descabellada. Me río de mí misma. Junto con la última espiral de humo, veo desvanecerse la historia de un embarazo que sólo yo había engendrado. Tiro la colilla, aliviada y contenta. Tengo el disparatado impulso de subir las escaleras y compartir la historia, absurda, hilarante, de esos meses de vigilancia sin justificación; de subir y contar todo con la familiaridad que siento que ha nacido, esa sí, desde entonces. No puedo contener mi ansia por abrirme. Subo por la escalera sin hacer ruido. Necesito la cercanía. Llamaré a las chicas con cualquier pretexto, si anda por ahí el par de una calceta o si ya se acabó el bote de jabón.

Llego hasta la azotea, pero me detengo ante el cuarto a oscuras y un gemido ahogado. Por la puerta mal cerrada puedo percibir que las dos primas se abrazan sobre la cama. Es como una bofetada. Me escondo tras el muro de la escalera, al tiempo que un golpe de excitación me sube por los muslos. Oculta, las contemplo, mientras el placer ajeno —ahora sé qué tan ajeno— me calienta los sentidos. Después, cuando ellas ya duermen, me deslizo escalera abajo, acariciando con dedos solitarios las paredes desnudas.

Marlene Diveinz

(Ciudad de México, 1974) es escritora y periodista. Ha publicado biografías, no ficción, guiones y manuales educativos. Poesía y narrativa aparecen en diversas antologías. Colaboradora de cultura, arte y moda, así como de temas sociales y políticos en numerosos medios y revistas. Ha impartido talleres para niños y adultos en instituciones privadas, universitarias y de gobierno.

Mentiras que guarda el corazón
(2024)

—¿Esperas a alguien?

Cindy no responde. Le vuelvo a susurrar al oído. Hace rato que no cesan de tocar el timbre del departamento y ya estoy con los nervios de punta. El reencuentro dos sexenios después terminó en una parranda que ha causado estragos en la percepción del tiempo y del espacio. Después de mil horas contesta:

—No, ¿por qué?

—Parece que alguien se quedó pegado al timbre.

—Ah, debe ser mi vecina.

—¿Quién? —No sé por qué pienso en un trío. Tres mujeres con dotes de equilibrista sobre la cama diminuta de Cindy. Punzadas de deseo en el Triángulo de las Bermudas. El sol de mediodía se posa sobre Cindy que avienta las sábanas encima de mi cabeza, da un salto y corre a la puerta, desnuda. Trato de no verla, sus nalgas son golosas, redondas. Piel blanca todavía sedosa que me causa pudor al mirarla.

—Cindyta, soy yo, tu vecina. ¿Tendrás una tacita de azúcar?

Lecciones de vida: toda mujer tiene una vecina que no la deja dormir.

—Sí, en un segundo se la llevo, acabo de despertar.

—¿Acabas de llegar?

—No, estoy despertando.

—¿Estás menstruando?

—¡Es el colmo! —exclama Cindy. Abre la puerta y contesta con la voz diáfana del Edén.

—Sí, tengo azúcar, déjeme vestirme y enseguida se la llevo —le dice a la vecina cuyos ojos pretenden entrar más allá de los 45 grados de apertura. La miro desde la cama, cubierta por el revoltijo de sábanas, con el deseo de las horas anteriores otra vez despierto.

—Sí, mijita, te espero.

La vecina da la media vuelta y retorna el silencio dominical al edificio.

—Me da envidia tu vecina, así no llegaría tarde al trabajo. ¿Viene seguido?

—Por lo menos tres veces al día. Es viuda y no tiene en qué ocupar su tiempo.

—Está enamorada de ti, dale chance.

—No me quieras tanto. Si ella fuera la última mujer del planeta me volvía buga. Tiene el pelo pintado de naranja, una verruga en la barriga y otra en la nariz, las uñas de aquí a la pared y zapatos de la Bruja Cacle.

—¿Y qué tal cocina?

—Ésa es su única virtud. Ponte unos pants y vamos a desayunar. Le diré que eres mi prima, que estás de visita y vienes del cerro del Jarrón.

—¿Dónde queda eso?

—¡Donde quieras! Vamos, ¿no se te antoja arroz con leche?

—Más unos taquitos de barbacoa y una gordita...

—¿Neta? ¿Cómo es que estás tan delgada?

—Es mi secreto hasta la tumba. Quiero ganar el premio a la faquir del año en la próxima fiesta de la India.

—¡Mensa!

Atravesamos, vestidas con decencia y bien peinadas, los cuatro metros de distancia entre ambos departamentos, Cindy toca la puerta de madera y enseguida abre la viejita encantadora de los libros infantiles. ¡Cindy es una descarada, salir desnuda ante la señora!

—Hola, señora Ríos, aquí está su tacita de azúcar —dijo Cindy mientras le extendía la azucarera llena—. Le presento a mi prima. Prima, es la señora Ríos.

—Mucho gusto, señora, soy Ana.

—¿A poco te llamas Ana? —preguntó extrañada mi supuesta prima, mientras la señora paseaba sus pestañas postizas de Cindy a mí y viceversa.

—Siempre me he llamado así, prima, lo que pasa es que tú me das el nombre que te da la gana. La última vez que nos vimos me llamabas Gorgonia, ¿no te acuerdas? —le aclaré, en un afán de resolver el previsible entuerto, luego le expliqué a la señora que me daba el nombre más extravagante que se le podía ocurrir, que ése era su juego desde que éramos niñas.

—Te creo, mijita, a mí a veces me dice señora Ríos, otras señora Charcos o señora Ola, no sé bien si de mar o de saludo. De cualquier manera yo la quiero y también a ti. ¿Gustan un poco de arroz con leche?

En un santiamén estaban servidos dos enormes platos en la mesa que devoramos mientras platicaba de las telenovelas. Que Andrea es inocente, pero como es la más bonita, todos los villanos se la quieren echar al plato. Que el pobrecito de Miguel Fernando quedó huérfano porque el socio de su padre provocó un accidente y ambos murieron. Que si Marimar es tan bonita entonces por qué no tiene galán decente. La escuchábamos en silencio y atentas. Todo sea por comer. Nos despedimos luego de convencerla de que la gente no es tan malvada, pero que así es la vida de las telenovelas. Que las historias eran escritas para emocionarnos hasta las lágrimas pero no para que sufriéramos en serio.

—¿De veras has olvidado mi nombre? —le pregunté a Cindy en cuanto regresamos a su departamento, sanas y salvas de los lagrimones de la señora Lagarto.

—Sí.

Los años habían acentuado las respuestas cortantes de Cindy, respuestas de machete, de cuchillo carnicero, de hacha. No tenía caso discutir. Me ha sucedido lo mismo con los amores de después de Cindy. Algunos se han ido con las lluvias, otros han sido olvidados para sobrevivir. La memoria es traicionera, el corazón también. ¡Y qué decir de la piel!

—Sólo recuerdo que eres mi primera mujer, mi primer deseo, mi primer miedo. Dice mientras su lengua recorre mi oreja, mis manos buscan sus senos, su boca desciende por mi cuello, mi pierna abre camino entre su sexo, sus labios inauguran el beso en mis labios. Hicimos una pausa para vestirnos de plástico. Las manos ofrecen guantes en vez de manzanas, el sexo cubierto por delgadas hojas de polipropileno. Así hacemos el amor ahora. Lejos quedaron aquellos días de montes de venus desnudos y palpitantes, de lenguas descaradas hurgando rincones desconocidos, de sabores y humedades que creaban adicción.

Le musito al oído *Rayuela*: "Toco tu boca, con un dedo toco el borde de tu boca, voy dibujándola como si saliera de mi mano, como si por primera vez tu boca se entreabriera". Ofrece sus labios con ese ritmo lento y suave de las primeras lluvias del verano. Sus dedos juegan a enredarse en mis cabellos lacios haciendo arrullos de cuna. Mi lengua recorre sus brazos cubiertos de vellos dorados, sus codos que carecen de hoyuelos, sus hombros como peras. Avanzo por la espalda lisa, sin lunares. No hago el amor con Cindy aunque es el cuerpo de Cindy. Es su cama diminuta hecha barca ante esa cama que recuerdo como un océano. No es su boca la que alguna vez me arrancó el aliento, que me dejó sin vida, que mordía mis labios hasta florecer en lágrimas. No son sus dedos prestidigitadores del orgasmo múltiple. No es su cuerpo aquél inmenso valle de ondulaciones y neblina. No es su voz un seductor do de pecho sideral que lograba que mi orgasmo triplicara latidos. No es su ritmo lento aquél hecho de furia y de dolor, ese ritmo tan intempestivo, tan urgente, tan carente de piedad. ¿Qué razones tenía para amar así, como si la vida amenazara con irse en cualquier instante? Todavía sigo sin respuestas. Recordaba, en el cuerpo de Cindy, otro cuerpo; como en otros cuerpos tantas veces recordé a Cindy.

Es cierto, busco en Cindy un consuelo. Cuerpos que vienen, cuerpos que se van. Besos que mitigan por un rato las cicatrices del corazón. Caricias que hacen nuevos caminos en la piel. Palabras que intento creer. Cada cuerpo puede ofrecer una posibilidad para el amor. Un intento más. Tan solo uno. Por este día, por esta noche. Horas después, con el sol de la tarde espiándonos a través de la ventana, me preguntará, como hace tiempo, por las mujeres después de ella. No diré nada, callaré sus preguntas con besos. Alguna vez le hablé de mis amores platónicos, ahora no le diré de mis amores corpóreos. Aún puedo recordar aquel diálogo:

—*Háblame de tus mujeres.*

—*¿Mujeres? ¿Yo? ¿Cuándo? ¿Cuáles?*

—*Sí, anda, no te hagas...*

—*Pues apenas nos da tiempo para las platónicas porque las de cazuela tendrán que esperar como cien reencarnaciones.*

—*A ver...*

—*El más reciente fue por la maestra de literatura. Le dediqué todo el semestre poemas de métrica perfecta y metáforas que prometían una revolución poética. Me quedé a estudiar por el placer que sentía al verla llegar con sus zapatos de tacón alto haciendo eco sobre el empedrado. Era muy joven, menos de los 32 años que decía tener. Irradiaba tal energía que cuando estrenó su obra de teatro yo escribí que los girasoles de van Gogh que servían de decorado habían revivido una vez más gracias a su presencia. Por supuesto que al publicar aquella crítica en la revista escolar todo mundo se enteró de que estaba enamorada.*

—¿Le dijiste alguna vez?

—Sí, claro.

—¿Y?

—Me contestó: "mi amor, yo no amo a las niñas". Luego me dio un beso de buenas noches y pocos días después partió a París en busca de un inmigrante iraquí con quién casarse.

—Qué mala onda. Al menos cuando crezcas te dará el sí. ¿Cómo se llama?

—Aurora. Cuando se marchó bebí una botella de tequila hasta que mi estómago protestó de la manera más descarada posible.

—¿La ves todavía?

—A veces coincidimos en algún estreno teatral y ya.

—¿Y ya? ¿Es todo?

—Sí, ahora te toca a ti, ¿eh?, no te escapas.

—Otro día.

Cindy y yo nos conocimos hace doce años, cuando ser homosexual o lesbiana era un desafío y no un permiso concedido en aras de los derechos ciudadanos. Los hombres tenían más espacios, las mujeres apenas dos o tres en esta inmensa ciudad. Sospechaba que había más centros de convivencia lésbico pero los accesos eran imposibles, de invitación cerrada. El gueto. Coincidimos en el cumpleaños de una amiga en común. Todas mujeres, todas lesbianas. No me importaba bailar, prefería las conversaciones sesudas sobre el arte y los temas sociales. Era una fiesta, nada más. Se acercó a mí y conversamos. Horas después, los besos rodaron sobre el piso. Sentí sus labios recorrer mi cuello, la lengua que bajaba por los senos, que se detenía para chupar y morder. Recordé los labios de las muñecas de la infancia que se posaban sobre mi pecho plano, de niña. Entonces me excitaba, como hoy. Pero en aquellos años no había correspondencia, por más que apretara los ojos, por más que mis respiraciones fueran profundas. Mis manos jugaban con sus cabellos de muchacho, se enredaban al ritmo de los placeres todavía desconocidos en mi cuerpo. Cindy no era una muñeca, latía y gemía junto a mí. Eran mis dientes los que mordían su piel, su carne, su sexo. Quería sangrarla y beberla, confundirme con ella. Me entregaba como las aguas del río que se amolda a la ribera. Cindy se detenía y me miraba de vez en vez con sus ojos de hembra fértil. Enlazaba mi cuerpo de rosa incendiada, era mi serpiente primigenia. Yo era la espesa enredadera de un hueledenoche cubierto de flores. Nos amábamos con bocas infinitas sobre el cuerpo. En cada gemido de placer nos entregábamos el alma, en un instante y para siempre. Los fervores desérticos sonaban a saxo grave y blanco. Nos amábamos con la fluidez de una burbuja al aire del irisado febrero.

Las mujeres se meten en la vida de las mujeres. Sin pedir permiso, poco a poco, como las lluvias que anticipan el verano, como los soles cálidos que despiden el invierno. Así, con sus ojos, con sus manos, con su piel y las imágenes de caleidoscopio. Como las aguas que se deslizan sobre la piel. Con los jadeos que anticipan un bigbang de latidos. Con sus labios que se vuelven flores y estrellas sobre los labios besados. Así, enlazando las piernas, enredando dedos de la vida. Dejamos de vernos cuando los besos se volvieron monótonos, cuando las caricias ya no deparaban sorpresas. Quizá le pasa lo mismo ahora porque me conduce hacia la regadera. Todavía considero un milagro bañarse con otra mujer que no es la del doloroso recuerdo. Una mujer que está ahí, desnuda y mujer. Compartimos la ducha, más no enjaboné su vientre ni ella lava mi pelo. Nos pasamos mutuamente las toallas, las batas de baño. Me pregunta si quiero quedarme, le digo que no. Que quizá otro día al que me anticipo imaginariamente, y no hallo razón para verla de nuevo. Se acuesta en la cama y enciende la televisión. La miro desde el quicio de la puerta: quisiera secarle el cabello, untarle crema en todo el cuerpo, vestirla de noche estrellada y contarle historias de galaxias nacientes. Quisiera. Suspiro. Cindy olvidó mi nombre. Yo olvidé su piel.

Victoria Enríquez

Nació en la Ciudad de México y creció en Chilpancingo, Guerrero, donde actualmente radica. Estudió Sociología en la Universidad Autónoma de Guerrero y la especialidad en Lengua y Literatura en la Normal Superior. Es autora de varios libros, entre los que se encuentran: *Linderos* (1989), *Con fugitivo paso* (1997) y *Misoginia, del odio a la obsesión* (2000).

El Club de la manzanita
(2024)

Basta el recuerdo de tus piernas, para andar como loca por las calles.
Silvia Tomasa Rivera

I

Tuve que irme de casa antes que decirles que. No te vayas hija, no sabes hacerte un huevo, dijo mi madre, mejor cásate como tus hermanas. Mi padre me miraba entrecerrando los ojos. Ésta es tu casa, aquí no te falta nada, no se ve bien que una señorita viva sola. Me fui al departamento que había ocupado mi hermano Octavio cuando estuvo estudiando. Incluso, quiso que no, mi mamá me acompañó y me ayudó a montar la cocina y el clóset. No voy a decir que no los extrañé, sobre todo por las noches, la oscuridad me aterra, tuve que aprender a dormir sola y sin la luz prendida. Me dormía soñando en todo lo que quería hacer y por lo menos una de las cosas la había logrado, había encontrado trabajo.

En la compañía pronto tuve resultados de mi buen desempeño. Tenía mi propio cubículo, mis tarjetas, una clave para entrar a la computadora de la compañía y clases de cómputo, una máquina eléctrica y teléfono. De todas maneras mis viejos me hacían falta. Por la tarde, salía a las seis, me encerraba en el departamento y arreglaba los libros, las carpetas, un día iba a escribir, porque ésa era otra de las cosas que quería hacer. Y otra de las cosas era ir a jugar billar al Mar de Reinas, que era un café karaoke para puras mujeres que estaba en un departamento al que llegué porque Ester, una compañera de escuela, cuando era mi amiga, me invitó a ir. A veces jugaba con ellas, otras sólo las miraba desde la barra donde me tomaba una cerveza. La mayoría de las mujeres asiduas tenían pareja o iban con un grupo. Pero fíjate bien, por el solo hecho de estar en un lugar así ya no importaba que estuviera sola. Era como estar en mi casa.

La gente de la compañía era muy correcta, los hombres de trajes impecables, sobre la camisa blanca la corbata azul o roja según el rango, las mujeres de falda azul, camisa blanca y saco rojo o azul según el rango. Los programas y la organización laboral, todo como relojito. Mi sueldo depositado a mi cuenta bancaria. El otro sueño, ése no parecía ser posible, cuando pensaba en eso y en la falta de probabilidades, me mordía un cachito de uña del dedo pulgar derecho y por la noche después de leer una o dos páginas de alguna revista, trataba de dormir en medio de los ruidos de la calle. Una vez, mucho antes, cuando hacía el segundo de Economía, me había enamorado, creo que no supe bien cómo sucedió eso, quiero decir, no me lo propuse, solo sucedió y una noche al salir de una fiesta en la que me había tomado dos copas, Ester se acomidió a llevarme a mi casa. Ya en el carro, estábamos muy juntas, le acaricié las piernas y ella me miró, la besé y ella correspondió a mi beso, no podíamos soltarnos, ella tocaba mis pechos y gemía. De pronto dijo, ya, bájate, nos vemos mañana. Al otro día, cuando llegué a la escuela fui a buscar a Ester. No había ido a clases, y no volvió, después una de sus amigas me dijo que se había ido a estudiar a Guadalajara. No volví a intentarlo. Hasta estuve a punto de casarme con Gil Ortuño, porque en mi casa les caía muy bien y sus padres eran amigos de los míos, él quería casarse ya y yo quería entrar a la maestría. Ése fue un buen pretexto.

Una mañana cuando llegué a mi cubículo, sobre mi escritorio estaba un sobrecito con una tarjeta que decía: Georgina: sube al penthouse, vamos a tener una reunión de casa (o sea un coctel) antes de la salida: 17:30 hrs. Esos cocteles se daban cuando la compañía obtenía beneficios o en los cumpleaños de los jefes o de los asesores. Nunca había subido al bar del penthouse, hubo bocadillos, copas y mucho vino o cerveza. Las mujeres de mi piso eran muchas y no las conocía a todas, sólo a las asesoras y a las tres secretarias. Todo el mundo hablaba sobre las altas y bajas del mercado, las noticias económicas nacionales y transnacionales, ese día Margie nos contó cómo se compró su carro. Y ¿qué tal? ¿Te gusta la compañía? ¿Ya te inscribiste al sorteo del bono mensual?, todas hablaban al mismo tiempo, se veían bien, no se veían estresadas, ni apuradas a pesar del trabajo, emanaba de ellas esa como seguridad de las mujeres que no son dependientes, en ningún momento se habían mostrado agresivas, ni en competencia. ¿Dónde estudiaste? ¿Cuántos idiomas hablas? Ésa fue la primera vez que me invitaron, creo que ésa era la manera de entrar a formar parte del grupo de mi piso. Un día me di cuenta de que me observaban o cuando ellas estaban hablando, al entrar yo, se callaban, eso me intrigó un poco. Celsa, que era la coordinadora financiera, me invitó un día a una carne asada en su casa, vivía con su esposo y dos hijas adolescentes en una gran casa por Las Termales, fueron todas las de mi piso y muchas fueron con sus maridos e hijos y esa deferencia me abrió definitivamente la puerta grande y el reconocimiento de las asesoras más influyentes, Celsa era una de ellas. Mis compañeras de trabajo eran muy buena gente, me empezaron a invitar a salir, fuimos varias veces al cine o a la Cineteca, también íbamos a los museos a ver las expos y no faltaba el sábado que íbamos a beber cerveza, pero con ellas, con mis compañeras de trabajo, hasta ahí era la cosa, nada más. En ese piso éramos doce mujeres, todas solteras y como cinco contadores, las dos asesoras y los chavos de cobranzas. Casi todas salían en bola, muy alegres y disparadoras, alguna vez fuimos de compras. Hablaban de su futuro, algunas, las más, pensaban casarse, tener hijos, comprar casa. Las dos asesoras ya eran casadas. Y varias no tenían plan matrimonial, tres de ellas juntaban dinero para abrir su propia empresa, en fin, me gustaba mucho ese trabajo, me gustaba andar con ellas porque, y fíjense que a mí se me nota mucho, ¿no?, ahora si se tratara de clasificarme, dirán que me veo muy machorra. Sí me miraban y hasta creo que me coqueteaban, pero jamás me trataron mal, es más, jamás hablaban mal de nadie, eran muy alivianadas, muy serenas, raras en un medio tan competitivo. En las reuniones para beber cerveza y comer en un bar del centro, hablaban mucho de los deportes fuertes, y algunas eran muy buenas nadadoras, yo no les contaba mucho porque ni modo de contarles que los viernes o los sábados iba a jugar full al Mar de Reinas y que iban varias lesbianas.

Estaba por cumplir un año en la compañía cuando en mi escritorio apareció un sobrecito, sólo tenía una dirección y debajo de ésta decía: "Club de la manzanita", no había horario, ni razón. Así que le di varias vueltas al sobrecito y lo guardé. Unos días después una tarjeta sobre mi computadora decía: Cualquier hora es buena para llegar al Club de la manzanita. La señora Tere tenía mucho sentido del humor, tal vez era una broma, eso fue lo que pensé. El viernes le pregunté a Susy si ella sabía algo sobre el Club de la manzanita, y ella dijo: ¿Qué? No, eso me suena a esas muñequitas que se llaman Rosita Fresita ¿no? Por la tarde, ya en la total curiosidad (que por cierto se dice que mató al gato), tomé un taxi y di la dirección de la tarjeta. El taxi se detuvo frente a una casa que parecía pintada por Remedios Varo, la reja de bronce se abrió sola cuando me acerque. Había un senderito y unas escalinatas de piedra. La puerta de madera estilo art decó también se abrió sola y como siempre que me asusto, comencé a entumirme. Me hallé parada frente a una puerta enorme y blanca que tenía una placa en una de sus alas que decía: El manzano es sin por qué, florece porque florece.

Empujé la puerta y entré. El salón estaba en penumbras y una bellísima música ambientaba el bar Club de la manzanita. Era un bar, lleno de mujeres, entre ellas algunas levantaron la mano para saludarme, eran varias de mis compañeras de trabajo; me senté en la barra y me pusieron un tarro de cerveza muy fría, luego la música invitó a bailar y fui a bailar, había parejas y había solas, tríos o de montón bailando en la pista. En medio de las sombras una joven me abrazó y me dijo, ¿vamos al cuarto de revelado? ¿Te arriesgas? Yo le dije, vamos. Entramos al baño, quítate tu ropa, dijo y nos desvestimos, nos bañamos, en los estantes había mucha ropa y zapatos, luego entramos a un cuartito para escobas, digo, eso parecía y ya estábamos en un cuarto completamente a oscuras. Primero un roce tibio, una mano suave tocando mi cara, un abrazo lento, alguien gime a mi lado, mi corazón comienza una danza loca. Una mano grande y tibia toca mi pubis. Hay otras manos, las mías tocan, soban, las risas, las respiraciones que en el oído muerden y chupan el lóbulo de mi oreja, mis pies encuentran otros pies sobre la alfombra, un cuerpo se pega a mi espalda y yo quiero volverme hacia sus astas. Hay un olor floral y mis dedos abren una corola de húmedos labios que se mueven en medio de las piernas. Una boca pequeña besa mi boca mientras otra boca succiona mi perla oculta y oscura. No puedo contenerme y al explotar otra piel tibia me recibe y se afana. El corazón recobra su latir. Es la piel entusiasmada con la otra piel, las manos todas y las mías apretando suavemente las formas húmedas, las lenguas cálidas, alguien me abre dulcemente, mis dedos exploran. En el suelo se encienden algunas lucecitas suficientes para ver la entrada o la salida. Algún tiempo después, no sé cuánto, salgo, me baño, me visto. Cuando entro al bar mis amigas aplauden, están casi todas, me dan la bienvenida, me explican que la primera condición es el sigilo, el secreto, nadie habla y después me explicaron las actividades económicas, cuánto cada una, qué se pagaba, qué no, los puntos que se ganaban, los derechos y las responsabilidades pero sobre todo la lealtad. A partir de ese día no viviría para otra cosa, mis prioridades serían otras, mi rendimiento en el trabajo girará en torno a mis gastos y mi vida con y para las mujeres del Club de la manzanita. Todas para todas. Esos seis años estuve en una permanente excitación que me permitió reconocerla en las actitudes y acciones de mis compañeras, en sus sonrisas y miradas. Iremos juntas a todas partes, a los conciertos, a los paseos, a los gimnasios, viajaremos por el mundo sólo para volver sedientas y enamoradas al Club de la manzanita. ¿Alguna vez pensé que el sueño era un cuarto para las doce? ¿O debo decir catorce porque también las asesoras? No podíamos ocultar los sentimientos pero lo intentábamos, amigas hay en todas partes, y eso éramos, no teníamos compromisos, ni pertenencias y las responsabilidades y obligaciones giraban en torno a nuestro bienestar y en compartirnos, nos éramos absolutamente fieles. Jamás había sido tan feliz. Como dije pasaron veloces seis años.

Un día una de las Sonias, dejó tarjetitas llamando a una reunión en el club en un horario muy inusual. Celsa nos informó que iban a cerrar el club de manera temporal porque por ahí iba a pasar un eje vial y que teníamos que buscar otra casa, pues la casa sería derrumbada con todas las casas de esas ocho cuadras. Ni siquiera hubo tiempo de reunirnos por última vez. Dos meses después la compañía quebró y hubo muchos recortes, yo quedé cesante. Mi padre me llamó porque mi madre había enfermado gravemente. Volví a casa. Todo sucedió casi al mismo tiempo. Creo que nunca había llorado tanto, no sé si sea así como duele el alma.

No podía creerlo, de la noche a la mañana, mi vida había cambiado. Dejé el departamento de mi hermano y volví a la casa de mis padres. Claro que yo creía firmemente que las cosas se arreglarían pronto y Susy o Lena, o alguien, todas teníamos los teléfonos, me avisaría y las cosas volverían a su antiguo esplendor.

II

Mi mamá estaba muy enferma, le habían encontrado un cáncer y ella había decidido tomar todo lo que se pudiera, todas las medicinas. Mis hermanas Laurita, Gala y yo hicimos horarios y programa para turnarnos en el cuidado de mamá. Pero los primeros meses, sólo pensar en el regreso al club, me mantenía, eso me daba energía para todo cuanto tuviera que hacer. Las noches de acompañar a mi madre, le leía, la arropaba y después me sentaba en el sillón a soñar lo que haría cuando todo se arreglara. Estaba segura de que alguien ya había encontrado otra casa y en cualquier momento me avisarían. Con todas sus hijas pendientes de ella, mi madre comenzó a mejorar. Yo hacía planes, consultaba los periódicos por si había trabajo, mis ahorros comenzaban a menguar. Un día que me tocó llevar a mi mamá a que le dieran su quimioterapia, pasamos por la calle donde había estado el club o al menos ésa era la dirección, pero ya no había casas, ni el parquecito, ni las paradas, sólo los ejes viales. Poco a poco pasaron los meses, mamá estaba aferrada a la vida y nosotras, mis hermanas y yo, a ella, incluido mi papá. Ella un día probando algún té se levantaba y al poco tiempo volvía a recaer. Otro día en que mi enferma llegaba a otro cumpleaños, nos reunimos e hicimos la gran fiesta. Parecía que algo de tanta cosa que probaba la estaba sanando. Mis hermanas me dieron unos días de descanso y me fui a la ciudad. El departamento había estado muy abandonado, así que lo limpié y se me ocurrió ir al Mar de Reinas, en una de ésas hasta encontraba ahí a alguna de mis amigas. Mi taxi dio muchas vueltas, y nada, ni siquiera la calle se llamaba como yo recordaba. No me quedé a dormir en el departamento, tomé un autobús y me fui a la casa de mis padres.

Habían pasado casi tres años. Mi madre se acababa, no había nada qué hacer, la veíamos irse lentamente, consumirse frente a nuestra impotencia. Hasta que murió. Entonces ocurrió que mis hermanas se fueron a sus casas con sus familias y yo me quedé a acompañar a papá que no lograba salir del golpe de perder a su esposa. Me prometí hacerle llevadero el tiempo que le quedara de vida. Me ocupé de la casa, del jardín, de sus compras y necesidades, y por las noches comencé a tener sueños.

Soñaba que estaba en el club, que bebía un coctel, o que en el cuarto oscuro miles de manos me tocaban, miles de brazos me apretaban contra sus regazos, soñaba que veía vulvas color de rosa, moradas, negras o azules y que alguien mordía los lóbulos de mis orejas, los orgasmos me despertaban. Abría los ojos, ansiosa y feliz sólo para descubrir que soñaba. Y entonces soñaba que ya no volvía a dormir y que no podía despertar. Un sueño recurrente era que estaba en el cuarto oscuro y que una mano rozaba mi hombro lentamente, no pasaba más que eso pero despertaba recordando el sueño completo y sus sensaciones; otro sueño era una cálida respiración junto a mi oído y una voz diciendo Coqui, Coqui. Despertaba y todo el día recordaba y repetía un verso que a ellas, mis amigas, les gustaba: "Por el amor los tacaños se hacen desprendidos, los huraños desfruncen el ceño; los cobardes se envalentonan, los ignorantes se pulen, los sucios se limpian, los viejos se las dan de jóvenes; los ascetas rompen sus votos y los castos se tornan disolutos"... Verso que leían de un libro de Ibn Hazam, en el que se hablaba de los que se enamoran durante el sueño. Y yo estaba enamorada de esos sueños, de ellas convertidas en las habitantes de mis sueños. ¿Me soñarían?, ¿soñarían que me soñaban?, ¿yo soñaba que las soñaba? Trataba de no ensimismarme, no quería que lo notaran. Pero me miraban de reojo y se mortificaban.

Un día sí y otro no, mis hermanas intentaban presentarme "buenos partidos", así conocí varios, uno de ellos, Esteban, era realmente muy agradable, amigo de mis cuñados, comenzó a visitarme los fines de semana, era ingeniero y tenía muchos planes, salíamos a visitar a mis hermanas y a sus familias. Las conversaciones de mis hermanas giraban entonces sobre que me faltaba aprender a cocinar, a llevar una casa, los consejos eran todos sobre actividades para mantener la atención de mi futuro marido. Mis cuñados ya habían resuelto hacernos una casa junto a la de ellos. Mi papá, que a veces nos acompañaba, escuchaba en silencio y entrecerrando sus ojitos llenos de arruguitas intentaba contener una cierta sonrisa, que yo le conocía muy bien. Y luego ya en la casa, después de una frugal cena, me decía: "No te preocupes, querida, esta casa ya es tuya, yo me he encargado de eso. Si no te gusta lo que proponen tus hermanas, sólo termina eso. Haz lo que tengas que hacer". Mi papá tan serio, tan entregado a su casa, a su esposa e hijos, debería decir hijas pero dejaría fuera a Octavio, mi compañerito de juegos en la infancia, el inventor de las aventuras cinematográficas en el jardín; mi papá, que me daba la impresión de que sabía quién era yo. Eso fue lo que hice, un domingo familiar acabé de golpe con los sueños matrimoniales de mis hermanas y terminé las ilusiones amorosas de Esteban. Ellas se molestaron mucho conmigo y ya no nos invitaban tanto a sus fiestas o venían por mi papá y lo llevaban a pasear y no me pedían que fuera. Alguna vez y con muchos titubeos llegaron a decirme que no debía "desear lo que está fuera de lo natural o como decir, vas a sufrir mucho, lo que tú quieres no es bien mirado por, tú sabes, nosotras queremos lo mejor para ti". El jardín y algunos libros de la biblioteca de mi papá me hicieron la vida llevadera. Fue por poco tiempo porque casi dos años después de la muerte de mamá, Laura mi hermana mayor, comenzó a divorciarse porque Raúl había llevado a su casa a una tal Patricia, aprovechando que Laura se había ido de vacaciones con mi otra hermana y sus hijos a Veracruz. Ella, Laura, quería quedarse en la casa pero mi papá le dijo que no lo hiciera porque Raúl podía acusarla de abandono de hogar. El pleito se fue haciendo grande, los dos querían la casa donde vivían. Mi hermana Gala llegó a proponerle a mi papá que le diera la casa a Laura para que pudiera dejarle la otra a Raúl y se acabara el pleito. Mi papá no quiso y Laura tampoco, ella quería la casa donde habían crecido sus hijos, mis hermanas acabaron peleando y Laura le dijo a Gala que no se metiera donde no la llamaban.

Mi padre se murió en navidad y mis hermanas vinieron a acompañarme después por unos días. Octavio no se reportó, no contestó a los avisos de Laura, yo entré en una depresión muy fuerte, que oculté a mis hermanas. Enteradas de que mi papá me dejó la casa, decidieron que ya no se tenían que preocupar por mí. Algunas veces me visitaban muy de prisa. Comencé a buscar trabajo otra vez. Me quedaba en el departamento de la ciudad, en mi afán de encontrar trabajo, mis ahorros hacía mucho que se habían esfumado y el capital que me dejó mi papá aparte de la casa, se estaba acabando. El Club de la manzanita era entonces un maravilloso recuerdo; a casi cinco años de estar en la casa de mis padres, hasta mis mejores sueños se habían ido.

Buscando trabajo, encontré a un antiguo jefe de la compañía, que ahora estaba en el área administrativa de una disquera, me dio trabajo. No era mucho el sueldo pero me alcanzaría para vivir. Ahí conocí a Elena Berne, que era investigadora del área humanística de la universidad. Nos hicimos amigas, íbamos al cine, a las exposiciones de los museos, a los conciertos y a los cafés con billar para mujeres, eso me encantó. Elena no quería nada conmigo, todo le daba miedo, la gente, los hombres, las mujeres.

Con Elena o sin Elena, me volví asidua de esos cafés, había varios. Conocí muchas mujeres, anduve tonteando con varias. Dejé de buscar caras conocidas, si soñaba, al otro día no recordaba mis sueños. Un día Elena me pidió que le cuidara su departamento porque ella se iba a Europa por un trabajo de investigación. Me cambié por un tiempo a su casa. Desde el primer día se me hizo como que la calle me era familiar, o por lo menos un trocito de calle, las casas porfirianas, la colonia; trataba de ubicarme, como que algo llamaba mi atención, tal vez la casa, con sus ventanales, con sus puertas grandes y las puertas vidrieras de los balcones, sí, como las casas de Remedios Varo, la casa parecida a la del club, los pisos de linóleo fríos por la mañana, el piso de madera de la recámara tibio bajo los pies, los ecos de la casa en el silencio, los recuerdos. A los dos días de vivir en el departamento de Elena regresaron los sueños, las sensaciones, las humedades. Comencé a ir a las reuniones del café y cambié de imagen. Decidí aprender todo de mí misma y de las otras mujeres. Con el tiempo tal vez pudiera lograr una buena vida, enamorarme, que otra me amara o alcanzar el ideal de que muchas me amaran. Descubrí que tenía cierto pegue, que podía gustarle a las mujeres más de lo que pensé alguna vez. Pero también supe que no estaba buscando nada serio, así que todo fue que hubiera una primera vez para que después me fuera con cualquier mujer que me invitara. Y se le fue a ocurrir invitarme a la chica de humo que mi jefe andaba lanzando al estrellato con un disco de boleros rancheros. Me incluyó en las giras y en algún momento nuestro cinismo trajo dos cosas: una golpiza que me propinó mi jefe al salir de un antro y mi cese del trabajo. Del hospital pasé al departamento donde convalecí con la ayuda de Lole y Lidia, unas novias del café. Lole tenía un hermano que administraba unos cines y consiguió que me diera trabajo de taquillera. No me iba a durar mucho ese trabajo, porque Lole no quería compartirme con Lidia y en andar con ellas o con una y con otra se me iba el dinero. Elena se tardaba en regresar, así que un día guardé mis pocas pertenencias en mi bolsa y me fui al departamento de mi hermano. Otra vez estaba sola, sin trabajo, sin nada. Entonces tocaron a la puerta y fui a abrir, cuando vi a doña Gema, la portera, pensé que nomás me faltaba que me dijera que mi hermano había vendido el departamento. Pero no, ella dijo: "Mire, Coquis, ahora que anduvo fuera le trajeron este sobre". Era un sobre blanco pequeño y adentro estaba una tarjeta que decía: Cualquier hora es buena para llegar al Club de la manzanita. Abajo estaba la dirección.

Ruth García

(Ciudad de México). Ha participado en diversas antologías y talleres, entre ellas la *Biblioteca de las Grandes Naciones*, en el País Vasco. Su poema "Águila real" fue seleccionado para el sinfónico vocal *Vuela*, musicalizado por la maestra Gina Enríquez, interpretado por la Orquesta Filarmónica del Estado de México. Ha participado en lecturas en voz alta y publicado en *Life in the Time* y *Somos Mass*, periódico virtual.

¿Te acuerdas?
(2024)

Toqué tu cuerpo con las ansias juguetonas con que toco el mío cuando lleno mis vacíos. Tú detenías mis manos sudorosas que se escapaban y a pellizcos dejaban huellas en tu carne. Si no fueras tan blanca… pero cuando aprieto tu piel se pone muy roja y me recuerda la aguamala que se pegó a tu nalga en aquel primer viaje a Cancún, tuve que orinarte para que te dejara de arder; me diste las gracias apenada y desde entonces, ese color me incita a repetir la hazaña salvadora, ser una heroína y marcar mi territorio como perra dominante, marcar hasta tus vidas futuras. En ese afán, arañé tu vagina y dejé tatuado mi nombre en ti para siempre.

R, dije despacito mientras recorría con el filo de las uñas tus pliegues,

U fue casi una caricia sanadora,

T como quien da una bendición con el índice y dedo medio, luego jalé hacia afuera, mientras que temerosa insistías… la H no suena.

Ahora cada uno de tus orgasmos, estallará gritando mi nombre aunque no estés conmigo.

¿Te acuerdas que con la misma vela que derramé a gotas sobre tus tetas, sellé con cera caliente mi obra como quien lacra una carta, esperanzada de que nadie la abra?

Lamí tu cuello hasta marearme con el sabor a sal y el amargo Chanel que agrietaba mi lengua, jadeabas y yo apenas podía respirar, repetía tu nombre bajito al oído, así como te gusta, y acaricié con la yema de los dedos tu piel erizada hasta que cada uno de tus poros dejó de hincharse con mi entrecortado aliento. De pronto un grito en la puerta. Y con esa carita tuya de sorpresa dijiste: Shhhh, ésa es la voz de una herida abierta, no le abras. El cuarto se puso tan frío como mi saliva en tu piel, con esa incomodidad de cuando los muertos caminan cerca y se siente en los huesos; ya no querías que te tocara, pero conocedora de mi debilidad chupaste tus dedos, los metiste en mi vagina, jugaste con ellos con la gracia de una niña que agita una varita mágica para conceder deseos, y en cada abracadabra te transformabas más y más en esa bruja desfachatada y loca que tanto deseo me incita. Ya no eras mi princesa, llamarte así desentonaba cuando me hacías aullar de placer, cuando mis piernas temblaban sin control y no reconocía ni mi propia voz. Llamarte puta, mi puta, eso combinaba mejor. Tus dedos se pusieron tan calientes que de reojo busqué algo de lo que te hubieras válido para quemarme; volví a mojarte y finalmente supe que era yo quien explotaba con esa lluvia hirviente que no sabía que existía en mí. Tenías como siempre las primicias de mi cuerpo, al darte cuenta, culminaste con una sonrisa socarrona. Tomé tu cara entre mis manos y te bese tanto y con tal fuerza y desespero que parecía que borraría las comisuras de tus labios y ese gesto autosuficiente.

Me miraste de nuevo y me acerqué a ti con un renovado deseo —inesperadamente la puerta se abrió—. Entró un hombre desnudo, su cuerpo era firme y su sonrisa tan confiada como la tuya, como la del torero experto que se lanza a matar y sabe que no fallará. Ese hombre de dientes blancos, perfectos, llegó a la cama, te arrastró hasta la orilla con la fuerza que se jala y ensarta un toro que ha perdido la batalla en la plaza y no opone resistencia, un toro que no merece aplausos ni arrastre lento; él podía hacer a un lado tus manos con sólo mover la cabeza en gesto de desagrado. Te vi obedecer por primera vez, abrió tus piernas y de rodillas te profanaba… sabes que en el fondo también a mí. Tú sólo eras el toro muerto atravesado por la espada alevosa que se alimentaba del deseo macho de cumplir la tarea de partirte en dos, de reojo y con una mueca que yo desconocía, dijiste satisfecha: Ésta es mi herida, ¿te acuerdas?

Norma Herrera

Mujer lesbiana de 63 años. Actualmente pensionada, se define como aficionada a la escritura de lo cotidiano y lo universal, lectora de todo y apasionada del cine lésbico. Autora de "Entrampadas", así como de otros cuentos y relatos. Su escritura ha sido formada principalmente en los talleres impartidos por Artemisa Téllez.

Entrampadas
(2024)

Era un caluroso día de verano y lo mejor era disfrutar el aire acondicionado del centro comercial. Claudia por fin encontró una banca vacía cerca de la isla de los helados y se sentó. Casi de inmediato, llegó una mujer que quedó a su lado dando un gran suspiro de alivio. Se miraron y no pudieron evitar reír por la coincidencia; ambas buscaban un lugar donde descansar. Se hicieron de plática, comentaron cosas banales, en una pausa Claudia vio una oferta y dijo:

—Quiero un helado, están al dos por uno, pero si me paro me ganan el lugar.

—Ve, yo lo cuido —ofreció la mujer.

Claudia no se lo pensó dos veces y fue a comprarlos. Desde la isla, la miró y notó con mejor perspectiva lo bonita que era, su jovial madurez, sus largas piernas forradas con esos estrechos jeans, la playera sin mangas con un discreto escote que con encaje cubría parte del pecho. Su largo cabello castaño estaba recogido con cierto desenfado, le caía en partes en los hombros y le enmarcaba perfecto el rostro con la melancólica mirada de sus ojos, eran pequeños y parecían hablar con solo mirar.

Claudia volteó hacia otro lado, sintió un abismo en el estómago y con cierto nervio recogió los conos y dijo para sí: No, no, esto es sólo pasajero, me voy a casa...

Mientras se les derretían, no paraban de hablar.

—Eres muy agradable, me has hecho la tarde, por cierto, me llamo Julieta —dijo la mujer extendiendo la mano.

—Yo soy Claudia —y continuaron su amena plática.

Coincidieron en su gusto por las plantas, las flores, las macetas y demás. Julieta comentó que vendía unos productos muy buenos para elaborar composta, que era por pasatiempo ya que no tenía necesidad de un trabajo formal. Claudia le dijo que el suyo era escribir, y su negocio una florería, donde tenía una asistente; eso le permitía tener tiempo para salir a hacer compras y presupuestos a domicilio para eventos.

Al despedirse, intercambiaron números de contacto. Unos días después Claudia recibió un mensaje con una invitación de Julieta.

Claudia llegó puntual a la cita. Era jueves, no había nadie más, así que pudieron tomar un café y platicar sin prisa. Se enteró que Julieta tenía casi todo el tiempo para ella. Su familia: dos hijos adultos jóvenes y un esposo al que veía por las noches y los domingos para comer. Transcurrió la tarde admirando el jardín de Julieta y el tiempo no fue suficiente.

La semana siguiente, Claudia le llevó un arreglo floral muy colorido y tomaron café de nuevo. Y así fueron sus siguientes encuentros, de regalos, plantas, flores, café...

Claudia por las noches escribía. Había dejado inconclusa una novela y ahora, recuperada de meses de aislamiento y soledad después de un amargo rompimiento, le había vuelto la inspiración.

Entendía que ella sólo era su amiga, que no podía ser de otra manera, pero sus noches se llenaban de imágenes de Julieta. Los personajes de su novela habían aumentado con uno que la emulaba. Con el tiempo, como raíces de un árbol Julieta se metió más profundo en ella, bajó de su mente al corazón. Sabía del peligro que eso representaba, no podía siquiera imaginar ir más allá, pues no era como las otras, ella era madre de familia, con esposo y hogar estable. Claudia no tenía cabida en ese esquema.

Julieta, por su parte, había tomado otro aire en su andar. Se sentía necesitada y acompañada. Su esposo la animaba a salir más con Claudia. De alguna manera le quitaba a él la responsabilidad de tener que acompañarla cuando fuera de compras o a algún evento de su interés por las plantas. Los hijos eran como fantasmas, aparecían de lunes a viernes y desaparecían los fines de semana.

Claudia se acercaba más a Julieta. La tomaba de la mano de manera natural, la abrazaba y deseaba que los besos de saludos y despedidas fueran de otra manera. Soñaba con ser su amante, total no sería ni la primera ni la última en tener una amante mujer. Poco a poco fue dejando su lucha entre mente y corazón, donde Julieta era su única habitante.

Un jueves le dijo que tenía que ir el siguiente sábado a Tepoztlán a ver a un nuevo proveedor. La invitó a acompañarla, le dijo que estarían de regreso por la noche del mismo día, que lo comentara con su esposo por si tenía algún inconveniente. Julieta no dudó ni un minuto en decir que sí. Tenía mucho tiempo de no ir a Tepoztlán.

Desde ese momento, Claudia se volvió un manojo de nervios. El sábado a las siete de la mañana pasó por Julieta, quien salió muy fresca y sonriente, como niña a un paseo esperado. Llevaba un vestido muy ligero, sandalias y sombrero. Se veía divina. El corazón de Claudia casi la traiciona con el beso de saludo.

Llegaron temprano a Tepoztlán y fueron a desayunar al mercado la típica comida prehispánica en el Cuatecomate donde probaron los chinicuiles, escamoles y las tradicionales tlaltequeadas. Después de hacer algunas compras de artesanías, Claudia hizo una llamada. Colgó enfadada y Julieta le preguntó si todo estaba bien; ella sólo asintió y le propuso que fueran a visitar el convento para tomar fotos.

Dos horas después, Claudia llamó de nuevo y le dijo a Julieta:

—No está el proveedor, se fue a Cuautla y regresa mañana.

Miró a Julieta esperando una reacción, pero ésta no le contestó nada, como esperando que fuera ella quien tomara la decisión de lo que harían.

Era el momento esperado. Claudia le propuso:

—¿Por qué no nos quedamos en el pueblo, en un hostal muy bonito al pie de la montaña y vemos unas películas para pasar la noche?

Julieta hizo una llamada y le dijo:

—¡*Voila*! Estoy a tus órdenes, vamos.

A Claudia le temblaba todo. Al llegar al hostal le dijo a Julieta:

—Espérame en el auto, voy a checar si hay habitaciones.

No tardó mucho, regresó con la llave y le dijo:

—Sólo hay una habitación disponible, tendremos que compartir la cama, ¿hay algún problema?

—No, ningún problema. Pero no sabía que nos quedaríamos y no traigo cambio de ropa ni pijama.

—Eso no es problema —contestó Claudia.

Bajaron las compras y se dirigieron a una cabaña muy acogedora e independiente del hostal. Claudia llevaba una pequeña maleta. Julieta le preguntó:

—¿Por qué traes una maleta si no pensabas quedarte? —y a la vez añadió—: Qué buen servicio de este hostal que nos reciben con queso brie y vino Merlot, justo lo que me gusta.

Claudia tropezó con sus palabras, tratando de explicar que traía la maleta por si se ensuciaba en el invernadero que irían a visitar. Y que el vino y queso los ponían a disposición de los huéspedes por si deseaban consumirlos.

De la maleta sacó dos playeras, una para ella, y le dio la otra a Julieta:

—Te servirá de pijama es una talla más grande de la que usas así que te quedará cómoda para dormir.

Después de tomar un baño estaban listas para ver una película. Claudia apagó la luz principal y sólo dejó encendida la lámpara del buró, sirvió dos vasos con vino y dispuso el queso. Se metieron a la cama.

Claudia no perdía la oportunidad de servir más vino para desinhibirse y acercarse más a Julieta. Ya no supo de qué trató la película; se concentró en sentir de cerca su cuerpo y en servir más vino.

Pronto estaban muy alegres y relajadas. Se acurrucó al cuerpo de Julieta fingiendo frío; ella a su vez respondió abrazándola. Se hizo un largo silencio, ninguna se movía. Claudia se incorporó, tomó su vaso y dio un sorbo que retuvo en su boca. Se acostó de nuevo junto a Julieta y sin mediar palabra la besó en los labios para compartirle el vino. Julieta no rechazó el beso y participó en el juego e hizo lo mismo, pero el suyo se derramó sobre el cuello de Claudia. Fue por él para recogerlo con su lengua. Ya no había nada que detuviera lo que seguía. Hábilmente Claudia se quitó la playera al mismo tiempo que le quitaba la suya y dejó al descubierto sus senos. Derramó vino sobre ellos y lo saboreo a lengüetazos hasta llegar a su entrepierna. Ahí ya no hizo falta vino, la humedad de su sexo bastaba para dejar que su lengua jugara, una y otra vez del clítoris a la vagina hasta penetrarla. Las manos de Claudia le recorrieron todo el cuerpo como queriendo memorizar cada centímetro de su piel. Desde sus senos, su boca bajaba, la penetraba con sus dedos confundidos de vino, saliva y su propio néctar.

El juego las llevó a un éxtasis mutuo que las hizo jadear, gemir fuerte al mismo tiempo. No hubo de qué preocuparse, no había nadie alrededor que escuchara su canto de sirenas en celo.

La noche fue breve para tanto amor. Al despertar, la mañana las encontró desnudas y abrazadas. Claudia se incorporó e hizo una llamada; le comentó a Julieta que el proveedor no llegaría, que la reunión se cancelaba hasta nuevo aviso.

Julieta no comentó nada. Claudia recogió las cosas del cuarto. Después de bañarse salieron del hostal. Decidieron desayunar en el mercado y tomaron camino de regreso a México. No comentaron lo sucedido. Hablaron de plantas, flores y barro.

Al llegar, Claudia se estacionó fuera de la casa de Julieta, apagó el auto y tomó posición de "conversemos". Julieta no le dio tiempo a nada, la abrazó, la besó y dijo:

—Prepara una película para el martes y mucho vino. ¡Ah! y la próxima cita con tu proveedor la quiero en Puebla.

Diana May

Comunicóloga de formación, ha participado en diversos talleres de Artemisa Téllez. Escribió este relato en el Taller permanente de Cuento erótico para mujeres. Ésta es la primera publicación en la que participa.

La belleza cuesta
(2024)

Caminas suavemente, escuchas el compás pausado de tus tacones contra el piso, ese rítmico vaivén es uno de tus pequeños placeres, ésos que emanan de tu cuerpo. La verdad es que una se debe cuidar: comer bien, beber bien, oler bien, lucir bien. Te diriges decidida hacia el salón, porque la belleza cuesta y una debe procurársela. Detestas a las mujeres como doña Marta, la del 501, que con esas fachas una pensaría que al menos se esfuerza en el cuidado de sus hijos…

Sólo cruzar la puerta te colma de plenitud. Todo está en orden, es agradable a los sentidos y de alguna forma sacia tu obsesiva necesidad de control. Todo es como te gusta: el piso siempre está limpio, el olor a champú de lavanda permea el ambiente, los tonos de barniz están acomodados, rosas con rosas, azules con azules.

Alguien se acerca con una taza de tu té predilecto y sabes de antemano que está a la temperatura correcta y endulzado con azúcar baja en calorías, pero algo en el rostro condescendiente de la encargada no encaja en tu ilusión. Señora Magda, ¡cuánto gusto verla de nuevo por acá! Hoy no vino Paty porque está enferma, pero tenemos una chica nueva que seguro le encantará, Marianita es maravillosa, tiene buen ojo para la depilación porque está jovencita.

Bueno, pero nada más porque me urge. Contestas de malas, detestas que Paty no esté, ella sabe lo que te gusta, es eficiente y sus manos son rosadas de tan pulcras, frunces el ceño y evitas la mirada de la tal Marianita, la supones inepta.

Miras de lejos a Marianita tropezarse hasta consigo misma, se nota que es nueva, esta muchacha huele a pueblo de tan morena, su maquillaje recargado con pinturitas del mercado te hace dudar, no crees que sepa cómo tratar tu piel delicada, pero no puedes pasar un día más sin depilarte, se te nota descuidada como lo estaba doña Marta cuando te contó que la dejó el marido.

La nueva camina hacia ti cargando la cera de chocolate, parece decidida a dejarte una buena impresión, a ganarse la propina. Hola, me llamo Mariana, hoy la voy a cuidar yo, va a quedar preciosa ¿Le parece si comenzamos? Sígame por acá. Asientes, te lleva hasta un cuarto iluminado levemente en dónde todo es blanco, desde la cama de masaje hasta la bata que Marianita pone en tus manos. Cámbiese con calma, vuelvo en unos minutos. A solas te desvistes y refunfuñas, no te gusta que te tomen por sorpresa, seguro una muchachita tan joven va a criticar tu cuerpo, esa maldita grasa acumulada en la cadera que ni el gimnasio ha podido eliminar.

Como dictan tus propias normas, te dejas la ropa interior, nunca te has depilado el área del bikini ¡Qué pena que te miren! Te acuestas boca arriba y te cubres con una toalla desde los tobillos hasta el cuello. Cierras los ojos al escuchar que Mariana regresa, toca a la puerta y anuncia con parsimonia: Vamos a comenzar por el rostro.

Marianita acaricia tu mejilla para preparar la piel, poco a poco acerca la cera caliente a tus labios, soplando suavemente para enfriarla, su aliento cálido huele a frutas, a flores quizá, perfecto al estrellarse con tu olfato; es indescriptible la sensación de sus dedos recorriendo tu cara, te toca sólo un poco, lo suficiente como para que desees más. Es tan precisa que sorprende, coloca una pequeña tela sobre la cera y un escalofrío recorre tu espina desde las nalgas hasta el rostro tenso. Ella da un tirón certero, casi quirúrgico, tu piel enrojecida de ardor oculta tus mejillas sonrosadas; coloca su palma fresca sobre tu piel encendida para calmar el dolor, pero a ti no te duele.

Siempre te ha gustado la atención y el contacto que implican los rituales de belleza, pero hay algo distinto en esta ocasión. En Mariana. Sientes caricias genuinas, caricias que hace tiempo no sentías. Tu sangre bulle, no de los nervios ni del coraje que tanto le preocupan a tu médico, cada tirón es un espasmo entre las piernas.

Voy a continuar con los brazos, susurra casi en tu oído, fantaseas con la humedad de la lengua que pronuncia esas palabras y te estremeces, la joven descubre tu torso y te toma de las manos, las presiona suavemente. Mire nada más, que tensa está, le prometo que terminaré pronto y seré muy cuidadosa. Abres un instante los ojos y te topas con un par de dardos oscuros que se hunden en tu mirada.

No quieres que termine, pero ella apresura el paso, coloca una línea gruesa de cera en tus axilas, un cosquilleo te recorre la nuca, muerdes fuerte tu labio inferior y aprietas los ojos, un jalón rápido seguido de la frescura de su palma, te acaricia. Eso es lo que más duele… ya pasó linda. La escuchas casi dentro de ti y contienes la respiración.

Mariana retira la toalla que aún cubre tus piernas, por un segundo el pudor se desvanece y deseas estar desnuda, ella recorre suavemente tus muslos, hasta llegar a tus rodillas flexionadas. Relájese, aquí estamos en confianza. Te dice una vez más con su voz sedante. Exhalas, tus músculos obedecen, apoyas las piernas en la cama y las abres un poco, sientes la cera resbalar por tus pantorrillas, tus manos sudan, tu vientre palpita, estás mojada, lo sabes aunque no recuerdas la última vez que eso pasó, te asalta la idea de que ella lo note, que vacíe aquel líquido caliente sobre tus caderas, sobre tus senos. Ya es el último jalón, anuncia y tira de la tela adherida a tu muslo, te estremeces y dejas escapar un gemido de placer.

Ya pasó, terminamos, sólo le pondré un poco de aceite para retirar los restos de cera y relajar su piel. El aroma de almendras dulces permea el ambiente, sus manos pacientes te derriten como azúcar, sus dedos recorren cada centímetro de piel adolorida, presionan la carne, se cuelan en cada surco. En la oscuridad de tus párpados sus pupilas son girasoles, abres los ojos para encontrarte con esa imagen; su piel de barro se entremezcla con tu blancura, se desliza dentro y fuera de ti, una y otra vez.

Listo, la dejo para que se vista tranquila, dice mientras te cubre de nuevo con la tolla blanca. Fue un placer atenderla. Te regala una última sonrisa y sale de la habitación sin decir más. Después de un rato te pones la ropa, no hay en tu mente otro pensamiento que la figura de Mariana, respiras hondo antes de cruzar la puerta. En la caja, la encargada pregunta: ¿Cómo la trató Marianita? Pues, puede mejorar, espetas clavando la mirada en el suelo, te cuelgas la bolsa al hombro y te diriges a la salida.

Escuchas el compás alterado de tus tacones contra el piso, intentas retomar el ritmo, pero no puedes, no con el vaivén de las caderas de Mariana tan fresco en tu memoria. Regresarás pronto al salón, lo sabes, porque una se debe cuidar; comer bien, beber bien, oler bien, lucir bien ¿Mariana hará manicura? Mientras caminas, piensas: Quizá un día de éstos deje volver a casa a mi hija la lesbiana.

Norma Mogrovejo

Obrera y arqueóloga de la lesbianología, finteadora de la lesbofobia, sexiliada, picapiedras del activismo y la lesbiandad académica. Profesora investigadora en la Universidad Autónoma de la Ciudad de México, donde reflexiona con sus pares dialogantes sobre los modelos civilizatorios que han impuesto cuerpos, pensamiento, obediencia, y las formas de construir comunidades estratégicas fuera del mandato estado/nación/heterosexualidad/clase/raza. Autora de algunos libros sobre el movimiento lésbico del Abya Yala.

Polirruptura
(2024)

¿Cómo se hace una separación poliamorosa? Obviamente no hay recetas, pero ¿si una de las amoras te dice que da por terminada la relación, pero mantiene el vínculo con la tercera, con quién también lo sigo manteniendo? ¿Cómo gestiono la relación sobreviviente? De principio habíamos pactado relaciones no de pareja, no monógamas y de libertad irrestricta.

La ruptura con Mónica no me cayó de sorpresa, la concebí como liberadora para ambas, pero me preocupaba la gestión con Natalia. Al no haber una tercera persona, ¿la relación se convertiría en parejil? El pacto no monógamo no me preocupaba, podía esforzarme en cumplirlo.

Natalia vino a mí compungida, doliendo la ruptura de Mónica conmigo, con culpa innecesaria.

—No hay pedo —le dije—, ya se veía venir, ¿tenemos que conseguir otra para que lo nuestro no se convierta en pareja? —le pregunté.

—¡Ros! —me dijo—, ¿cómo puedes decir eso? Tenemos que vivir el duelo.

—Pero ustedes no han roto su relación, ¿cuál duelo? —le pregunté.

Ella lloraba desconsolada, la abracé, tratando de aliviar su tristeza. No entendía su dolor. Hubo momentos en que compartimos las tres, hubo momentos en que ambas hicieron su propia construcción, como la que construimos con Natalia, o tal vez distinta, no estaba segura.

—Éramos una hermosa trieja, ¿por qué rompieron? —decía compungida entre sollozos.

—Entre Mónica y yo había una diferencia de edad muy grande, teníamos intereses diferentes, en realidad lo único en común eras tú, Naty querida, al final ya no nos soportábamos, estábamos juntas por ti —le dije—. Creo que nunca nos enamoramos, por más que lo intentamos.

A mí me hubiera gustado abrir la relación con Ori, ella nos gustaba mucho, lástima que saliera huyendo, pero también era muy pequeña.

—Tenemos que organizarnos para que tu relación con Mónica y nuestra relación no se afecten —le dije, pero ella seguía llorando inconsolable.

Antes de la ruptura, cualquiera de los tres depas podía ser el lugar de encuentro, colectivo o en partes, sin mayor problema. Pero ahora, para evitar vernos con Mónica, el espacio de Natalia quedaba proscrito. Siendo ella tan cómoda, tal vez fue ése, uno de sus mayores pesares.

A partir de esa ruptura, mis encuentros con Natalia se complicaron, casi no la encontraba en su casa, no tenía tiempo para ir a la mía o dedicarle a la relación. Me temía lo peor, Mónica hacía esfuerzos para alejarla de mí, y eso me enojaba y entristecía.

Una noche la invité a cenar, le propuse un viaje para las próximas vacaciones. No voy a poder me dijo, me estoy mudando con Mónica y ella ha comprado boletos para la playa en esas fechas. Y ¿en semana santa?, pregunté. También, me dijo. A buena entendedora, pocas palabras. ¿Se han vuelto monógamas?, pregunté. Lo estamos considerando, me dijo. ¿Qué pasó con el pacto de irrestricta libertad?, pregunté. Eso era cuando éramos tres, ahora somos dos, contestó. Terminamos la cena en silencio. Nos despedimos con un abrazo, pero su mirada era esquiva y perturbada. Al separarnos, giró para despedirse, vi su rostro desencajado y su mirada apagada. No estaba ilusionada como cuando decidimos por la trieja, iba a la monogamia como quien va al encierro, a la cárcel, al camino conocido y forzoso, o al menos así lo quise creer.

Emilia Negrete Philippe

Nació en la Ciudad de México el 27 de noviembre de 1972. Estudió en la Facultad de Filosofía y Letras (UNAM) y el diplomado de Creación literaria en la Sogem. Ha participado en antologías de la Sogem, de la editorial Gedisa (*Cuentos de cortometraje*), Endora (*Cuentos del Sótano*), de La Décima Letra (*Permanencia del deseo*) y escrito textos educativos basados en cuentos tradicionales.

La dentadura de Paula
(2024)

Dedicado a Sergio Loo

Sentados en la escalera del tercer piso del edificio de departamentos donde vive ella, Sergio y yo conversamos sobre el pleito que acaba de pasar y pasa por toda la evidencia de que nuestra amiga necesita ayuda.

—Ay, Sergio, yo no sé por qué Luz anda con ese tipo.

—Pero si lo acaba de cortar, tú misma lo viste.

—Pero van a regresar, te lo apuesto, y nosotros vamos a estar discutiendo lo mismo en estas escaleras dos pisos abajo del departamento. Quisiera subir a verla, seguro llora.

—Paula, te prohíbo hablar de Luz, por favor, me enferma, hemos estado en esto desde hace un año. Yo ya no quiero seguir en este *loop* de tiempo, estoy harto.

—Es que Luz es tan hermosa, por dentro y por fuera, cuando yo la conocí parecía un hada salida de cuento, la piel blanca, el cabello negro azabache y sus ojos claros, indefinidos, te puedo describir sus ojos de memoria. Son como verdes con tonos azul turquesa de dónde será su familia.

—No sé, Paula, me siento en un *dejavú*.

—¿Es que no te impresiona su altura? Es tan imponente cuando se suelta el pelo, y su voz, su timbre es tan melódico, siento que estoy oyendo una canción. Alguna vez me dijo al oído: "tú eres mi mejor amiga" y me sentí tan única y especial, creo que con ella y contigo tengo la confianza para decir mis secretos, no hablo con nadie como con ustedes dos.

—Más bien hablas conmigo de Luz, estás obsesionada, a veces me da la impresión de que te gusta.

—No mames, cómo crees, es mi amiga, creo que su familia es de Europa, seguro.

—Tus anagramas se empiezan a revelar, Paula racista, ¿por qué no te enamoras de Ilse? Es igual de bonita.

—Alto, Sergio, no estoy enamorada de Luz, te digo que sólo somos amigas, quiero que termine con Miguel porque le hace daño y la quiero mucho, porque ya sabes que tú eres mi *crush*, lástima que seas gay.

—Yo también podría enamorarme de ti, por qué no fuiste hombre, a ver…

—Seguro estaríamos juntos. Sergio, te podría besar ahora mismo.

—No. Es mejor que no, tendría que imaginarme que eres un actor de *Hollywoood* como, no sé…

—Yo sí que sé, no me tienes que decir, conozco todos tus secretos.

—Ay cálmate, no soy tan transparente.

—Pero ya fuera de onda, Luz tendría que terminar con Miguel, no la ve, no la mira de verdad como yo… No alcanza a ver lo perfecta, lo delicado de sus manos y sus rasgos, contéstame algo, ¿por qué la gente no puede ver la belleza, lo puro de las imperfecciones de los demás, la luz que irradia Luz? Yo quiero lo mejor para ella.

—Y volvemos con Luz.

—Es que su estar en el mundo abarca el infinito. Es como sobrevolar en una estación espacial, ver la tierra desde ahí y sentir que en un punto está Luz.

—Esta conversación infinita me está gastando, hablemos de otra cosa.

—Sergio.

—Qué.

—Se me están cayendo los dientes. Siento salir la sangre a borbotones de mi boca. Tengo la muela floja, se me va a caer, qué pena, cómo voy a ver a mi amiga ahora.

—Escupe... hay sangre, esto no es normal, cuatro dientes, ¿no hay dolor?

—No, sólo se me caen.

—¿Y si estás enamorada y por eso se te caen los dientes?

—¿De ti?

—No, de Luz, recuerda su nombre, su verdadero nombre, recuerda, haz un esfuerzo.

—Su nombre es Luz y la conozco desde el CCH.

—No, Paula, su nombre no es Luz, el mío tampoco es Sergio, nos estás confundiendo. Me pides que te diga algo.

—Por qué los iba a confundir.

—Cuál es mi nombre, Paula. Cuál es tu nombre.

—No sé.

—Qué tienes en las manos, Paula.

Paula siente la madeja de lana en sus manos.

—Sergio, creo que estamos soñando.

—Yo ya no puedo soñar y por última vez, mi nombre no es Sergio.

—No, yo tengo una madeja de lana en las manos y tu nombre no es Sergio, tu nombre es Teseo y yo no te amo porque estás muerto, soy hija del rey Minos, mi nombre es Ariadna, amo a la mujer que está arriba encerrada en su laberinto.

—Sólo tú puedes salvarla.

—No puedo hablar bien, despiértame.

—No puedo, no sueño, estoy muerto, lloraste por mí, pero no me amas, no como a la mujer del laberinto, date prisa que está atrapada y pronto llegará su Minotauro, sube la escalera con cuidado y sin miedo, con la madeja no se perderán.

Ariadna subió los escalones del laberinto, esta vez daban vueltas, podía perderse, no encontrar salida, pero estaba dispuesta a encontrarla, a la mujer de sus sueños.

Paula se despertó en la oscuridad más profunda de la noche. Los coches de la colonia empezaban a retumbar para llegar al trabajo, entonces entendió todo, su laberinto, su sentir por ella, por Sergio, y lo que le había revelado en el sueño, tenía una copia de uno de sus libros en la mesita de noche, lo besó y le dio las gracias.

Paulina Rojas Sánchez

(Ciudad de México, 1987). Estudió Lengua y Literaturas Hispánicas en la Universidad Nacional Autónoma de México. Es profesional de museos. Coordinadora de *Versas y diversas. Muestra de poesía lésbica mexicana contemporánea*, y de la colección Bulevar Arcoíris; en 2023 publicó *Todos vieron al sol quemar el pastizal* (Colección Pippa Passes).

Plano doble
(2024)

Me gustas, aunque sé que es imposible algún tipo de correspondencia. Todas las noches te dedico miradas y siento un vacío dentro del cuerpo, las piernas débiles y unas ganas enormes de abrazarte. Podría estar siempre ahí, contigo. Mis días tienen un solo motivo y ése es nuestra cita casi diaria, a la misma hora. Pero tú no me amas, amas a otra, lo has dicho. Para ti, soy una observadora que mira cómo transitas por una historia en la que no estoy incluida: tú en los bordes de la pantalla, yo en esta vida sin guion y sin ensayo. Pero si me enamoro de ti, una mujer que interpreta a otra, ¿a cuál es a la que amo?

Aura Sabina

Poeta, docente, malabarista de emociones. Jura que la Luna es su doble astral. Realizó el diplomado en Creación literaria del INBA; la especialización en Literatura mexicana del siglo XX, UAM-A. Cursa la maestría en Literatura hispanoamericana en la BUAP. Activista autónoma. Ha dado talleres en centros de reclusión. Tiene dos libros publicados y ha sido compilada en varias antologías y revistas.

Alanis, a los trece
(2024)

Isn't it ironic, don't you think?
A. Morrisette

Decidí que me iría de pinta con mi papá. Había exentado en todas las materias y no tenía sentido ir a la escuela. Me desperté antes de lo previsto. Ya tenía listo un trajecito sastre color azul, y le pedí a mi mamá que me prestara unas medias. Quería verme como toda una ejecutiva. Me dejaron pintarme los labios y las pestañas.

Al llegar a la oficina de mi papá, fue inevitable el desfile de empleados que me saludaban con gusto mientras charlaban con mi él: "Oye, Federico, ¿pues a qué edad tuviste a tu hija? Todavía te ves muy joven", "¿Qué edad tienes, nena?", "Qué bonita". Resulta que siempre me he visto mayor, y aunque tenía trece, parecía de dieciséis, de menos. Algunos hombres me veían, curiosos, pero discretos, nada comparado con los púberes de mi escuela.

La oficina de mi papá era grande y casi privada. Sólo la compartía con Judith, su secretaria. Todos los demás estaban detrás de las paredes de cristal. Lo primero que hice fue adueñarme de una silla, una mesa, hojas y plumas. No necesitaba más.

—Ella es Marce, mi hija. Se vino de pinta conmigo —explicaba mi papá con aire orgulloso.

—¡Qué gusto conocerte, pequeña!

El gusto era mío, definitivamente. Judith era de piel muy clara, delgada, de cabellos largos y ensortijados, sutilmente rojizos; grandes ojos. Sin maquillaje. Muy parecida a Alanis Morrisette, mi cantante favorita de aquellos entonces. Quise justificar, en mi mente, que por ello me sentía atraída. Por algunos segundos me quedé suspendida en la idiotez. La contemplé mientras contestaba los teléfonos y hacía anotaciones.

Mi papá revisaba su agenda y algunos documentos en la compu. Judith se acercó a darle café a mi papá, y a preguntarme si quería un vaso de leche; pedí café también, para verme más interesante.

—¿Con leche? —insistió.

—No, gracias. Solo está bien —le respondí, un poco sonrojada.

—¿Quieres una dona?

—Sí, gracias —y no sabía qué más decirle. Me sentía nerviosa. No es que fuese la primera mujer bella en la tierra. Ya antes había descubierto que Sonia y Victoria, del tercero II, eran muy simpáticas, y me gustaba verlas escribir, o encontrarlas entre clases por los pasillos. Pero una cosa es estar familiarizada con chicas de mi edad, a quienes me une la complicidad escolar, y otra, muy distinta, ver a la secretaria de mi papá que tenía por lo menos diez años más que yo. Fue la dona más deliciosa de mi vida.

Mientras mi papá iba y venía entre los cubículos, revisaba carpetas o hacía llamadas, yo escribía cada cosa que observé de los empleados, de Judith, del vigilante, de mi papá, de Judith, de nuevo. También me puse a leer *38 días a la deriva* para la clase de español, y volvía a pensar en Judith. No resistí volverme para verla. *¡Basta!*, pensé. Una de tantas veces que la miraba, ella alzó su vista y me sorprendió. Quise salir corriendo, pero a dónde, si no conocía el lugar.

Judith me preguntaba, con ciertos intervalos, si quería agua, qué música me gustaba, qué tanto escribía, si tenía novio y... qué pensaba ser cuando fuera grande. Me trataba como niña, mientras yo no podía contener mis piernas que se balanceaban.

Un compañero de mi papá me observaba. Cuando lo sorprendí, cambió inmediatamente la postura. Entonces supe que era yo a quien espiaba, y por eso su sonrisa y sus dos visitas a la oficina. Sentí lo que podría sentir Judith cuando notó mi mirada. No me gustaba el tipo, pero me sentí agraciada. Observé mis piernas. Definitivamente era grato sentir las medias. Suavidad inusitada. Pero qué lejos estaba todavía de ser una mujer, pese a que mi cuerpo estaba ya desarrollado.

A la hora de comer salí con mi papá y con su jefe. Fuimos a un restaurantito. Pude sostener una plática superficial sobre eficiencia laboral y ambiente. Estaba por llegar el plato fuerte cuando vi desde la ventana a Judith, pasando con otra compañera. Por poco tiré mi vaso de agua. Mi papá notó mi turbación y miró a la ventana. Al ver a Judith, creo que comprendió. En ese momento sólo pude pensar "isn't it ironic?"

De regreso a la oficina, me quedé ausente, queriendo arreglar las cosas. En tanto, el jefe de mi papá seguía charlando con él. Eran ya las tres de la tarde. Mi papá sabía que me gustaban las chicas porque una vez descubrió un dibujo que hice de Sonia, y frases que transcribí de canciones del disco de Jeans, con corazones dibujados con pluma morada. Y como a pesar de estar en tercero de secundaria no tenía novio, era evidente lo que me sucedía, pero no sé si sabría qué hacer.

Mi papá entró a junta, no sin antes decirme: "Pórtate bien". Judith continuaba escribiendo. A ratos nos mirábamos y sonreía. En su minicomponente sonaba *21 things I want in a lover*, de Alanis Morrisette, y no contenta con ello, se puso a cantar, en volumen bajo. Yo estaba anonadada. Se acercó para darme un dulce de leche.

—Pensé que te gustaría, y lo compré a la hora de la comida.

—Gracias —con mi cara de idiota. Me acarició la cabeza, como a los perros—. ¿Me puedo sentar a tu lado?

—Seguro, pequeña.

Los saludos no dejaron de llegar. Las señoritas (o licenciadas) decían que me veía muy linda. Alababan el corte de mi falda, la tela de mi saco o los zapatitos ñoños que usé. "Tú eres la que quiso un disco de Mercurio y otro de Jeans, ¿verdad?", me dijo Consuelo. Sabía que se llamaba así porque meses atrás mi papá me había regalado para el día del niño esos discos. "Sí, soy yo". Con semejantes evidencias, ¿cómo negar que era una escuinclita de secundaria? Así pasé la mañana, como reina de la primavera. Sentía que la oficina se había vuelto una embajada, de tan visitada. "¿Tienes trece?", fue la pregunta del día. Y yo me sentía ridícula. En una de esas veces, Judith levantó la vista y sonrió. Qué ternura, supongo que pensó. Qué oso ser tan niña. Pero no podía evitarlo.

Me acerqué a su lugar. Tenía la foto de Danaé, su labradora *golden*. Y un símbolo de labris debajo del cristal que cubría su escritorio. Margaritas en su florero. *Buscar un amor que te haga sentirte libre*, dice la canción; *experimentar, ayudar. Que sea un ser atlético...*

—Quiero ser bailarina, cuando crezca.

—Pero hace rato dijiste que querías ser psicóloga.

—No, quiero ser bailarina, pero no se lo digas a mi papá. Él de arte no entiende y cree que lo hago por hobbie.

—Que sea nuestro secreto, entonces —y me guiñó el ojo izquierdo. Me percaté de que mi media estaba rasgada y un hilito seguía corriéndose—. Sé cómo solucionarlo —dijo con autoridad y dulzura.

Sacó de su cajón un barniz trasparente de uñas y deslizó la brochita sobre esa parte de mi muslo, con cuidado. Qué grata sensación en la piel. Duró apenas unos segundos, pero sentía que era lo máximo. Me sobresalté un poco. Me miró de un modo que no sabría definir.

—Es cierto: tienes lindas piernas. Hablan de tu pasión por la danza —un silencio breve antes de que le contestara.

—Me gustan *los cuerpos que comunican.*

—¿Te gusta Alanis?

—Mucho —más obvia no pude ser.

Observó hacia los lados, como verificando que no nos vieran, se acercó y me dio un beso en la frente. De pronto, se levantó y salió de la oficina. Regresó con varias carpetas y se puso a trabajar. Extrañada, decidí volver a mi sitio, a continuar mi libro.

Mi papá salió de su junta. Qué martirio esperar otra hora. Me dejó jugar solitario en su máquina (todavía no había internet) hasta que tuvimos que irnos. No sabía si acercarme o no a Judith. Tenía miedo de que ella estuviera enojada. Para mi sorpresa actuó bastante natural. *Vuelve pronto, pequeña.* Fue lo último que de su boca oí. Pero a mi papá no le pareció tan buena idea que yo volviera a su oficina.

Criseida Santos-Guevara

Premio Literal de Novela Breve en 2013 por *La reinita pop no ha muerto* (Literal Publishing/Conaculta). Mención honorífica del Premio Binacional de Novela Joven Frontera de Palabras/Border of Words en 2008 por *Rhyme & Reason* (FETA). Textos suyos han sido parte de antologías como *Monterrey 24* (Universidad Autónoma de Nuevo León, 2018), *Las reinas somos gente normal* (Tilde, 2016), *Te guardé una bala* (Abismos, 2015). Autora del libreto de la ópera en un acto *Delmas* (puesta en escena en la Escuela de Música Moores de la Universidad de Houston en marzo de 2021). Fue editora de la revista *Río Grande Review.*

Las desmemorias de una lencha comprometida
(2024)
(Inspirado en hechos reales)

A los veinticuatro años, cuando se mudó a la Ciudad de México y fue a su primer grupo de lesbianas, no tenía idea de lo que era el activismo, ni la memoria histórica. Ella iba para conocer más chicas y para probarle a la familia —esa eterna desconfiada— que a pesar de uno que otro noviecillo atolondrado, ella no podía ser sino lesbiana.

Se lanzó de cabeza a la empresa de demostrar que su exagerada feminidad no tenía relación alguna con su gusto por las panochas. Y pronunciaba la palabra con mucho énfasis en la che; le gustaba provocar una que otra señal de la cruz y una que otra exclamación sobre Jesús, María, José o el Santo Niñito de Atocha. Tenía tal convicción en salir con mujeres, que el proceso le parecía a la familia, más que una sencilla aunque traumática salida del clóset, un entrenamiento clandestino en un campo lesbomilitar violeta sáfico en donde la habían adiestrado en terrorismo psicológico. ¿O de qué otra manera se le podía llamar al hecho de colgar fotos de amigas en poses lesbicodesafiantes? ¿A decorar la puerta de su habitación con un póster de T.A.T.U y una calcomanía de las Católicas por el Derecho a Decidir?

Porque ella vivía en familia. Es decir, ella se mudó a la casa de la abuela, en donde ya habitaban la tía, el primo, la esposa del primo y el hijo de ambos. Todos habían querido mudarse cuando la abuela murió. Ella ocupó la última habitación disponible de aquella casa que ya había pasado sus mejores épocas. Era un inmueble horroroso pero funcional. Bien pensado para su década, pero un dolor de cabeza para el siglo XXI. La colonia, eso sí, mantenía su estatus socioeconómico. Pronto tumbarían casas viejas para levantar edificios de departamentos minúsculos. Pronto esos edificios con departamentos minúsculos contarían con cisternas que dificultarían la recolección de agua para la casa familiar.

Dentro del menaje de la casa, decía la tía en aquellos tiempos en los cuales nadie se escandalizaba por un comentario así, le había tocado heredar también una trabajadora doméstica que, años más tarde, cuando ella —la sobrina— ya se había politizado como lesbiana militante, no se cansaba de tratar de convencerla —a ella, la trabajadora— de que había sido esclavizada desde los catorce años cuando llegó de Oaxaca. Ésta —la trabajadora— sólo sonreía y la miraba desconcertada. Lo cierto es que la trabajadora quería mucho a la familia, aunque la recién estrenada lesbiana le cuestionara el afecto. Síndrome de Estocolmo, le decía. No era amor, eso no podía ser amor.

Como ese primer intento de incidencia política no rindió los frutos esperados, siguió en la búsqueda de más causas. No recuerda bien —y eso le empieza a preocupar— cómo terminó con las lesbofeministas. Tampoco recuerda en qué pensaba cuando dijo que aprenderse las coreografías de Jeans era un despropósito político y una aculturización homosexualizante. Esta decisión en su diagrama de flujo sólo le trajo más problemas. No recuerda con exactitud cuáles problemas, pero tiene en los labios el resabio de las discusiones acaloradas con los familiares. En este punto, también empezó a tener diferencias importantes con los amigos de la infancia, los de la primaria, los de la prepa y hasta los de la carrera. Cierto es que siempre había sido un poquito extravagante, pero decir que una le entra a hacer tortillas por decisión política, le habían dicho en una de las últimas reuniones, ya era too much. La panocha no podía, en la mente de todos aquellos que le dejaron de hablar, ser una decisión y si lo era, pues entonces menos entendían por qué había optado por ese camino.

Fue en este quiebre político cuando le entró una especie de febrícula por la historia. Quería saberlo todo. Quiénes habían sido las primeras activistas, quiénes habían sido las primeras en marchar, en escribir, en protestar, en manifestarse, en actuar, cantar, vivir, tener hijos, juntarse, liberarse, emanciparse, diferenciarse… Incluso —cree recordar— lloró cuando se enteró que la famosa entrevista con Nancy Cárdenas en *24 Horas* quedó destruida en el temblor del 85. *Qué será de nosotras sin nuestra memoria*, decía. *Nadie hablará de nosotras cuando hayamos muerto.* Le sonaba la frase, pero no se acordaba de dónde.

Se propuso hacer un archivo personal en el cual anotaría cada chisme, anécdota o evento al que acudiría. En él haría resúmenes de libros que iría leyendo, recortes de notas de periódico, fotos, recuerdos, folletos, panfletos… Era la única manera de no olvidar nada. De no omitir la aportación de nadie al movimiento. De siempre respetar a las que habían empezado la lucha.

Ella se tomó muy en serio no sólo el asunto de la memoria, sino también el consumo responsable de los productos culturales. Así, muy pronto sólo leía literatura escrita por mujeres, lesbianas, de preferencia. Sólo escuchaba a las Kumbia Queers, a Chavela

Vargas, y de cuando en cuando se permitía escuchar a Regina Orozco, aunque le provocaba conflictos la ambigüedad con la que se manejaba la soprano. Ella era muy responsable, excepto con Hollywood. No podía resistirse a un mal melodrama heterosexual. Entre más cursi, corny y chick flick, mayor era su debilidad.

Un día, cercano al San Valentín de 2012, quedó en salir con una de sus vínculas afectivas. Tenía ganas de un buen date como lo manda el capitalismo. El plan era ir al cine y después cenar sushi. La película que verían la protagonizaban Rachel McAdams y Channing Tatum. Una comedia melodramática en donde se pondría en jaque al destino. ¿La pareja estaba predestinada a ser a pesar de todo? Un romance cinematográfico que apelaba a la idea de un hombre con un amor obstinado, que nunca se da por vencido, con numerosos recursos para reconquistar y volver a enamorar a la chica de su vida.

Durante la cita, ella se tomó todas las licencias del mundo. Se dejó invitar una *Coca Cola*, un *Kit Kat*, unas palomitas y un hot dog. La primera escena de la película la conmovió. La pareja, súper enamorada, va tonteando en el coche. Es una noche fría. Hay nieve en las calles. Hacen un alto y aprovechan para besuquearse. La mala suerte hace que un camión de carga pierda el control y provoque un accidente automovilístico en el que la chica pierde la memoria. No la pierde por completo, sólo no puede recordar los cinco años anteriores, es decir, no puede recordar desde el momento en que conoció al chico, se enamoró y se casó con él.

Cuando terminó la película, ella y la date fueron a cenar. Disfrutó mucho el momento, se rió bastante y la pasó bien, pero la premisa de la película la tenía muy inquieta. ¿Qué pasaría si un día al despertar se diera cuenta de que no recuerda los últimos cinco años de su vida? No recordaría, por ejemplo, cómo fue que decidió hacerse poliamorosa. No tendría detalles de ninguna de sus parejas posteriores a esta elección y, si antes era un caos de posesividad y celos, con su nueva pérdida de memoria la debacle estaba anunciada. Porque ella era el centro de todo, siempre se las ingeniaba para ser el pivote de todas las relaciones sexuales y afectivas en las que ella y sus amantes se involucraban.

Tampoco recordaría que se casó en el 2010. Un matrimonio político, basado en la convicción y el activismo más que en el amor. Porque el amor, ese amor que lleva al casamiento, era algo que sólo podía existir en las películas del 14 de febrero. El suyo había sido un matrimonio sin causa. Sin bienes, ni patrimonio, ni intereses que proteger. Un matrimonio celebrado con el único fin de joder a la familia y a la sociedad conservadora del país entero.

Por si las dudas, cuando volvió a casa, se escribió una carta a sí misma y la anexó en el registro histórico. En ella, se contaba cosas relevantes en caso de perder la memoria. A quién buscar para que le trazara la línea temporal del movimiento. A quién acudir para que le aclarara su vida amorosa. Apuntó frases como "no confiar en la versión de papá", "la abuela murió intestada y todos se quieren quedar con la casa", "tú no te sabes ninguna coreografía del Titos", "no eres promiscua, eres poliamorosa, crees en el amor libre".

Esa noche, a pesar de los esfuerzos, no pudo dormir. Tenía un miedo parecido al de quien teme no volver a despertar. ¿De qué habría servido tanto pleito con la familia si de un plumazo se pueden borrar cinco años en la vida de una? ¿El apego a la casa de la abuela persistiría? ¿La enemistad con la tía, el primo, la esposa del primo y el hijo de ambos? ¿Con sólo borrar una memoria toda la historia desaparecería? ¿Qué les sucedería a sus afectos?

A las seis de la mañana, cuando el tráfico empezaba a circular por la avenida, renunció a la idea de conciliar el sueño. Se levantó de la cama, fue a la cocina, puso agua en la estufa y entró en el baño. Después de hacer las necesidades matutinas, se lavó las manos y, frente al espejo, la chispa hollywoodense se activó. Se echó agua en la cara y con suma mortificación se apoyó en el lavabo. Era momento de admitir que, de todo, lo que más miedo le daba era salir un día a la vorágine de la ciudad y ser arrollada por un camión de basura. El miedo crecía porque, si sucedía como en las películas, con el golpe perdería la memoria. La idea de resetear el cerebro le atraía. Volver a empezar. Reinventarse. Lo único que le preocupaba y la mantenía en estrés era la incertidumbre: ¿Qué pasaría si un día despertaba del coma y no se acordaba que le gustaban las mujeres?

Sería una auténtica tragedia. Haber tenido una convicción tan profunda y perderla por un desliz de la memoria. Haber seguido la ruta del arcoíris, en especial la ruta violeta, para un día despertarse y no recordar su orientación hacia las panochas. Años. Peleas. Luchas. Despertares. Conciencia. Compromiso. Politización. Militancia. Cuestionamiento. Rescate histórico. Sobre todo, el rescate histórico. Y venirlo a perder así nada más por un golpe de camión de basura. Venir perdiendo la memoria así como así. Increíble. Inadmisible. Inaceptable. Despertar un día y no acordarse de que le gustaban las mujeres.

Sería una pena.

Brissia Yeber

Nació el 29 de julio de 1977. Licenciada en Actuación por la Escuela Nacional de Arte Teatral, en 2003. Ha tomado varios talleres de creación literaria, muchos de ellos con Artemisa Téllez. Tiene una carrera activa en el teatro, con especialidad en teatro cabaret. Es docente de teatro en educación media superior.

Señora mía
(2024)

Señora mía:

Debes saber que no me atrevería a escribirte si no tuviera conciencia de que no tengo más tiempo. Temo lo peor, te veo por los pasillos y pareces apenas una sombra de ti, un recuerdo corpóreo; casi no queda rastro de la gallardía con que caminabas antaño, cuando te mandaba buscar la virreina, cuando acertabas a una rima difícil, cuando los obispos y letrados venían a consultarte, o cuando terminabas un villancico y lo entregabas a la maese de capella. No hay nada, Juana, tu mirada está apagada, te escucho llorar por las noches cuando me toca la guardia. He visto que de maitines a completas te enjugas los ojos, he notado también que casi no comes, que tu figura se ha hecho más delgada si es que eso es posible.

Tu cuerpo que puedo ver a pesar de las muchas prendas que llevas puestas, tu cuerpo que imagino cada noche, ese cuerpo que me entregabas sin recelo, sin remilgos, sin pudor, cuando eras mía, mía en esas breves horas, donde me enseñaste el nombre de cada parte de mi cuerpo, y besabas cada centímetro de mi piel, y hacías palpitar cada uno de mis órganos, juntos o separados, y escribías con tus audaces manos dentro de mí (y yo te lo susurraba al oído: Eres mía, Juana, y tú sólo te reías y me contestabas que tú eras del Saber, que le pertenecías a tus libros y a tus estudios, mientras te retorcías encima de mí).

Siempre tuve sabido que eso era cierto, que nada amabas más que a tus libros, que te acusabas de pecar de soberbia al tener una cabeza tan ilustrada; sin embargo, me besabas con fervor religioso, limpiando mi culpa. No tengas miedo, me decías, *mea culpa*.

Recuerdo bien cuando me acerqué a ti y te pedí que me hicieras tu protegida, tu alumna; me miraste con desdén y me dijiste que le preguntara a la madre superiora si estaba de acuerdo. Me sentí despreciada, aun así me encargué de obtener el consentimiento de la superiora y te dije "sí". Me citaste esa misma tarde. Cuando me aproximaba a tu cámara para tomar mi primera clase de griego, mi corazón palpitaba tan fuerte que pensé que lo notarías cuando entrase, pero no, me viste sin expresión alguna y empezaste la clase. En cada una de las lecciones ponía mi atención entera a cada palabra que decías y señalabas, intenté no ruborizarme cuando me hiciste hablar de la tesis de "Lisístrata", yo no pude evitarlo y fue hasta entonces que me sonreíste. Tal vez sólo fuese un esbozo de gesto el que me diste: para mí fue la puerta a la Gloria. Clases y más clases, retórica, filosofía, música, yo te pedía más y no te negaste. Una vez al terminar la lección de retórica me dijiste: Ven más tarde.

Y fui, en lo profundo de mi ser sabía lo que pasaría: una a una me despojaste de las piezas del hábito, yo hice lo mismo contigo y tú te dejaste. Me besaste, Juana, y yo me hice agua y fuego. Tus manos me quemaban y mi cuerpo respondía con humedad.

Con el paso del tiempo perdí la cuenta de nuestros encuentros. A veces, sólo me hablabas de los "lobos", llorabas rabiosa en mi pecho, otras veces me leías tus escritos o reflexionabas de uno u otro texto; nunca, Juana, te pregunté si alguno era para mí, nunca mostré mis celos cuando me leías los sonetos para Lisy, cuando cancelabas mis lecciones por las visitas de la virreina; nunca te pedí para mí nada que hicieras para el mundo, porque para ellos era tu sabiduría, tus letras y versos; para mí, tu aliento, tus besos, tu cuerpo.

El desenlace llegó cuando te quitaron tus libros y te exigieron la copia de tu obra completa; tu alma se mostraba tan desolada como tu cámara. A ti te quitaban un libro y tú a mí me privabas de un beso. Y se fue apagando tu felicidad pero no mi devoción por tus ojos y tus labios, no se apagó mi fuego.

La última vez que hablamos me dijiste que te habían invitado a España, pero que no te imaginabas esa vida, lejos de aquí y de tus volcanes. No me mencionaste a mí como motivo para permanecer; fue una conversación corta porque estabas apurada escribiendo tu famosa "Respuesta a Sor Filotea".

Juana, ya no me miras nunca, ni a mí ni a nadie, he visto como atiendes a las enfermas de cólera, sin cuidado de no contagiarte, y me temo lo peor como bien te lo manifesté al principio de mi carta. Temo que quieras irte, que quieras entregar tu alma al Padre, aunque esté aquí tu sobrina Feliciana, aunque yo permanezca para ti. Bien sé que no te consuelan los rezos, bien sé que nunca lo han hecho, pero me parece que te has rendido pronto. Me pone furiosa el que nada más te importe, nada, de todas las cosas de este mundo, de lo vasto y grande que dices que es, de lo inabarcable que resulta imaginarlo... Nada, así de simple y monstruoso el significado de esa palabra.

He estado enviando misivas a mis padres, terminé mi noviciado, pero no tomaré los votos, no puedo seguir aquí, no quiero, temo morir con la epidemia. No tengo más tiempo porque tú te empeñas en irte... Y yo debo despedirme diciéndote por una vez lo mucho que siempre te he amado, a pesar de ti, de mí, de este mundo y este encierro, te amo a ti, a "la peor de todas".

Siempre tuya,
Catalina

Índice

UNAS PALABRAS ANTES
DE QUE TODO EMPIECE A ARDER... 9

Beatriz Espejo
Las dulces (1979) 13

Rosamaría Roffiel
Te quiero mucho (1986) 19

Ana Clavel
Cuando María mire el mar (1991)... 29

Ivonne Cervantes Corte
Luz Bella (1999) 53

Cristina Rascón
Ánime animal (2005)... 59

Odette Alonso
Un puñado de cenizas (2006) 65

Susana Bautista Cruz
Las novias (2007)... 93

Eve Gil
Arsénico y caramelos (2007) 97

Elena Madrigal
Arielle (2007).. 113

María Elena Olivera Córdova
Cucharita cafetera (2008) 117

Gilda Salinas
La reina de la pista (2008).. 119

Patricia Karina Vergara Sánchez
Dicen (2008).. 125

Leticia Romero Chumacero
Placer (2013)...127

Gabriela Torres Cuerva
Elba Juárez (2013) 133

Marta W. Torres Falcón
Una mañana (2013)...143

Sandra Lorenzano
Miedo y deseo (2016)..151

Reyna Barrera
La Güera Veneno (2017)..155

Laura Salas
Impulsos animales (2017)...161

Lorena Sanmillán
Siempre (2018) 167

Mildred Pérez de la Torre
Adiós, Marla (2019)..169

Joselyn de la Rosa
Siempre nueve (2020) 179

Justine Hernández
Viendo el mar (2020)...181

Abihail Rueda Martínez
Revancha (2020)...185

Ethel Krauze
Desear a Ada (2021)..189

Edna Ochoa
La voz del silencio (2021)..197

Virginia Hernández Reta
Escalera abajo (2023)..203

Marlene Diveinz
Mentiras que guarda el corazón (2024) 209

Victoria Enríquez
El Club de la manzanita (2024) 217

Ruth García
¿Te acuerdas? (2024) 229

Norma Herrera
Entrampadas (2024) 233

Diana May
La belleza cuesta (2024) 239

Norma Mogrovejo
Polirruptura (2024) 243

Emilia Negrete Philippe
La dentadura de Paula (2024) 247

Paulina Rojas Sánchez
Plano doble (2024) 251

Aura Sabina
Alanis, a los trece (2024) 253

Criseida Santos-Guevara
Las desmemorias de una lencha comprometida (2024) 259

Brissia Yeber
Señora mía (2024) 265

Hasta que comienza a brillar de Artemisa Téllez
se terminó de imprimir en enero de 2024
en los talleres de
Impresora Tauro, S.A. de C.V.
Av. Año de Juárez 343, col. Granjas San Antonio,
Ciudad de México